创意写作书系

畅销书写作技巧

Techniques of the Selling Writer

德怀特·V. 斯温（Dwight V. Swain）著
唐　奇　上官敏慧　译

中国人民大学出版社
·北京·

“创意写作书系”顾问委员会

译者序

提到畅销书，首先浮现在你脑海中的会是哪些耳熟能详的名字?《哈利·波特》、《达芬奇密码》、《暮光之城》、《狼图腾》、《盗墓笔记》?还是记忆中稍稍久远一些的，托尔金、克里斯蒂、金庸和琼瑶?

本书所谈论的畅销书仅限于小说，即故事。纵观整个历史累计销量的畅销书榜单，小说所占的比例也高得惊人，除去一些宗教典籍和工具书之外，能够看到大量经典小说跻身其间，从《魔戒》到《小王子》，从《双城记》到《无人生还》。在今天各类每周、月度和年度的排行榜中，也不难觅得时下最流行小说的身影，往往还是N部曲或系列小说。

有人说畅销书的故事俗套。正义永远战胜邪恶。好人坠下悬崖总会抓住一根救命的树枝。不那么坏的坏人会在最后一刻幡然醒悟。最坏的坏人会得到应有的惩罚。战火中分离的恋人终究会重逢。定时炸弹的倒计时会在最后一秒种停下来。可以说，畅销书的历史就是一部俗套大全。你或许会惊讶地发现，在同一类型的小说中，每个故事跟上一个故事并没有什么本质上的不同，作家所做的只是变换地理环境、风俗细节、人物形象和物品道具，而读者热爱俗套。我们感谢定时炸弹总是在最后一秒钟停下来，从而维持了我们的世界井然有序。俗套不是枷锁，反而提供了自由。

有人说畅销书的文学价值不高。的确，这些作品不见得会像历史榜单中的不朽名作一样，在文学殿堂中赢得一席之地，或许风靡一时后就归于沉寂，随即被遗忘。它们可能也不具备从文学理论的高度进行解读的意义，因为它们太浅显、太直白，不能供为数众多的文学理论家、批评家作高深莫测的分析。但是作为读者，我们感谢它们曾经给我们一段愉快的阅读时光，带我们做过一个短暂却精彩的幻梦，让我们为之欣喜、悲伤、惊叹、沉迷。

所以，如果你有志于成为一名畅销书作家，或者说希望自己的作品能够畅销，首先必须搞清楚的一个问题就是：归根结底，读者为什么阅读?

尤其是，为什么读小说？是什么吸引他们手不释卷，如饥似渴甚至废寝忘食，心甘情愿地陶醉在一个虚构的世界中，为一些虚构人物的命运牵肠挂肚？为了感觉。为了超越平凡、刻板的日常生活，体验心跳加速、热血沸腾的悸动，为了唤醒内心深处沉睡的情绪。因为没有感觉的生命是一种死亡。阅读一本小说就是度过另外一场人生。它带你去往不可能的时空，成为不可能之人，经历不可能之事，在惊心动魄的冲突危机过后，一切难题总是能够得到完满的解决，你总是能够长舒一口气，发现自己仍然置身熟悉的环境，安然无恙，半步也未曾离开。

接下来：作为作家，你为什么写作？实际上，这个问题跟读者为什么阅读是硬币的两面。同样是感觉激发了你写作的欲望，灵感化为兴奋，你需要与他人分享。人们用不同的方式释放这种兴奋，有人通过谈话，有人通过喝酒，有人通过收拾家务，而你通过写故事。你将感觉诉诸文字，希望文字重新创造那种感觉，并把它传达给更多的人。没有感觉，就没有写作。

感觉告诉你想要说什么，然后，技巧赋予你表达的工具。本书能够为你呈现的就是这些技巧。书中提出的所有方法都是畅销书作家有意识或无意识地使用过的。没有作家使用所有的技巧，也没有作家不使用其中任何技巧。它们能够帮助你少走弯路，更轻松地完成一名作家的成长过程，但是千万不要本末倒置，被技巧束缚了手脚。感觉永远是第一位的。有了感觉，所有的工具和诀窍才能自然而然地各归其位，谈论方法也才是有意义的。

能够将这样一本好书译成中文，是一种幸运，我要感谢在本书翻译过程中提供帮助的人。感谢中国人民大学出版社的杜俊红编辑，她精心策划的创意写作系列图书，使得国外介绍写作技巧、写作方法的佳作有机会进入中国读者的视线。感谢编辑王学敏、蒋霞，她们认真细致的审读改正了译稿中存在的错误和瑕疵，帮助弥补了译文的不足。由于本人水平所限，疏漏之处在所难免，在此致以诚挚的歉意。希望本书能够助那些有志于写出畅销书的作者们一臂之力！

前　言

首先明确一点，这里我们讨论的主题只有一个：写作。

我所说的“写作”指的是创作小说的过程……像魔法般从你心灵深处浮现出来的原创故事。

我的目标是帮助那些想要创作小说的作者更快捷、更轻松地完成这个过程。书中提出的所有方法都是畅销书作家有意或无意使用过的。

事实已经证明，这些方法对于创作能够取悦和/或诱惑读者的故事是有效的。畅销书作家作为一种以商业为导向的职业，写出的作品如果无法取悦和/或诱惑读者是不能接受的。

这些技巧都是基础性的工具，因此对作品的文学价值或者作品是否具有文学价值影响不大。没有作家使用所有的技巧，也没有作家不使用任何技巧。技巧能够发挥多大的作用取决于作家自身。

简而言之，它们是畅销书作家的诀窍和技巧。

这就是本书要讲的全部内容。

* * *

在这里，有必要对过去所有为我的文学之路提供指引的人表示感谢。但是这份名单一定会很长，因为它包括我读过的每一本书和杂志的作者……还有带给我欢乐的朋友和带给我痛苦的敌人……还有我的编辑 Ray Palmer，Howard Browne 和 Bill Hamling，他们鼓励我、鞭策我，掏钱买下我的故事……还有我的同事 Ned Hockman（尽管我已经跟他合作了 50 部纪录片，但他仍然能够向我展示如何创作一部故事片的新诀窍）和 Foster-Harris（他知道关于剧情创作和如何激发灵感的一切），以及已故的了不起的 Walter S. Campbell，他和 Foster-Harris 共同创办了俄克拉何马大学的专业写作课程……尤其要感谢我的学生，十几年来，他们一次次追问，把我逼入死角，然后寻找出路，使我讲授的内容能够被那些还没有写出过百万量级畅销书的人们所理解。

我衷心感谢所有的人。

德怀特·V. 斯温

诺曼，俄克拉何马

目 录

第 1 章　小说和你

故事是翻译成文学过程的经历。

要写一个好故事，你只需要知道四件事：

如何把语言组织成刺激—反应单元；
如何把刺激—反应单元组织成场景和后续；
如何把场景和后续组织成故事模式；
如何塑造为故事注入生命力的人物。

这本书会具体入微、循序渐进地告诉你如何做到这些，以及更多。这里有诀窍、工具、技巧和方法，你会在第 2 章到第 9 章看到它们。

所有这些很难掌握吗？一点也不。

至少，如果你循序渐进，充分理解了为什么要做每一件事，以及如何去做，这就一点都不难。

那么，为什么有那么多人觉得学习写作很困难呢？他们落入了陷阱，前进的脚步受到了阻碍。

具体说来有这八种陷阱：

1. 观点不切实际。
2. 想要寻找不传之秘籍。
3. 试图学习困难的方法。
4. 拒绝顺从自己的感觉。
5. 试图按照规则写作。

6. 不想犯错误。
7. 向反对者低头。
8. 没有掌握技巧。

每一种陷阱都是危险的。因此在我们介绍专门技能之前，先来逐一考察它们。

现实与作家

你能学会写故事吗？是的，你能。

通过学习，你能写得足够好，时不时地发表一两篇文章吗？大多数情况下，是的，你能。

通过学习，你能写得足够好，不断地把文章卖给《红皮书》、《花花公子》、兰登书屋或者金牌出版公司吗？这就是另外一回事了，不值得为这个而苦恼。

在某种意义上，写作跟打网球很像。学习打网球没有捷径可走——除非你不介意输掉每一场比赛。只要付出时间和努力，你就很可能跻身斯阔谷网球高手的行列。

不过在那以后，想要再进一步就难了。参加国家级比赛、打进决赛或者赢得冠军，要想取得这样的成绩不仅需要汗水，还需要天赋。

写作也是这样。在报纸上发表几篇作品，成为“斯阔谷著名作家”，需要的不过是自律而已。坚持不懈地创作和学习通常能够使你的文章登上《美国女孩》、《男士文摘》、《真实自白》或者《学术新闻》的版面。

但是当你朝着名誉和财富的顶峰爬得越高，你脚下的道路就越陡峭，走得也就越艰辛。

高处不胜寒。如果你到达了那里，如果你经常在《邮报》、《麦考尔杂志》发表文章，由双日出版社出版作品，你就知道这是因为你拥有过人的天赋。正是这种天生的能力把你和其他人区别开来。

在我看来这一点都不奇怪。当你努力成为一名成功的律师、推销员或者赛车手时，同样的法则也适用。

而且无论在哪个领域，现实主义者都不会指望给未来的成功上保险。不试试看，你永远不知道自己能够做到多好。即使本·霍根、萨姆·斯尼德和阿诺德·帕尔默也不是第一次打高尔夫球就能一杆进洞。要赢得成功，你必须首先掌握相关的技能。一个医学院的预科学生做不了脑部外科手术。

写出好的故事——我的意思是畅销的故事——的前提是，你知道如何写作、如何设计情节、如何塑造人物、如何诱导读者以及如何熟练地使用上百种工具。

这本书将告诉你这些基本的技巧和诀窍。

你如何使用这些工具、能够使用得多好，只能取决于你自己，也从来都取决于你自己：你的智慧、你的敏锐、你的动力以及你运用语言的才能。

你的天赋。

但是在你耸耸肩走开之前，记住一点：在写作领域，动笔是关键，迈出第一步的重要性要比几乎任何其他领域的第一步都显著。欧内斯特·海明威也必须写出第一行字和第一个故事，约翰·斯坦贝克、埃德娜·费伯、费思·鲍德温、赛珍珠、弗兰克·耶比和厄尔·斯坦利·加德纳也一样。每个人都走过同样的道路。每个人都把愿望与知识联系起来，然后把握住机会。

自己试试看，你会发现自己的能力超乎想象。

寻找不传之秘

来看看弗雷德·弗里根海默，一个假想的新手作家。

这天早晨，邮递员给弗雷德送来一台崭新的恶魔牌超声波作文机。

这台机器花了弗雷德 25 美元。弗雷德想要使用这台机器写出更好的故事，所创造的价值可能还不到 25 美分。

遗憾的是，小说创作领域的新手常常对魔法钥匙或秘密配方怀有孩童般的信仰。

这样的钥匙不存在，没有什么配方和秘密。

至少，没有单一的秘密。

这一点值得牢记。没有人能对着自己的照片声称自己是个作家，直到他放弃对于魔法钥匙的梦想，用双眼直视现实。

现实是什么？现实是认识到小说的复杂性，是接受你我都是凡人的事实，承认我们在学会走路之前要先学会爬，以及千里之行始于足下。

推论：你需要先迈出第一步。

事情是这样的，前一天夜里，我们的朋友弗雷德居住的小镇上，四个男孩子偷走了教堂的圣餐杯。被抓住以后，他们坦白说他们读了关于巫术的书，想要唤醒撒旦。

弗雷德在晨报上读到了这件事，他被吸引住了。“这是个故事！”他兴奋地自言自语。

弗雷德错了。这次偷窃是一个事件。加上巧妙的处理、独特的视角、生动的人物、复杂性、高潮和问题的解决，它很有可能成为一个故事。但是到目前为止，它还只是一个事件。

故事是一件复杂的东西，它的素材需要经过技术处理。

反之，故事的构成要素不能单独存在，也不能悬浮在真空中，不存在孤立的情节、人物或背景这样的东西。故事也不仅仅是词汇和语言……更不是风格、象征、比喻或结构。

专家在这方面误导了我们。他们经常使人产生错误的认识，好像一个队员就能成为一支球队。

以弗雷德的朋友乔治·艾伯克罗夫特为例（跟弗雷德一样，他也是一个假想的人物），他是故事结构方面的专家。组织好要素是最重要的，他说。掌握模式，你所有的问题都会迎刃而解。

但是一个出色的建筑师可能是一个糟糕的木匠；作为作家，你必须将构思诉诸语言，实际地运用词汇。相反，塑造人物的专家对情节嗤之以鼻，好像那是一个肮脏的字眼……他们忘记了实际上没有情景就不可能描绘人物。

文体家忽视内容，向福楼拜祈祷，把语言当成一种宗教仪式，好像衣服比穿衣服的人更重要。

有太多专家……和太多模棱两可的答案。

每一位权威都是危险的，因为他在某种程度上是正确的，同时在某种程度上扭曲了现实。让四个这样的专家组成一个团队，一起设计一个女性的形象，包括她的头发、臀部、胸部和高跟鞋，看起来会像是一个超现实主义者最可怕的梦魇。

所以，没有魔法钥匙，没有万能程式，没有不传之秘，没有超声波作文机。

让一个人灰心丧气已经够糟糕的了，更何况把他推下绝望的深渊。

不过你也可以从另一个角度看待你的困境，从那里可以看到救赎之路。

想想看：你真的希望你成功只是因为你拥有了某种神秘的魔法？

因为如果存在某种绝技、某种神秘的配方，可以一阵风似的吹散有关创造力的迷雾，那么有理由相信，这种绝技一定比印度通天绳的魔术，再加上卡廖斯特罗①、帕拉塞尔斯②、底阿纳的亚波罗尼③和海伦娜·布拉瓦茨基夫人④等人的法术还难于施展，否则早就有 999 个作家在使用它了，而世界也会有幸拥有许多更好的小说。

我们的朋友弗雷德·弗里根海默这样的新手作家发现，否认这种魔法使他的任务变得更简单也更困难了。他要掌握的不是一个秘密，而是几十种、上百种的工具、程序、技能、经验法则和窍门。

这把我们引向更大的危险。

这学起来很困难吗

梅布尔·霍普·哈特利（不是她的真名），30 年前的言情小说女王，也是弗雷德的熟人。现在她衰老又疲惫，坦言只能勉强养活自己。

梅布尔告诉弗雷德，作家不需要帮助或指导。她说，已经出版的作品就是他的教科书，因为所有的细节都已经印在你眼前的书页上了，写作哪有什么秘密可言？

---

① Cagliostro，1743—1795，意大利冒险家，作为魔术师和炼金术士而闻名全欧洲。——译者注

② Paracelsus，约 1493—1541，中世纪欧洲医生、炼金术士。——译者注

③ Apollonius of Tyana，公元 1 世纪布道者，据说曾展现神迹并在死后复活。——译者注

④ Madame Helena Blavatsky，俄国通灵学家、作家。——译者注

就其本身而言，的确如此。但是我们当中有多少人能够正确地认识和/或诠释我们看见的每一样东西？谁能通过味蕾就分析出法式浓汤的做法？反正我不行。一阵香气不能告诉你香水的配方。仅仅在地毯上走过，并不意味着你能织出一块地毯来。艺术隐藏艺术，对于写作也一样。一个成熟作家的技巧就是让你看不出其中有技巧。

所以可以把我们假想的梅布尔·霍普·哈特利的讥讽当成一点调味料。梅布尔只是对事情感到困惑，因为她自己在学习的过程中没有从课本或老师那里得到助益——阅读，再阅读，写作，再写作，奋斗，失败；流汗，咒骂，踱步，试验，筋疲力尽；在绝望和挫败的痛苦中夜复一夜地跟自己的作品角力，在通往“著名作家”的大门上撞得头破血流。

下一个问题：梅布尔的方法好吗？实际上这个问题没有意义。通常你没有选择，只能视情况而定。一切只存在于你自己的头脑中，所以在你达到想要的效果之前只能不断摸索。

但是在许多领域，这被证明是一种浪费。先行者已经留下了路标，画好了地图，他们说“这样做”或者“别那样做”。

在像写作一样复杂的事务中，捷径从来都是受欢迎的。所以我们中的大多数人心怀感激地学习这些规则……并且有意识地试图运用它们。

当然弗雷德·弗里根海默也是。

然后他遇到了麻烦。为什么？因为规则——至少是武断的规则——经常与另一种无比重要的因素发生冲突，那就是感觉。

情绪和作家

你的整个人生都离不开感觉……内在意识、快乐或痛苦，当你撞到膝盖或者咬了一口柠檬、亲吻一个女孩或者安慰一个受伤的孩子时，心中涌现的那些情绪。军乐队演奏《火海浴血战》唤起一种情绪……一把吉他和《鸽子》唤起另一种。父亲去世、姐妹结婚、飘落的雪花、木柴的烟味、气话、细语、轻蔑的嘲笑、喜剧演员的裤子掉下来、小狗温暖的依偎……对所有这些，你都会作出反应。

会有感觉。

我们中有些人的感觉更强烈。不同的刺激和情景都会唤起感觉。一个女人因为邻居与她擦肩而过却没有看到她，感觉受到了轻慢，因此怒火中烧。弗雷德・弗里根海默比乔治・艾伯克罗夫特更注意细节……对微妙的情绪和刺激更敏感：言下之意、弦外之音、意味深长的暗示。你同情农民家里那匹瘦骨嶙峋、累坏了的马；我同情农民；我们的朋友同情他自己，因为他不得不面对日子每况愈下的现实。

换句话说，我们每个人的生活经历不同，作出的反应也不同，每个人都有自己独特的方式。

这些对于作家来说都是极其重要的。

为什么？因为感觉是每一个故事开始的地方。

你在哪儿能找到感觉？它从人的心里涌现出来。

作为一个作家，你的任务就是将这种心跳的感觉带给你的读者，让它涌现、膨胀、汹涌、翻腾。

要明白，感觉从一开始就属于你的读者，你没有给他任何他本来没有的东西。

但是对于大多数人来说，情绪经常像一个沉睡的巨人，先入为主地被外部世界死板的客观事实催眠了。当我们欣赏一幅画时，我们首先看到价格标签。旅行成了做后勤而不是享受。浪漫被家庭生活的柴米油盐扼杀了。

但是没有感觉的生命是一种死亡。我们都知道这一点，所以我们渴望心跳加速，渴望更敏锐的感触、更明亮的色彩。

正是这种对感觉的追求促使你的读者阅读小说，这就是为什么他要读你的故事的原因。他寻求再度的觉醒：更快速的脉搏、更丰富的认知。事实是他最不关心的东西。想看事实，他可以去查阅《世界年鉴》或者《大英百科全书》。

而且从感情上说，读者想要情绪的大起大落，是因为他需要这样，否则他为什么要买你的书呢？

现在，让我们看看硬币的另一面。

故事是从哪里诞生的？从你，作家那里。

你为什么要写故事？你也有感觉……感觉激发了你写作的欲望，正如巫术—邪教的报道激发了弗雷德・弗里根海默的欲望一样。

一种情绪化的需要伴随着这样的感觉：你需要与其他人沟通，分享你的兴奋。人们有不同的方式释放这种兴奋，有人通过谈话，有人通过喝酒，有人通过给自己的花园除草，而你通过写故事……将身体里沸腾的感觉诉诸文字。

就是说，你希望文字能够重新创造那种感觉。然后呢？

对一些幸运儿来说，这就是全部。他们如此有天赋……如此敏锐，如此富于洞察力，跟自己和读者如此合拍……凭直觉就能掌握需要知道的关于形式和结构、风格以及程序的一切。他们写，读者读，世界称他们为天才，为他们喝彩……皆大欢喜。

不过，别让这种超能力挫伤了你的信心。尽管多年以来我一直听说有这样非凡的人物存在，但我还从来没有见过一个活着的作家不是靠努力——而且是艰苦的努力——获得他所拥有的一切。

大多数作家边干边学，他们在实践、试验和犯错中成长。假设我们的朋友弗雷德准备今晚回家给他的妻子格特鲁德讲一个笑话。

听完了，她茫然地瞪着他："有什么好笑的？"

弗雷德又讲了一遍。这一次他可能讲清楚了：格特鲁德笑了。

第二天，弗雷德带回家一个新笑话。他试着回忆上一次的经验，以怎样的方式讲述格特鲁德才会发笑，而不会追问和要求解释。

如果他的计划成功了，他就把这套程序牢牢记在脑子里。从现在起，对他来说这就奠定了一种口头幽默的基础。他找到了一种可以遵循的规则。

写作也是如此。通过试验和犯错，你知道哪些方法可行，哪些不可行，然后将这种知识加入经验法则。

如果一个人总结不出这样的规则，只能说他不会汲取经验。不管他多么努力，都是在浪费时间。

弗雷德应该到哪儿去寻找他所需要的这些工具和技巧呢？

梅布尔·霍普·哈特利是对的。正如她所说的，工具都摆在他的眼前，在每一个已经出版的作品里……任何人都不可能掌握那么多的技巧。即使弗雷德活到100岁，每次他坐下来阅读或写作，他仍然能够学到新东西。

但是为了达到那一步，弗雷德——和你——首先必须打好基础，然后才能知道要去寻找什么。

规则的麻烦

任何神志正常的作家都不会按照某一套规则来写作。

至少不会按照别人的规则写作。

为什么？因为规则是从错误的起点出发的：有限制，有格式，有机制，告诫你哪些事情应该做、哪些不能做。

那么，你应该从哪里开始？从感觉开始。你拥有感觉。

故事就像一辆由情绪驱动的汽车，作者的感觉是它发动机里的汽油。没有燃料，最闪亮的镀铬发动机也不过是一堆废铁。

感觉首先在你心里成形。如果你没有感觉，就不可能把它写出来，更不可能唤起别人的感觉。

在这方面，自学成才的作者或许有一点小小的优势。由于缺少正规训练，他不太容易把技巧当成一件独立的东西。艺术的专业知识对他来说是完全陌生的。从始至终，他都在处理感觉到的东西：迪克爱简妮思……文森特恨汤姆……艾尔莎离家出走时她母亲很愤怒。对他来说，技巧只是帮助表达感觉的一种工具。没有感觉，就没有写作。

另一方面，像弗雷德·弗里根海默这样的小说家可能认为规则比故事更重要。他如此欣赏自己的情节设计，因为它完美地符合恶魔牌作文机的运转模式。

这样做时，他忽略了感觉的燃料，然后还纳闷为什么汽车跑不起来。

或者你会喜欢另一种措辞：兴奋起来！穷追不舍，直到你发现能够令你作出反应的事物。它让你有感觉，越强烈越好。

或许让你动心的是一个女孩……一个陀螺……一个神祇……一只地鼠……一场灾难……真相揭晓的时刻……一个有趣的片段……一种色彩……一种气味……一种味道……一小段音乐。

对于我来说，是一台脑电图仪。有一次我看到这台记录脑波的机器，立刻被它迷住了；由于我对它的感觉太强烈了，最后围绕它写了一本平装本小说——我想你会赞同我的观点，没有人能做得更多了。

当你找到了感觉之后，规则迟早会派得上用场……帮助你找到最好的方法，把那种激动人心的东西诉诸词句，但是感觉本身必须保持主导地位。规则为你的故事定型，而你必须为规则定型。

对其他人的规则要保持谨慎，他们看世界的眼光跟你的不同。

假设乔治·艾伯克罗夫特是一个动作小说作家。“从一场战斗开始”是他的座右铭，对他来说这很有效。

但是对于弗雷德·弗里根海默的女巫崇拜奇谈，根据他的构思，最重要的在于气氛的渲染。按照乔治的规则强行在开头加入战斗，就像在火腿中加入丁香，破坏了气氛，也破坏了故事。

实际上，即使对你自己的规则也要小心，因为它们可能在某些方面不适用于这个特定情境，而这不容易让人察觉。

“不存在所谓一般意义上的小说，”小说家文森特·麦克休发现，“每一部小说都是独一无二的——具有独有的问题、特定的情况和具体的实例。”

他还说：“小说不是一种形式。它是一种能够容纳众多形式的媒介。”

感觉各不相同，从感觉中涌现的故事也是如此。

普遍规则假设它们都是一样的，因此要特别警惕有人对你说：“拒绝这种感觉。”相反，你应该去寻找这样的指引，它告诉你：“用这种方法能做你一直想做的事……有效地运用不可能的情景、离奇的巧合、另类的人物。”

你应该如何判断一种规则对解决特定的问题是否有效？

答案是：找出规则形成的原因，它背后的理念或原则是什么？

俗话说：“知道怎样做的人总能在生活中找到位置，而知道为什么这样做的人会成为生活的主宰。”

武断的规则会限制和压抑你，了解原因会给你自由。

以乔治关于每个故事都应该从战斗开始的规则为例。这是乔治面向市场的产物——男性杂志强调快速、暴力的动作场面，第一页就见血是绝对必要的。

如果弗雷德认识到这个事实，当他自己写作一个由气氛驱动的故事时就会忽略乔治的规则。

不过，这条规则也意味着作家在写作的每一个阶段都应该有理论的指导——如何构思创意，如何设计情节，如何制造冲突，如何赋予人物生命力，如何带给特定的读者正确的感觉。

而且他应该仔细思考和记录每一个"怎样做"背后的"为什么"，否则他怎么能根据自己的气质和品位，发现最有效、最适合他的程序呢？

这些理论在客观上或者在评论家看来究竟是对是错并不重要，它们的目的只是给一个特定的作家提供生产工具和方向定位。普遍性并不在考虑之内。如果一种方法对你有效，这就是它的全部价值。写一个故事——任何故事——是非常个人的、非常独立的活动。没有人能帮助你打这场仗，输赢全都依赖于你自己，你必须独自向心灵深处探索，表现自己感情的深度和广度。

这把我们引向另一个有趣的问题：如果感觉是关键，你要到哪里去寻找它？

或者更明确地说，作家是什么样的人？

犯错误的权利

最初你有一种强烈的冲动想要写作，实际上这就是你需要的全部。

只要你没有让其他东西拦住去路，这就是全部。

什么其他东西？它们有许许多多，但是最后都归结为一件事：害怕犯错误。

要成为作家，你必须有勇气以一种新的视角看待事物，然后说："这让我着迷，看看我都用它做了什么！"

以新的视角看待事物需要勇气。

为什么？因为其他人会从不同的角度看待它。

于是，不同的意见会滋生出反对的声音。你的丈夫可能嘲笑你："看看谁想当作家！"或者你的老板可能打击你："年轻人，我付钱是让你干活儿的，不是搞业余爱好！"

或者一位邻居："一个女人这么闲，还不如把她的孩子拾饬得整洁一点。"

或者一位编辑："……退稿并不表示你的文章没有优点。"

或者一位朋友："……我们都为你骄傲——即使这只是一份主日学校的校报。"

或者一位亲戚："说真的，格拉迪斯，你想象不到当他们发现那些糟糕的文章是你写的时候都说了些什么！"

或者一位牧师："请你扪心自问，萨姆，你希望你的孩子们知道他们的父亲写了这样一本书吗？"

或者一位评论家："这部作品反映出作者连最普通的才华都不具备。""典型的大杂烩。""人物脸谱化。""故事肤浅空洞，毫无内涵，缺乏感情。"

太多太多的声音，都在表达同一个意思："你凭什么认为自己有能力写出值得一读的东西？"

这样的声音会削弱你的勇气，消磨你的意志。它们让你想要逃跑和躲藏起来，把自己的思想和感情深深封锁在面具背后，并且永远、永远、永远不再写作。

别听他们的。

"一个不敢超越自己的作家跟一个害怕犯罪的将军一样无用。"侦探小说大师雷蒙德·钱德勒曾经提出过这样的警告。

"我无法给你成功的公式，"赫伯特·贝亚德·斯沃普说，"但能给你失败的公式，它就是：试图让每一个人都满意。"

对于作家，最可贵的品质和习惯是什么？自发，自由，内心深处自然涌动的创作冲动。

最有害的是什么？压抑，自我审查，束手束脚。

（这里指的是压抑感情，而不是压抑行为。成为作家并没有给你权利做一个浪荡子，或者允许你正午时分就在公众场合喝得酩酊大醉。）

在这个世界上，我们所有人都一面追求正确，一面避免犯错误。所以，我们寻求确定性。

因为这个缘故，我们经常戴上自欺欺人的眼罩……排斥那些与别人跟我们说的不一样的思想、感觉和解释，否则就会遭到白眼和冷遇。

写作的规则就是这样一副眼罩，它的目的就是帮助我们永远不要犯错误。

获得认可有什么不对？当然没有。但是用规则束缚一个作家，他会下意识地用规则的标准去衡量每一个新思想，而不是听从内心的自由联想，直到其他思想的碎片像被磁石吸引一样聚集在新思想的周围。

要成为一名作家，一个富于创造性的人，你必须保持独一无二的反应能力，你必须坚持自己的感觉。如果有一天你变得沉默、温和，或者开始出现压抑、兴奋、狂喜、愤怒等等一切情绪化的倾向……你作为作家的生命就结束了。

为什么会这样？答案在于……

客观性的陷阱

世界上有两种类型的思维方式，对应两种创作小说的方法。

一种是客观主义者，这种人用分析的眼光看待一切事物。有三件事情使他偏离了方向：

a. 他依赖事实。

b. 他不相信感觉。

c. 因此，他试图机械化地写作。

这个人可能有创作的意愿。但是他是一种崇尚事实的教育系统的产物，对待事实就像伊斯兰教徒对圣地麦加一样顶礼膜拜。对他来说，教育就起了这样的作用。

就其本身而言，没有什么不对。教育者需要找到一种共同的基础，在此基础之上教导学生。

但是事实的特性之一在于，它是对过去表现的记录。所谓事实，即现象X在昨天、上个星期、上个月、去年，以这样或那样的形式发生和/或存在过。所以，我们有理由预期它明天也会以同样的形式发生和/或存在。

这意味着在处理事实时，你必须投入大量的注意力来分析它们的轨迹和记录。上一次发生了什么事？是怎样发生的？它们就像法律中的判例：过去的历史决定一切。从始至终，你一直在参照先例。

如果事情到此为止了，还不至于那么让人头痛，但是教育者拒绝就此罢手。摆事实很容易，检验知识也很容易。在许多领域它们都有广泛的实际应用。把注意力都集中在事实上，排除了把每个学生当作独立的个体因材施教的难题。

所以以教育者为首，整个社会纵身投入了集体的事实崇拜。

当你赞美一件东西时，通常要以牺牲另一件东西为代价。在这里，“另一件东西”就是感觉。

感觉是你所能掌握的事实的对立面。你无法描述感觉，最多能说它是某种内在的驱动力量，就像驱动发动机的电力。感觉是看不见摸不着的，不能听、不能闻，也不能品尝。它只有通过公开的行为向外部世界表现自己——通过反应。如何以客观标准衡量它的强度仍然是一个问题，远没有得到令人满意的解决。

好像这样还嫌不够似的，感觉因人而异，因时而异，它们是千变万化的——经常完全无法预期，变幻莫测。

感觉是一种拒绝按照井然有序的方式采取行动的元素，面对感觉的这种不可预测性，教育者的反应是不同程度的不确定、怀疑和愤怒。

所有人都有感觉，但是只有正确的人才懂得如何接纳感觉。

这是身为人的悲哀：教育者采取了显而易见的行动，教导一代又一代的儿童去依赖事实。这样做导致的必然结果是：怀疑一切感觉。

结果：一个训练有素的群体，每次发现是情绪推动了某种行为时都会感到内疚。

当一个适应了这种思维模式的人想要尝试创作，他会怎样做?

不用说，他把这当成一个需要调查的问题。

也就是说，他寻找别人已经写过的故事……研究它们……努力挖掘出它们的共同点。通过调研，他总结出规则。然后，他尝试在遵守这些规则的前提下创作自己的故事。

因此对他来说，故事就是一次技巧的练习，一种雕虫小技，一种堆砌文字的拼图游戏。只看成品不看过程，把结果看得比推动故事前进的动力还重要，很可能的结果是他写出的东西死气沉沉。尽管他可能拥有写作的技能，但是在本质上他是一个思考者、一个逻辑学家，他对自己的故事从来没有感觉。即使有，他也会把这种想法抛到九霄云外，因为他对感觉毫无信心，他害怕相信它。

无论如何，这种扭曲的态度都是危险的，但是如果你的工作只是锯木头、缝衣服或者把预先称量好的化学品混合起来，那么你仍然可以圆满完成任务。

不过对于一个创作者，这种思维模式意味着彻头彻尾的灾难。

为什么？因为如果一个创作者假定过去的先例能为他提供确定性和成功的保障，那么他注定会失败。

这样的确定性不存在，也不可能存在——写作中没有，生活中也没有。无论对明天的计划和准备多么周详，我们都有可能在今晚死于一场突如其来的强烈寒流，像著名的西伯利亚猛犸象一样冻得硬邦邦的。这些巨兽就像一座座庞大的肉山，被冷冻了好几个世纪。当死亡猝不及防地突然降临时，它们的嘴里还嚼着草。

顺便提一句，科学家和客观主义者还没有弄清楚那天究竟发生了什么事。

据我们所知，生命中唯一真正确定的事就是死亡——至少我们称其为死亡。

作为作家，面对这个世界，你必须接受世界和你自身固有的局限。事实是你理所当然应该接受的，但是不要崇拜事实，因为你的安全、你的确定性都存在于你自身，在你的感觉之中。

实际上，是感觉推动着你前进。当你沉浸在故事中时，你面向的是未来，而不是过去。你所讲述的故事激荡着你的心怀，你把这种兴奋用文字表达出来。新的可能性、新的关系随处可见。“如果……”是你的口号，你很少会想到规则。

这里所说的仍然是，作家应该更多地是主观而非客观的，作家的内心世界比外部世界更重要，只不过换了一种表达方式。作家凭直觉知道，在脱离故事的情况下，“情节”、“人物”、“场景”以及写作这门技艺中其他一切可以分解的元素都只是分解的，也就是没有生命的，跟实验室里解剖的标本一样。

因为大部分读者阅读是为了感觉，而不是分析，他们热爱以主观主义为导向的作家的作品。

出于同样的理由，他们忽略没有创造性的分析家的小说。

这是否意味着你可以像杰克·克鲁亚克那样写作，毫不注意技巧，从不修改或修正？事实上，不是的。“纯粹的”创作者与“纯粹的”客观主义者对立的画面是一种夸张，不存在这样的作品，通常这是个程度和重点的问题。作家更多地把重点放在我们所说的故事的感情元素上，这是因为他有感觉，而且不怕相信自己的感觉。就是这么回事。

成功的作家既拥有天赋也拥有智慧，而不会仅仅依赖自发性。

但是他会把逻辑和情绪区分开来，把判断评价和创造性区分开来。所以尽管感觉是他作品的源泉，但是在创作过程中他会时常停下来，从旁观者的角度重新评价他的计划和作品。

这种重新评价建立在经验法则的基础上，是我们所谓的原则当中，经过检验最聪明、最务实的方法。每一个故事都教会他新的诀窍，带给他新的工具、新的技巧。他的洞察力和理解力不断提升。他在这个过程中进步，很少会两次落入同一个陷阱。

这种程序、这种心理框架的分离、这种在创作和批判之间的转换，在任何创造性领域都是最有效率的学习方法。它把规则当作检验用的参照系，而不是蓝图。感觉——而不是逻辑——支配一切。

因此它鼓励自发性，充分利用讲述故事的原始冲动。

然后，它发现故事中的瑕疵和错误。

我说明白了吗？感觉的交流——你的感觉——既需要技能，也需要感情。

要获得这种技能，除了从头开始、从此时此刻开始努力，你别无选择。

通常，这意味着你要从阶梯的最底端起步，有很长的路要走。

在写作中，如果你希望有朝一日能够写好，首先必须愿意写得非常非常糟糕。只有当你准备好今天犯错误，才有可能明天继续前进。

作为创造性活动的写作

巴斯德曾经说过，机遇只偏爱那些有准备的头脑。感觉告诉你想要说什么，技巧赋予你表达的工具。

你需要的才能就是立刻知道下一步应该做什么，从而比其他人更快动手。

要知道下一步应该做什么，你必须掌握全部程序……有条不紊、循序渐进地呈现你的素材，触动读者的情绪开关，在他心里激起你所希望的感觉。这是处理事情的一种方法，是你可能提出的一系列“怎样……”的问题的答案。

例如：“怎样让描写生动?”“怎样制造冲突?”“怎样把事件联系起来?”“怎样决定从哪里开始你的故事?”“怎样让一个人物有趣?”“怎样保证读者对故事满意?”

或者，你或许会这样问：“通过哪些步骤让描写生动?”“通过哪些步骤制造冲突?”

这些问题经常相互交叉，因为写作的程序在各个层面上展开。有些简单，有些复杂；有些是基础性的，有些是专门化的。要让一个人物易于识别，你需要采取的步骤可能非常明确，而“怎样塑造一个读者认可的主人公?”则复杂得多。也就是说，这需要更多的步骤，必须考虑更多的变量，甚至可能需要几种基本程序的联合或交织。

一个作家必须了解所有这些程序吗?

因人而异，也因其抱负而异——看他想要成为什么类型、什么水平的作家。许多成功的作家只熟练掌握几种技能，而有些人袖管里藏着的把戏比他们实际使用的要多。一般规律是，无论你现在掌握了多少，努力把它们发挥到极致。

幸运的是，在写作中，我们中间大多数人高效地完成许多任务都是出于本能。经年累月的阅读让我们能够感觉出什么是对、什么是错，旧习惯总是没有错的，所以实际上你需要学习的东西非常有限。

事实上，如果你想要学习的太多，或者限制过于严格，这可能意味着你过于在意技巧本身，而不是把它当成一种帮助你讲故事的工具。你可能致力于机械化的写作，对自己的创意没有足够的兴奋之情。

哪个程序最重要？在这个特定的时刻你最需要的程序。

哪些故事最值得学习？激起你兴趣的故事。

一些故事比另一些更好吗？当然，但是任何故事在整体上都是优点和缺点的混合体。把某些所谓的经典当作学习的样板，除非你交叉手指祈求好运，并且往每个句子里加入一点调料，否则就会面临各种各样的困惑。因为在句子 A 中，你发现大师妙语如珠、值得崇敬，而在句子 B 中，他写得一团糟。

为什么？因为他有盲点，就像你我一样。

每个特定的瑕疵都反映了一个人的缺点。它可能意味着这个作家粗心大意、缺乏训练，或者电话铃响起的不是时候，或者写到这里时刚好他的妻子叫他下楼吃晚饭。

因此一个故事可能是阅读的盛宴，特别是那些作为教科书中的范文多次再版的故事，但是它们却不一定全都对写作有实际的帮助。“标准”程序（如果有，也是一种夸张和用词不当）要根据故事情境、写作状态，以及作者本人的品位和能力进行修正。

——这还没有考虑到这样的事实：一个特定的作家、编辑、教师或评论家所认为的范文，对你来说不一定是正确的样板。

你不能想当然地认为任何故事的任何片段都是尽善尽美的，除非你从各个角度对它进行全面系统的分析。总的来说，技巧是明确和具体的。供你学习参考的例子是从整体中抽离出来，并且尽可能消除更多变量之后的。

这里提出的程序在多大程度上需要修正？

正如之前提到的，你不是用数字创作小说的。每个人有不同的方法。有人计划周密，有人不然。有人勤勤恳恳，有人不然。有人思考，有人不然。

对于写作中的任何问题都不存在唯一的正确答案。你在不同的时间，以不同的方法做不同的事情。我们不仅可以说你不太可能用完全相同的语言描写连续两天的生活，我们还能断言两种写法都是“正确的”。

或者都是错误的。

你看，这个问题跟打棒球很相似。无论你是一个多么出色的击球手，都无法预先保证击到球……因为你无法控制客观物体的反应，而且永远不可能击出两道一模一样的弧线。

情绪也会产生影响。你会改变，你处理事物的方式也会随之改变。长期来看，你学习规则只是为了以后背离它们。

你如何掌握所有这些各种各样的技巧？通过写故事。也就是说，通过愿意犯错误。

然后，在犯错误之后，你掉头回来检查哪些程序出了错……找出你在哪里跳过了重要的步骤，在哪里偏离了方向，或者在哪条路上把地图拿倒了。

只要你写过足够多的故事，做过足够多的检查，你最终会学有所成。

做练习能不能让你更轻松地达到同样的目的？很遗憾，不能，至少以我的经验来看不能。喜欢做练习的人通常不会成为小说家，他是以确定性为导向的，追求明确、肯定的东西。

大多数潜在的成功作家没有耐心做这样的事。他们太渴望创作自己的故事，太陶醉于自己的幸福，太兴奋于自己的创意了。

练习不能让任何人兴奋。它们用明显人为设计的重重困难包围你，把写作变成所有人的苦役。

所以，全力以赴利用你自己的作品打造一套规则吧。每创作一个故事都让你获得更多的经验，并应用于创作的程序之中。每掌握一个新诀窍都让你更有信心，并远离挫折和沮丧。

最后，你的兴奋使你挣脱枷锁、自由翱翔，你会惊讶地发现不知不觉中，你已经是一个作家了。

第一步是什么？你要掌握文字的世界，这个重要的世界有其自身的规律和法则。

毫无疑问，在许多情况下你想要打破这些规则，但是犯罪的乐趣有一半来自知道自己的行为是罪恶的。

为了这个目的，让我们进入第 2 章，看一看文字及其规则。

第 2 章　你写下的文字*

故事是串联在纸上的文字。

“上帝不允许我以教师自居!” 18 世纪著名的意大利剧作家老卡洛·哥尔多尼曾经悲叹道。

更有甚者，圣人让我们与那些厚颜无耻地以文法家自居的作家保持距离。

大多数作家为了效果而分段，因为冲动而加标点，随心所欲地使用不定式和逗号。涉猎广泛的阅读取代了系统学习。只有当他们不得不向别人传授这门技艺，发现需要用术语描述学生的错误时，他们才求助于语言学的术语。

无论如何，这都没有阻碍他们写出优秀乃至卓越的文章。

换句话说，这就像一位优秀的演奏家凭记忆演奏。谁会关心呢？只要一个人写得清楚、准确、具体，就不存在什么阻碍。任何人如果需要关于语言的教学指导，那他一定是误入歧途了。

但是文字是作家的生命，而无论他对语法抱有怎样的怀疑态度。有些文字为他服务，有些文字跟他作对，有些则好像是专门搅局的。

如果你才刚刚起步，你需要知道哪些文字是做什么用的，以及为什么。

尤其应该学会三件事：

---

* 本章主要讲述英语写作的情形，中国读者可参考阅读。——编者注

1. 如何选择正确的文字。
2. 如何让描写生动。
3. 如何让意思清晰。

要紧的事情先做，让我们从第一件事开始。

如何选择正确的文字

在实际写作中，你的基本任务是什么？

a. 选择。
b. 安排。
c. 描写。

选择都需要做什么？

作为作家，你要为读者提供观察其他人生活的窥视孔，所以你必须决定：

谁是被观察者？

我们讨论的是医生、律师、商人、领导，还是什么样的特定人物？

我们在**什么时间**观察这些人物？

在他们生命中的什么时刻、什么阶段、什么时间点上？或者像老话说的，婴儿享受天真，成人享受世故？

我们在**哪里**看到这些人？

他们在户外？在街上？办公室？教堂？还是在家里？在起居室？卧室？浴室？

他们在**做什么**？

他们在工作？在玩？在恋爱？在仇恨？在做礼拜？在犯罪？在学习？在遗忘？

与此密切相关的是，当你的人物进行这些各种各样的活动时，读者注意到了什么？他看到了朝霞还是污泥？美丽还是瑕疵？他被一阵煎培根的香气吸引住了吗？或者是锯木板的刺耳声音？或者是指尖触摸到的天鹅绒的丝滑？或者是茴香酒的滋味？或者是一声愤怒的咆哮？或者是眼睫毛的一闪？

他**为什么**注意到这一点？

这个细节对他和你的故事为什么重要？

你的读者**如何**看待这一切？

他的视角是客观的还是主观的？通过作为作家的你的视角？通过你的主人公的视角？通过反派的视角？还是通过等着灾难降临到自己头上的无辜旁观者的视角？

这些决定每一个都是重要的，因此作为作家你必须作出选择。

同时，你要尽可能以经过证明有效的顺序为读者安排事件。你是采取从因到果的顺叙，还是从果到因的倒叙？你的故事是按照严格的时间顺序，一件接着一件展开的吗？你是否使用了某种闪回、倒叙的框架？

顺序有重要的影响。展示一把枪，然后是一具棺材，然后是眼泪，你的焦点是心碎。如果先是棺材，然后是眼泪，然后是枪，你的焦点则可能是复仇。

就这样，你作了安排。然后，你赋予素材生命。

通过描写。

要让读者体验故事中的生活，就像他自己的生活一样栩栩如生，读者必须用自己的感官去感受它。

你怎样把香水的气味呈现在纸上？怎样呈现老虎的咆哮？威士忌的刺激？和煦的春风？泥土？鲜血？

通过文字：描写。

只是写下来这么简单吗？用简短的词语、句子、段落，等等？

好吧，或许是。毋庸置疑，简单是一种优点。但是普鲁斯特有时候写的句子有 100 个单词那么长，欧内斯库让所有的语言都显得似是而非。每一本当代的平装本小说——初版，不是再版——都包括这些词语：无所不在的、被驱逐的、模糊不清的、抑扬顿挫的、热情洋溢的。爱因斯坦的理论和概念是科幻小说的标准配置。

所以？我们当中很少有人愿意去阅读迪克和简做了什么的启蒙读

物。在写作中，简单的确是一种优点，但不是最重要的优点。

那是什么？生动。那么简洁呢？简洁也很重要，毋庸置疑。等一等，毋庸置疑吗？

刚开始学习写作的新手，有谁知道在哪里、什么时候以及怎样做到简洁？如果用在错误的地方，简洁可能毁了你。

所以？跟简单一样，简洁从来不是问题的核心。生动才是。

让作品生动

如何把作品写得生动？使用那些能够被感性认识验证的元素来讲故事。视觉、听觉、嗅觉、味觉、触觉——这些是人类经验的共同点，是人们相信的证据。

准确地描写它们，把它们置于行为和运动中，你就摸着门道了。

你的两个关键工具是名词和动词。

名词是给事物命名的词语：**狗、船、铅笔、人、电话、草、椅子。**

动词告诉你发生了什么事：**吞咽、旋转、跳跃、窒息、撞击、跌倒、打鼾。**

你想要的名词是**形象化**的名词：能够把图形和影像投射到读者的心中。

名词越**特别、具体、明确**，画面就越生动。

犀牛这个词给读者的印象，比**动物**这个词更鲜明、更有意义。

但是**动物**这个词比**生物**这个词更鲜明、更有意义。

同理，试想“**平房**”、“**房屋**”与“**建筑**”，“**小明星**”、“**女孩**”与“**女性**”，“**柯尔特**”、“**转轮手枪**”与“**火器**”，“**牛排**”、“**肉**”与“**食物**”。

你写得越具体就越生动。“**金·诺瓦克**”比“**小明星**”更鲜明，“**嫩腰肉**”和“**法式牛排**”比“**牛排**”更鲜明。

——前提是读者必须准确地知道“**法式牛排**”的意思。如果他不知道，你所有的努力都只是把事情搞得更复杂……我们当中一些喜欢使用生僻字词的人应该吸取教训。

你如何判断特定读者的理解程度？

抛开无数连篇累牍的心理测试和市场分析报告，一般来讲，对于我们中的大多数人，答案可以总结为两条原则：（1）猜测；（2）希望。

除此以外，谁知道呢？当然，你要努力去熟悉读者的模式、态度和局限，但是这并不意味着你不会偏离目标。一本通俗侦探小说引用索尔斯坦·凡勃伦的名言，或者一部成人教育影片使用“线索”这个词，都曾经令我产生违和感。所以我相信，如果我对这个问题无法给出确定无疑的答案，你们能够原谅我。

但是正如马克·吐温说的，接近准确的词和完全准确的词实际上有天壤之别——如同萤火虫和闪电之间的差别。所以一定要努力寻找完全准确的文字！

泛泛而言，你需要做的就是追求特别，避免一般化（**“爬行动物”**产生的形象就不如**“响尾蛇”**生动）；追求明确，避免模糊（**“那些家伙”**就不如**“在萨姆的台球厅外闲逛的三个穿帽衫的年轻人”**有意义）；追求具体，避免抽象（说某件东西是**“红色的”**就不如说它**“跟本地消防车的颜色一样”**清晰）。

显然，所有这些都是关于程度的问题。在许多例子里，各个类别相互重叠。不过，如果我们想要从中总结出普遍规律，或许可以说，抽象是特别危险的，因为它把事物的特性同事物本身分离开来。

比如，爱是表示一种特性的名词。但是对我们中的大多数人来说，这种特性只有在考虑到它的客观对象时才有存在的意义。当你说的是一个爱国者对他的祖国的感情时，爱有一种含义；一个年轻母亲对她的婴儿的反应，有另一种含义；一个修女跪在圣母玛利亚的圣像前祈祷，有另一种含义；一个害羞的高中生试图向心爱的女孩告白，有另一种含义。如果你说的是酒吧里坐在你旁边的瘦长脸的妓女，又有一种含义。

所以每一次都要就事论事！也就是说，要使用特别的、明确的、具体的名词。

进一步观察表明：通常单数名词比复数名词更有力量。“家畜”可以产生某种兽群生生不息的画面。但是要形成生动的印象，就要把你的焦点对准某只单独的动物，至少是它的某个部分——一头角上生苔的老牛大声地咆哮，一头公牛愤怒地用蹄子刨地，一头母牛翻着白眼惊恐地横冲直撞。

当然，原因在于每个群体都是由个体组成的，当我们说“兽群在咆哮”，或者“暴民蜂拥向前”，甚至是“两个女人喋喋不休”，我们实际上歪曲了真实的画面。这样的概括可以构成有效和有用的口头速记，但不能描绘出真正准确的肖像。

关于名词就说这么多，现在来看看动词。

你需要的动词是“活动的”——表现事情正在发生的动词。其他的都要远远躲开！

特别是无论从哪种形式考察，直接描写静止状态的词都很无力。

为什么？因为它只描述存在——一种静止的状态。

在每个包含这样的表达方式的句子里，你的故事都停滞不前。什么也没有发生，状态维持不变，在读者等待故事继续发生的这段时间里，他一定不耐烦地频频看表，疲惫地交换着双脚。“她不高兴”可能是真实的，但是然后呢？她做了什么？有什么特别的行为显示了这种不高兴，以及暗示她可能采取的补救行动吗？

“萨姆坐在椅子上”的陈述，比“萨姆在椅子上坐下来”更枯燥乏味。让画面包含一点行动，冲击力会更强：“萨姆一屁股跌坐在椅子上”，或者“萨姆在椅子上不安地扭动着身体”，或者“萨姆从椅子上站起来”，或者“萨姆猛地站起身，碰翻了椅子”。

再说一遍：你需要的是“活动的”动词，说明事情正在发生的动词，从而帮助读者形成更鲜明的想象画面。

要写出一个生动、充满活力、层层推进的故事，就要尽你所能地删掉文章中所有的“在”。“骑兵在冲锋”就不如“骑兵冲锋陷阵”来得有力量。你还可以使用被动语态来表达，比如“阵地遭到了骑兵的猛烈冲击”——好极了！

最糟糕的是使用过去完成时。你可以从“已经”、“过去”这些词识别它，每次这类词在故事中都像一面标明危险的小红旗。因为它们描述的不仅是静止状态，而且是过去的静止状态：“那天他已经走了很远的路。”“我过去从来没有意识到我有多爱她。”

每个“已经”、“过去”都让你的故事遭遇颠簸，因为它把读者从现在的行动中拉出来，扔到过去。或许这种颠簸只是暂时的，比如一个懒惰的作家在一小段文字中说："约翰注视着她，过去他一直不明白为什么她是这个态度。现在她让他别无选择，只能强迫她作出决定。"

这里的颠簸和倒退很难察觉。但是如果"已经"、"过去"这个词出现的次数很多，你的故事就会陷入令人痛苦的支离破碎和停滞状态。前进的脚步停止了，读者发现自己陷入历史的泥沼，裹足不前。

这是死亡之吻。没有人能够改变已经发生的事，在这上面浪费时间充其量是自寻烦恼。读者需要的是现在的行动——影响未来的事件，塑造自己命运的人物。如果他没有找到前进的感觉，他会转向其他技巧更娴熟的故事。

但是有时候过去的历史在故事的发展中起着至关重要的作用，不是吗？当然。我们将在第 4 章介绍闪回技巧时讨论如何最好地处理这个问题，至于现在——拿出你的笔，删除那些"已经"、"过去"!

至少，在常识的范围之内能删掉多少就删掉多少。当然，有些时候你也应该使用一些，例如作为过渡，帮助你进入或者退出上面说的闪回情景。

不过在其他情况下，简单地修改措辞就能解决问题。比如，在几个段落之前，我们提到约翰"过去一直不明白"，等等。如果我们删掉恼人的过去完成时，把这个句子改成"为什么她是这个态度？是时候从根源上解决问题了"，读起来会更好。

一般说来，技巧在于把过去带到现在。为了这个目的，需要把回忆转化成行动，或者把二者紧密联系起来。如果女主人公以前曾经爱过男主人公，那就把这个事实变成此时此地发生的事件："他紧紧抓住她的肩膀。'你爱我吗?''你在无理取闹!''你爱过我，至少你说过你爱我。'"

或者可以说："她的眼睛还是老样子，艾德想，她的眼睛，她的嘴唇。""他思前想后，如果他试着吻她，就像很久以前河边那个夜晚一样，她会如何反应。"

在这方面稍加练习，效果会很神奇。试试看！关于动词说完了。还有什么?

代词：用来指代名词的词——他、她、它、他们、我们，等等。

关于代词有什么可说的？看看你的先行词！也就是说，要保证每个代词指代的是正确的名词。

“这一次，女孩找简借一美元吃午饭。她叹了口气，把它递给她。”谁给了谁什么东西？你是不是跟我一样一头雾水？关于代词说完了。

形容词是修饰名词的词……帮助你挖掘更确切的意思。当你形容一个人的脸是“憔悴的、有棱有角的”，形容词把它跟圆脸、苦瓜脸或者其他脸孔区分开来。

同样，金发女郎是一个相当宽泛的类别。当你形容一个女孩是“衣着俗艳的”金发女郎，或者“声音沙哑的”金发女郎，或者“其貌不扬的”金发女郎，或者“邋里邋遢的”金发女郎，就把这个范围缩小了。

一个厚脸皮、声音沙哑、其貌不扬、邋里邋遢的金发女郎，怎么样？没问题，只要你想得到，还可以加上更多！关于形容词说完了。

副词？它们修饰动词，描述一个动作完成的方式：愤怒地、不耐烦地、活生生地、沮丧地、快乐地、微笑地。有点令人厌倦，不是吗？

补救措施：在可能的情况下，用行动代替副词。“她愤怒地转过身去”，还是“她的表情僵住了，双拳紧握，指关节都发白了”？“他疲倦地坐下来”，还是“他深深叹了一口气，跌坐在椅子上，头向后靠，闭上了眼睛”？

生动比简洁更重要，至少有时候是这样。关于副词就说这么多。

要身临其境地体验你的故事，读者必须用自己的感官去感受它。如果能够与他以前经历过的事情建立起可感知的联系，他的感受会更清晰。也就是说，与他自己过去生活中的某个现象相似或相反，本书称之为比喻，包括暗喻和明喻。

当你把一个暴徒比作“笨拙的大猩猩”，或者把一个舞者比作“精灵”，或者把一辆坦克比作“机械化的破城锤”，你就在使用比喻。你可以说，海滩上的波浪像棉花糖一样又白又厚，也可以说，棉花糖像夏日海滩上的波浪一样轻盈。

有技巧地使用词语，这将是另一个帮助你为作品注入生命力的很好的工具。

事关意义

名字中有什么呢？显然，比莎士比亚关于玫瑰的名句[①]所说的还要多，否则好莱坞为什么要在造星之前，给那些名字有不雅谐音的明星改名呢？

同样，词语的含义也比乍看起来丰富得多。

这个问题没有想象的那么简单，任何语义学学者都会很乐意用三四卷的篇幅向你解释。但是就我们这里的目的而言，只需要把握一个关键事实：人们的感觉来源于他们使用的词语。

用专家的表述方式来说就是，词语既有本义也有言外之意。本义即词语“实际的”或“字面上的”意思。当一个词语除了这层“实际的”意思，还隐含或暗示了其他东西时，这些隐含或暗示的其他东西就是词语的言外之意。

这些隐含的、暗示的、关联的意思通常包含着赞成或反对的弦外之音，而且这种弦外之音通常比词语“实际的”意思更重要。

以“宣传”这个词为例，简单说来，它的本义是“通过系统化的努力提供信息，从而传播观点或信仰”。把它归类为褒义还是贬义，取决于你是否同意其中涉及的观点或信仰。但是实际上，在一般人心目中，这个词取得了“谎言”、“歪曲”、“不诚实”和“曲解”等言外之意。因此给任何材料贴上“宣传”的标签就等于给其内容盖上了否定的印章，从而可能导致负面的结果。

“罢工”、“纯种马”、“政客”、“学生”、“乡巴佬”、“士兵”、“速记员”——表面上它们只是词语，有着清晰明确的本义，但正是它们在大多数人心目中的言外之意——以及无数其他词语的言外之意——对作家构成了实实在在的危险。因为如果没有考虑它们的隐含寓意、情感倾向，他可能根本没意识到自己做了什么就得罪了一大批读者。如果他用“阴沉的”、“淫乱的”、“粗俗的”、“无能的”或者“挑剔的”形容一个人物，

---

① “玫瑰不叫玫瑰，依然芳香如故。”出自《罗密欧与朱丽叶》。——译者注

他可能无意中把这个人物推下了深渊，比说他是个贼还要糟糕。

所以要当心！不要只注意词语本身的意思，还要考虑人们使用它们时的感觉。

* * *

除了已经提到的几点，文字还有可能在哪里出错？

对此我没有放之四海而皆准的答案，更不用说决定性的证据了。但是在某些特定的领域的确经常出差错，值得注意。

比如：

a. 句子结构单调无变化。

b. 主语和动词分离。

c. 副词的位置不当。

d. 词语和段落不经意地重复。

e. 崇拜正确的语法。

f. 不能立刻表明意思。

当然还有更多，多得多，但是可以从这些错误开始。很大程度上，每个问题的解决都是常识的问题，以句子结构单调无变化为例。

不需要多少天才，你就能够识别作品中有太多的短句、太多的长句、太多的简单句、太多的复杂句、太多的掉尾句、太多的松散句，或者任何使你的作品变得无聊的句子。

显然，答案在于引入变化——长度、形式、风格等方面的变化。许多老套的陈述句（**他一言不发地走开了**），都可以通过调整语序（**一言不发，他走开了**）、重新措辞（**他阴沉着脸，沉默地走开了**）、加入一点动作（**他原地转过身，走开了**），或者加入一点感情色彩（**面对一张冷冰冰的危险面具，他……**）等方法加以改进。

另一方面，也要注意不能为了变化而变化。一旦句法技巧本身成为关注的对象，它们就会破坏你的故事，那无疑是通往灾难之路。

主语和动词为什么会分离？

我猜是因为我们偶尔都会在思维的迷宫中迷失方向，否则怎么解释出版物中那些拙劣的作品呢？

这里有一个学生手稿中的例子：“这个女孩，尽管脑子乱作一团，而且冒着被打破的窗玻璃锋利的边缘割伤的危险，还是逃脱了。”

“女孩”是句子的主语，**“逃脱”**是动词，它们之间隔着好几个用来修饰的词语，这种分离使得句子支离破碎。

这种分离是必需的吗？换一种说法，我们的读者是否看得懂：“那一刻她的脑子乱作一团。打破的窗玻璃锋利的边缘增加了危险，尽管如此，女孩还是逃脱了。”

这个例子的教训是，不要试图在一个句子里塞太多东西，重点在于内容而不是长度。任何时候你觉得需要对句子的某个方面作出解释，就要停下来想一想。奇怪的是，这些困扰你的地方通常都有必要加入**额外的**句子，甚至是两三个句子，才能让你的思路直接、清晰、简单地延伸下去。

副词的位置不当可能是因为不理解词语所在位置的影响效果。

要让效果最大化，就把副词放在句子的开头或结尾：“**怒不可遏中**，他走开了”或者“他走开了，**怒不可遏**”。尽管在特殊情况下，“他**怒不可遏地**走开了”之类的说法并没有问题，但是通常修饰对于读者产生的效果就消失了。

词语和段落不经意地重复是粗心大意的结果。

比如，在某一行里，主人公“**什么也看不见**，摸索着走上摇摇欲坠的楼梯”。三行以后，“被跳跃的火焰晃瞎了眼睛，**什么也看不见**”，主人公跌倒了。这是自然和常见的错误，但是依照常规应该改正。

有时候为了取得特殊的效果，你需要有意重复。

老话说得好，第三次准灵。如果同一个词语出现两次，看起来是巧合，但是第三次（以及更多次，只要你没有把这种技巧滥用到荒谬的程度），读者会认为你这样做是有目的、有原因的，比如“这是五彩缤纷的一天，不是一种颜色，而是许多种：桑德拉嘴唇的颜色，艾德旧夹克的颜色，大海、沙滩和天空的颜色。”

语法崇拜？

只有有意识地打破规则，才能让语法正确地发挥作用。

也就是说，让它们成为左右读者情绪的工具。如果这要求句子碎片化、不加标点、意识流、独词成段，那么务必这样做。温斯顿·丘吉尔照亮了我们的道路，他曾经直言不讳地对坚持句子不能以介词结尾的纯粹主义者说："这条规则是我不能忍受的。"①

所以你可以根据需要打破常规，但是要有意识、有目的地这样做，而不是出于偶然和随意。而且在大多数时候，还要遵守规则。这样读者会感觉更安心！

当然，我们的第六点即最后一点包含了一切。

这也是最重要的一点：意思**必须**立刻说明白。如果读者必须读两遍才能明白一个句子的意思，你的麻烦就大了。

这一点怎么强调都不为过。许多准作家指责读者愚蠢，缺乏理解力，但是这些指责得到了什么结果？不管读者是否愚蠢，他们都会尝试、摸索，最后放弃，除非你能让他们明白你的意思。

"文学"小说家中出现过这样傲慢自大、以自我为中心的奇葩："我写作，让读者学会阅读。"这即使不是荒谬或者可悲的，也是非常可笑的。拒绝写能让大多数读者理解的东西，然后因为这些读者拒绝你而怒火中烧，就如同让小学生从大学物理课本中学习识字一样。大部分职业作家都把找到与读者沟通的方式当成自己的责任，无论这些读者的水平如何。毕竟，如果你觉得自己水平很高，你总是可以瞄准一些读者的。

* * *

这就是关于文字和语言的全部内容。它们是工具，在你的整个写作生涯中，它们与你相伴……用它们把你的读者和你的故事联系起来。

本书会在许多不同的上下文中多次涉及文字和文字的使用，而所说的还不到应该说的内容的百分之一。

不过现在，让我们假设你已经正确地理解了文字的重要性，准备好进入下一个与你更加密切相关的主题——如何运用语言影响读者的感觉。

这很重要吗？

不骗你，这是决定你作为一名作家成败的基石。

---

① 原文为"This is one rule up with which I shall not put."在这里，丘吉尔有意识地窜改了英语词组"put up with"（"忍受"、"容忍"）。很明显，如果用下面的方式将介词放到句子末尾，这个句子会优美得多："This is one rule which I shall not put up with."——译者注

第3章　关于感觉的简单事实

故事是一连串的刺激和反应。

前一章告诉你如何与读者沟通，通过文字。

作为一个小说家，你应该通过什么来沟通？感觉。

* * *

感觉是你运用刺激与反应建立起来的东西。正确的操作是既简单又复杂的一件事。如何和为什么相互啮合。问题会出现在方向定位、心理因素、时间顺序和程序步骤等方面。

不过一旦你理解了基本原则，对这种手法的运用就几乎是出于本能，像呼吸一样容易和自然。

关键在于完全理解每一个步骤的用武之地。都有哪些步骤？

1. 决定什么是好的，什么是坏的。
2. 给读者一个向导人物。
3. 创造一个故事世界。
4. 引入一个变化的元素。
5. 从因果关系中汲取动力。
6. 将发展表现为刺激和反应。
7. 运用刺激—反应单元影响情绪。
8. 从张力的角度衡量作品的长度。

9. 学会在刺激—反应单元中写作。

我们出发吧！

如何分辨好与坏

你如何决定一件事物的好坏？要知道，在不同程度上和不同环境中，每件事物都好坏参半。

以一场暴风雨为例，它是好还是不好？假如是一次炸弹袭击？一场罢工？一次勾引？离婚？结婚？一支香烟？一根巧克力棒？一份工作？

这些是你亲身经历的一部分还是仅仅出现在你的作品中，并不重要。无论是哪种情况，在能够明智地回答任何质询之前，你需要两样东西：

a. 具体事例。

b. 衡量标准。

比如，在暴风雨的例子中，我们必须考虑降水量、风暴的严重程度、发生的时间地点等因素。所有这些都必须明确。它们加在一起，构成一个具体事例。

每个故事都与具体事例有关：这个女孩、那个男孩、街区里发生的谋杀、老马丁太太之死、小河对岸的换妻俱乐部。试图让故事停留在普遍性的层面上不仅不可能，也是自相矛盾的。

但是无论你的事例多么具体，无论你对主题挖掘得多么深入，除非你找到一种衡量标准——一种你用来衡量，尤其是评价资料的标准，否则任何资料都没有意义。因为我们是人，我们考虑接触到的每个现象时，都要依据它们对人类的即时和/或最终影响。

但是随着时间和场合的变化，关于什么是人类福祉的观点有着天壤之别。圣奥古斯丁划定了一条界线，阿道夫·希特勒划定了另一条，何况还有诺曼·梅勒[①]！

在暴风雨的例子中，我们是从谁的视角和感觉出发去看待它？嘉年华经营者还是农场主？电力公司的故障抢修员还是雨伞推销员？一个刚把一篮子洗好的衣服晾在外面的家庭主妇，还是一个正想找借口今天不洗衣服的家庭主妇？问题从来不在于事物本身，不在于发生了什么。事物的重要性只有在跟人有关、对人产生影响、被人评判时才体现出来。在这里，**意义**和**重要性**本质上是同义词。我们通过特定的人在面对具体事例时的行动来决定一件事物的重要性。

换句话说，不应该说一件事物是重要的，而应该说它对**某人**是重要的。

下一个问题：这个人是**谁**？

大多数人都是根据相关的具体事件对我们个人状况的影响，来得出其是否是真、善、美的结论。对炸弹袭击的评价取决于遭受袭击的是我们还是我们的敌人。对罢工的评价取决于我们个人对工会的态度。如果我是个花花公子，我对勾引会有一种评价；如果被勾引的是我的姐妹、妻子或女儿，又会有另一种评价。如果我饥肠辘辘，巧克力棒是好东西；如果我在减肥，它就是坏东西。依此类推。

因此归根结底，所有的价值判断都是高度个人化的。不进行详细周密的调查，我们就永远无法确定一个人的立场。这可能是世界上最困难的任务，我们已经见证的政府安全检查的周期性失败便是如此。人类内心高墙内的秘密思想几乎能够抵御任何外来冲击。

但是如果这个人用我们的衡量标准，他将如何作出自己的评价？他会借助智慧还是逻辑？

恐怕都不会。我可能因为一个女孩舞跳得非常好而娶她，因为她的鼾声让我做噩梦而跟她离婚，仅仅因为一家公司的茶歇规定就选择或放弃一份工作，面对堆积如山的研究报告和医生的郑重警告仍然抽烟抽得像个烟囱。

所以还是那个问题，个人如何作出他的价值判断？他凭感觉对事实

---

① Norman Mailer，美国著名作家，国际笔会美国分会主席，美国“全国文学艺术院”院士，“二战”以后美国最重要的作家之一，被称为“海明威第二”。——译者注

作出回应。

什么是事实？

事实是我们（或至少我们中间相当一部分人）赞同的资料解释，是大众一致赞同的观点：地球是圆的，美国有两亿人口，胰脏功能失调会导致糖尿病，牛里脊肉通常更嫩而不是更肥。

什么是感觉？

感觉是对资料的私人解释，是一个人对世界独一无二的、个人化的反应：我爱这个女人，我同情那条狗，我讨厌热麦片，我难过、快乐或者迷惑不解。这是对内心情绪起伏的主观认识，表现为对外部世界的反应。感觉通常不请自来，与智慧或逻辑无关。

“反应”是“我希望以某种特定的方式行动”的简称。我不一定实际采取行动，你明白，但是我有这种冲动。如果我所有的制约和束缚因素都魔术般地消失了，我要拥抱那个女人，安抚那条狗，倒掉热麦片，哭泣、大笑或者大发雷霆。

接下来，行为很少是中立的，它肯定或者否定，让你前进或者后退。所有的反应、所有的感觉，最后都归结为“这是好的”或“这是坏的”。你喜欢蜜桃派，或者不喜欢。你对你的新办公室感到满意，或者不满意。你享受聚会，或者它让你如坐针毡。

事实是独立存在的，不依赖于人。但是只有当我们对它们有感觉、对它们作出反应时，它们才有意义和/或重要性。一夜之间下了将近 20 厘米的雨是一个事实，至此它只是你在报纸上看到的一条新闻。如果雨水漫进你的起居室，毁掉了价值 2 000 美元的家具，它对你就有了实实在在的影响。记住，重要性存在于个人的感觉当中，美存在于观者眼中，邪恶潜伏在人类的内心深处。

东西没有感觉，事件没有，场所没有，但是人类有。物品、事件和场所能够在人类心中制造感觉，触发各种各样令人惊讶的个人反应。一条无毒的蛇爬过房间，即使在它不可能造成危害的情况下，也会有人尖叫起来。他是因为蛇而尖叫的吗？不是，是因为他自己的感觉。同样，我们“知道”严重的秃顶是无药可医的，阿司匹林就是阿司匹林，没有任何一种香皂能够让一个丑女人变美丽，但是我们仍旧每年在治疗秃顶、阿司匹林和美容香皂上花费大笔的金钱。

事实上，从最广泛的意义上来说，一切客观性都是神话。假设有限的心灵能够成功地给无限的客观事物分门别类，这本身就是一种自我的无限膨胀。我们的整个生活方式都说明，我们是如何牢牢受制于人类这个物种以及我们自身人性的限制。男孩本能地追求女孩。我们连跟黑猩猩进行有意义的对话都做不到，却在谈论与外星人接触交流。科学家理所当然地认为，人类的生命比他用于研究的实验动物的生命更重要。

所有这些说明什么？

只说明了我们每一个人在世界上都有目标……一个内置的磁极，一个情绪的罗盘。尽管我们对客观性这一实用工具顶礼膜拜，但大多数时候还是感觉告诉我们：应该相信哪个人、跟哪个女孩结婚、买哪辆车、花多少钱、信仰什么，以及投票给哪个候选人。

要理解，这些感觉告诉我们对与错，就像每个女人在丈夫第一眼看到她 20 美元的新帽子时马上知道他是否喜欢它一样。它们不能保证智慧、道德或者品位，但是它们的确给予我们个人一种即时导航、一种标准。

通过额叶切除手术或者其他方法消除一个人的感觉，他就变得跟植物人没有什么两样。

劝一个人不要相信这些感觉，比如通过客观主义的教育，他就会像生命海洋上漂浮的木片：漫无目的地漂流，没有动力，没有焦点。

正如我们之前指出的，每个人天性都是利己的，围绕着自己世界的小太阳旋转。我知道自己在哪里，所以其他一切事物都根据与我的关系各居其位。

事实上，事情**本应**如此，除非我们准备放弃一切目的感和方向感。

接下来，我们来看看所有这些如何影响你的故事。

焦点人物：读者的罗盘

如何让读者关心故事中发生了什么？

他们必须关心，否则他们根本不会读你的小说！所以问题是，你如何让他们关心？

让发生的事情对他们产生情感上的利害关系，让他们站在事关成败的立场上。为此，你需要以一个站在事关成败的立场上的人物为中心来展开故事，让读者产生支持或者反对他的感觉。

故事描述的是事件，但是这些事件不能或者不应该独立存在。它们需要被解释、说明、评价，才能有意义。

首先它们必须被转化为感觉。

这意味着故事本质上是主观的，而不是客观的。因此，它需要像一个人一样具有强烈的方向性。

什么是方向性？

“方向”（orient）这个词最初的意思是面向东方，指的是在修建教堂时让祭坛位于东端。后来，这个词的意思被扩展，包含一个人如何厘清自己与特定环境之间正确关系的一切活动。

具有方向性就是说要给某人指出正确的方向。在故事中，这个某人就是读者。

“给读者一段经历只是作家功能的一部分，而不是全部。”评论家埃德蒙·富勒指出，“能否给我们附带评价的经历才是区分伟大作家和优秀作家的关键，无论这种评价是具体写明的，还是在上下文中通过他呈现给我们世界中的人物、行动和环境是心照不宣的。（在艺术作品中，我们进入的通常都是作者的世界，而不是客观世界。）”

尽管对经历作出评价是作者的任务，而且读者进入的是作者的世界，还是可能产生各种各样的困惑。作家经常落入描写事物——关于性、暴力、风景、战争、天伦之乐和家庭冲突——的陷阱，历史事实或具体细节淹没了他。寓意和评价停留在他的思想中，从来没有被读者认识到。

简而言之，尽管他的作品乍看起来像个生动的故事，但实际上还算不上是小说。因为故事从来不是关于事物的。相反，它总是关于某人对发生的事情的**反应**：他的感觉、他的情绪、他的冲动、他的梦想、他的野心、他的破坏欲和内心冲突。外部事物只是将它们清晰地展现出来。

或者就像古老的经验法则所说的：“每个故事都是某个人的故事。”所以故事里要加入一个我们根据需要，称之为**“焦点人物”**的人。

顾名思义，这个人物是聚光灯焦点下的人物，是关注的中心，他的行动在屏幕上占据主导地位。

焦点人物有三个主要功能：

a. 提供连续性。

b. 赋予意义。

c. 制造感觉。

什么是连续性？

只要有机会，故事中的事件就会悬在半空，像慢金属摇滚乐空灵的乐声一样飘飘荡荡。焦点人物是把事件黏合在一起、联系过去与未来的连续性因素，即使其行动的范围跨越了从公元前 2000 年到公元 2000 年、从纽约到圣弗朗西斯科、从音乐厅到停尸房。自始至终我们关注的是他和他的反应，所以每件事情都各归其位。

他也使得发生的事件具有了意义和重要性。记住，意义通常是我们根据某人面对具体事例时的行为方式所得出的结论。如果这个人是我们的焦点人物，如果当他看到王冠上的宝石、第二天的头条新闻或者黑胡椒牛肉三明治时，发出恐怖的尖叫或者愉快的笑声，我们就可以假定这些东西对他具有独一无二的重要性。因此除非发生了什么事让我们改变心意，否则我们总是用跟他一样的关注程度和考虑因素去看待这些事物，用它们衡量和评判故事的方方面面。

因此作为读者，我们对之前提到的暴风雨的态度将由雨水是帮助还是妨碍了焦点人物来决定。一个环境是丰富多彩还是单调乏味的，一次事故是生死攸关还是微不足道的，另一个人物是好人还是坏人——都将以焦点人物的反应为导向来评判和解释。

与此同时，读者自己也在评判和解释焦点人物。

这种评判把我们带到了前面所说的焦点人物的第三种功能——制造感觉。

哪种类型的感觉？

喜欢或者不喜欢的感觉，支持或者反对的感觉。这些感觉的重要性怎么形容都不为过。焦点人物存在的唯一最重要的原因就是唤起感觉。

为什么？因为读者需要一个传递意见的人物。

感觉是这样起作用的：焦点人物冷笑着，把一杯啤酒泼到酒吧跛脚的清洁工头上，那是个无辜、不幸、忧郁的人。

出于义愤，读者马上会不由自主地怒发冲冠。

或者换一种假设：一个凶残的反派威胁手无寸铁的焦点人物，如果不向那个清洁工泼啤酒就要他的命。相反，焦点人物把啤酒泼到了反派的脸上。

像变魔术一样，读者的心因为另外一种感觉而怦怦直跳。他激动不已，迫不及待地继续读下去，为作品中焦点人物的顽强勇气感到兴奋。或许他自己都没有意识到，他在下意识地对焦点人物作出评判，就像他以前做过的那样。

为什么读者要评判焦点人物？因为他不由自主，他身不由己。信念和感觉是他的一部分——他最深刻的内在。当他遇到正确的刺激时，它们就蠢蠢欲动，通过神经的紧绷和脉搏的加速强调自己的存在。

如果你的读者不去评判焦点人物，我敢打包票，这样的焦点人物一定是太平淡、太无聊、太中立，根本不值得去描写。如果没有这些你的读者可以在不同程度上赞成或反对的人物，你就无法唤起读者的感觉。

没有感觉，他就不会关心你的故事中发生了什么。如果他不关心，他就会停止阅读。

那你就完了。

* * *

即使读者作出评判，他的感觉也会跟焦点人物的感觉混合在一起。

就是说，他会跟随焦点人物共同经历故事中的一切。

“当你理解了电影中某个人物的感觉时，”心理医生戴维·芬克说，“你会复制他的紧张感，你能感觉到他在虚拟环境中感觉到的东西，你会用自己肌肉的紧张、肠胃的痉挛和腺体的分泌去理解故事。没有这些反应，电影就没有意义。没有这些反应，生命中的一切都没有意义。”

所以读者关于焦点人物的感觉，加上焦点人物与读者交流时自己的感觉，共同为故事注入生命力。它们结合起来，提供了一个好的故事所需要的目的感和方向感。

没有焦点人物，读者就像一个城市里的男孩被扔到科罗拉多或蒙大拿蛮荒地带的山间要塞。他有完全的自由，可以去任何地方，但是不知道该走哪条路。

也就是说，这个男孩迷失了方向。除非他找到一块界标，爬上一棵树观望四周，找到一个罗盘为他指明方向，沿着一条小溪走，或者跟随一个印第安向导，否则他就会深陷困境。

读者的麻烦更大。他面对一个陌生的故事世界，就像攀岩新手面对落基山脉一样困惑。人们在故事世界中穿行，事件一个接一个发生，环境和场景不断变化。

尽管如此，对于读者来说这仍然是空洞乏味的，没有重要的和令人兴奋的因素，因为他没有一个作为评判出发点的基地，他根本不知道自己站在哪里。

他需要的只是从窗口射进来的一道引导的光束——好莱坞故事俗套的现代版本："我们支持哪支球队?"或者"我们为谁欢呼?"。

事实上，他需要焦点人物的行动告诉他，自己站在枪口的哪一边……他是猫还是老鼠，是妻子还是第三者，是赢球还是输球的教练，是好人还是坏人。

这是否意味着"焦点人物"是"英雄"的同义词?除非巴德·舒尔贝格的讽刺小说《什么让萨米奔跑》中的萨米·格利克是个英雄，或者麦克白，或者德拉库拉[①]、埃尔默·甘特里[②]也成了英雄。

事实上，"英雄"这个词在我们的思想中有着积极的、可取的言外之意。焦点人物则可能相反，我们可能厌恶他，却仍然对他感兴趣。

因此他可以是——通常也会是——英雄，但不一定如此。

"焦点人物"和"视角人物"一样吗?

视角人物是我们通过他的眼睛看到全部或部分故事的人物。实际上，我们进入了他的身体，但他不一定是故事所围绕的中心人物。歇洛克·福尔摩斯是焦点人物，视角是华生医生的。在达希尔·哈米特的《马耳他黑鹰》中，萨姆·斯佩德是焦点人物，视角则是作者的客观视角。

此外，在罗伯特·路易斯·史蒂文森的《夜宿之所》中，弗朗索瓦·维永既是焦点人物也是视角人物。同样还有马克·吐温的哈克贝里·费恩、詹姆斯·M·凯恩的《双重赔偿》中的沃尔特·赫夫、米基·斯皮兰的迈克·哈默，以及无数其他人物。

---

① 布拉姆·斯托克（Bram Stocker）小说中著名的吸血鬼。——译者注

② 美国作家辛克莱·刘易斯（Sinclair Lewis）名作中的神棍和骗子，曾于1960年被改编为电影《孽海痴魂》。——译者注

所以焦点人物可以是视角人物，也可以不是。但确定无疑的是，他是最重要的核心人物，因为他决定了读者的方向。

有没有可能创作一个没有焦点人物的故事？

当然有可能。但是代价通常就像是给我们的城市男孩一个做了手脚的罗盘，罗盘的指针一会儿指着这个方向，一会儿指着那个方向。缺少一个可以让读者为之欢呼或者向他扔石头的强有力的核心人物，就像是抽掉了故事的动力。方向、连续性和观点都变得支离破碎。

例如，在威廉·马奇的《K 连》中，每一章都采取了第一次世界大战步兵部队中不同成员的第一人称视角。写作技巧很高超，每一章读来都令人趣味盎然，而且作家在第一章中就解释了之所以采取这种叙事手法的原因，消除了可能产生的困惑。

但是这里缺乏一个贯穿始终的焦点人物能够带来的整体性。这本书更像是一系列的速写，而不是一部小说。作家试图表现的包罗万象的战争蒙太奇由于焦点过于分散而变得模糊不清。

如何最有效地描写一个焦点人物，从而使表达的意义和感觉最大化？

这是一个非常有趣的问题。要回答这个问题，我们首先需要关注客观世界的缩影，我们称之为——

故事世界

对于发生了你的故事的世界，必须记住三个关键点：

a. 读者从来没有去过那里。

b. 这是一个感觉的世界。

c. 这是一个主观的世界。

以上三点每一点都至关重要。建立一个故事世界，就像在一部个人的《创世记》中扮演上帝的角色。只有把事件跟你和你的读者每天都置身其中的现实世界联系起来，你才能够最大限度地理解它们。

我们自己的世界是一个巨大、空旷、广阔的地方，很容易让人迷路。无论你旅行过多少地方，总有你没探索过的街角、没走过的小巷。

同样，你不能假设读者什么都见过。他可能不熟悉肯尼亚山的丛林，或者新加坡莱佛士坊商业区的汹涌人潮，或者芝加哥南州街肮脏破败的社区，甚至隔壁邻居家满是俗气、毫无品位的现代装饰的客厅。所以唯一的做法是具体、详细地描绘每一个场景，提供真实、丰富、恰当的细节，将一幅栩栩如生的画面展现在读者眼前。

下一个问题：如何赋予一个场景生命力？

当然，答案在于人类这个物种自身。他的世界是一个感觉的世界——青草地和白房子，小猫的咪呜和卡车的轰鸣，香奈儿 5 号和袅袅的炊烟，冰凉的鲜橙汁和热气腾腾的培根卷，丝绸的柔滑和火山灰的粗糙。

所以你根据这些感官印象构建故事世界：看到的、听到的、闻到的、摸到的、尝到的，重点在于生动的画面和有冲击力的语言。

然后，触类旁通，把故事世界跟你熟悉的世界联系起来，即使这要求你多写几句话，也是值得的。一个从来没有闻过月球上陨石坑喷出的烟气的人现在知道，这种气味就跟开采矿山时竖井中喷出的辛辣的硫黄味差不多。

最后，可能也是最重要的，你需要考虑这个世界的参照系。

在这里，你把描写的一切同你的参照点，即焦点人物联系起来。你需要做的是**主观地**呈现你的素材，你的焦点人物则要**主观地**接受它们。

为什么？因为我们每一个人都在自己的目标、态度和过去经验的基础上，以自己独特的、个人化的方式对环境作出反应。我看待事物的方式取决于我自己的心情和外部刺激，二者同等重要，有时候前者更重要。一个人对贫民窟的肮脏感到恐惧，另一个人因为弥漫在每一个污迹斑斑、臭水四溢的房门前的怒视和敌意而寒毛直竖，还有人则感到很轻松，完全没有意识到污秽和恐惧，因为他自己就属于这个世界。

作家用来描述场景的文字必须反映这些感觉。尽管要努力追求客观性，但正是你的叙述把你喜欢的和不喜欢的区别开来。

这样，你建立起自己的故事世界——一个情绪化的、主观的区域，通过感官图像变得如此栩栩如生，无论读者自身的经验多么有限，都会感觉仿佛置身其中。

但是即使到了这一步也别松懈，你的工作才刚刚开始。因为故事世界不是静态的，而是不断变化的。

故事等于变化

故事记录变化，它描述焦点人物从一种心理状态向另一种心理状态转变的细节。

以典型的侦探小说为例。故事开始于英雄人物以某种方式卷入谋杀案的危险之中，结束于他将凶手绳之以法，从而消除了危险。

开头和结尾之间是行动——事实上是双重行动。从外部看，客观行动是英雄与反派之间发生的各种各样的冲突，直到一方击败另一方。与之同步发展的还有一条内在的感情线，通常以自省的形式出现——至少在部分思想和感觉中出现。不过有时候感情线只是暗示的，需要通过客观行动来证明。

这种内部行动揭示了在外部斗争的过程中，英雄内心紧张感的持续波动。这里也包括了不同类型的反应，比如震惊、悲伤、愤怒、恐慌和坚定的决心，以及许多太复杂以至于无法归类的其他感觉。

比如一个爱情故事，我们从男孩爱上女孩开始，到男孩得到女孩结束，其间存在着客观困难和情绪波动的无限可能性。

就是这样。在奇幻故事中，女主角**变成了**女巫；在科幻小说中，太空人**大战**怪兽；在言情小说中，妻子**扶助**丈夫；在西部故事中，警长**清理了**小镇；在商业小说中，经理**赢得了**最高职位。

在每一个例子中，最突出的一点都是：某人做了某事。在一个成功故事的结尾，情景和事态都与故事开头不同，焦点人物的心理状态也不同。或多或少地，他改变了自己关于什么是好、什么是坏的评价，以及处理某类麻烦时的态度和观点。如果故事没有发生，他的未来不会是这个样子。至少，他从问题将如何解决的不确定性中解脱出来了。

为什么变化的因素如此重要？

答案与读者注意力的持续时间有关。如果没有接受到新的刺激（在阅读中，指的就是“变化”），读者很快就会厌烦。如果你要证据，自己试试看你能全神贯注于某个特定目标或固定点多长时间——或者不如说是多短时间。没有静止状态下的故事，静止的生活永远抓不住读者。仅有惟妙惟肖的文字还不够。

但是如果你的目标是一个成功的故事，仅有变化是不够的。你要追求的不是行动本身，而是那些影响故事发展的具体变化。发生的事件必须让你的人物朝着目标前进，越来越接近你想让他去的地方。

具体说来，你需要的外部发展以一种与故事中的问题有关的、建设性的方式引导他去感觉——继而去行动。

让我们把这跟许多初学者故事中的陈词滥调作一个对比。一天晚餐时，主人公点了牛排，但是侍者劝他不要吃牛排，尝尝牡蛎。吃完牡蛎，主人公觉得有点恶心。他断定牡蛎不合他的胃口，以后再也不吃了。

现在，故事中的确有了变化。主人公的客观状态（侍者作为一种外力，引导他改变最初的选择，没有吃牛排）和心理状态（感觉恶心，决定再也不吃牡蛎）都发生了改变。但是除非他的感觉和/或再也不吃牡蛎的决定在故事的其余部分产生了显著的影响，否则你只是在浪费时间、篇幅和精力。

另一方面，假设一个爱情故事的主人公决定给女友一个惊喜，突然去找她。

他确实这么做了——此时她正在另一个男人的怀抱中。

主人公很震惊，骂了她，或者一拳打中了情敌的鼻子，或者决定回去给别的女人打电话，或者在狂怒中驱车离开小镇，咒骂着女人的善变。

发生了变化吗？是的。它们对故事的其余部分——发展和结局——产生了影响吗？是的。焦点人物的心理状态因此改变了吗？事实上的确如此，即使他只是从此以后再也不会想当然地做任何事。

这是不是意味着你必须删除所有心爱的小片段，因为它们的贡献太小了？

刚好相反。正确的做法永远都是想办法让它们对故事的发展变得重要。如果你想看一个精彩的例子，去找一本克利夫顿·亚当斯的《吉奥瓦人琼斯的危险生活》，读一读第 4 章，其中有一幕描写落日的场景。一代又一代的编辑公开咒骂用长篇大论描写这类自然现象的作家。现在，这次日落占据了一章中的大部分篇幅，但是每个人都喜欢它。

为什么？因为亚当斯妙笔生花，让这一幕包含的内容有了动机，对他的主人公至关重要，成为一场生死攸关的斗争的核心。

简言之，这就是关于故事的双重行动的全部。无论多么温和或者多么暴力，外部事件本身没有意义。它们包含或者没有包含哪些东西，全都不重要。只有当某人对它们有感觉、对它们作出反应时，它们才辅助故事的发展。

因此必须既有外部世界的变化，即焦点人物客观状态的变化，也有他内心世界的变化，即心理状态的变化。二者相互依存，缺一不可。只有当它们相互作用，像齿轮一样紧密啮合在一起时，故事的车轮才能向前滚动。

这种相互作用、双重行动究竟是如何发生的？

这个问题要求对支配故事世界的因果关系模式进行更深入的分析。

等于原因和结果

有一个故事说，一个中国人指控妻子不忠，要求离婚，因为她生下了一个明显具有高加索人种特征的白种小孩。法官支持了他的请求，依据是两个中国人生不出白种小孩。

看看电灯开关。你按下开关，灯亮起来，一切都很正常。

同样，你扣动扳机，枪就开火。你在自动售货机投入硬币，棒棒糖就从取物槽里掉出来。你吃得太多，体重就直线上升。

我们期待事情以惯常的、我们能够理解的方式发生。当它们不这样时，我们就会心烦意乱。如果你掏出一根香烟，而它反过来朝着你冒烟，你完全有理由感到惊讶。

“科学建立在宇宙运行具有可靠性的信念的基础之上。”科学家和科普作家安东尼·斯坦登说。人们希望发生的每件事情背后都有理由……正如我们习惯的说法，有果必有因。这给我们安全感，一种每件事情都井然有序、我们能够控制局面的美妙感觉，即使这种控制只存在于理智层面上，而不是实际操作层面上。

所以在闲谈中——遗憾的是，有时候是在相对严肃的谈话中——我们在原因和结果之间存在一一对应关系的假设基础上采取行动。我们假定，每一个原因都导致单一的结果，每一个结果都是单一的原因造成的。

实际上，我们的世界很少以这样简单有序的方式运行。更多时候，现实情况像噩梦般复杂。当一名交通巡警出具车祸事故报告时，他需要检查从路面类型到天气情况、从有无刹车迹象到一天中的时间点、从车速到司机体内酒精含量等各种事项。同样，溃疡病可以被描述为胃酸过多的结果，但是为什么胃酸会过多？如果你告诉心理医生，你打老婆是因为她买了一件新的貂皮大衣，他会大显身手，用移情作用、被压抑的敌意和隐藏的攻击性等术语给你好好上一课。

当然，现在我们中的大多数人已经意识到了这一切。止痛药的电视广告多半是骗人的，它们消磨了我们的好奇心，而不是使我们相信那些神奇的疗效。但是我们没有时间和精力去一一辩驳偶然的逻辑。坚持我们的虚拟假设、观念模式和过度简化更加容易，这就够了。就像过去，人们更容易相信，如果你一路远航就会到达世界的尽头，或者奶牛会因为老巫婆的诅咒停止产奶，或者太阳的东升西落真的是阿波罗驾着金马车驶过天空一样。

而且这些虚拟假设、观念模式和过度简化是完全合情合理的生存工具。或许，说汽车导致了烟雾、贫穷导致了犯罪、粗心大意导致了交通事故并不完全正确，但是复杂性就像美杜莎一样，能把我们变成石头。有时候我们在行动之前没有时间等待凑齐全部证据。在终极真理揭晓之前，即使一个错误的假设也足以引导我们。

所以无论多么不严谨，我们仍然谈论因果关系。

这种因果模式与变化的关系是怎样的？

变化仅仅意味着发生了某件事情——一个女人突然哭起来，一架飞机在空中飞行，这个下午下起了雨。如果不与之前或之后的其他事情联系起来，这就是真空中的事情。

另一方面，当我们谈论因果时，我们所说的不仅是发生了某件事情，而且这件事情的发生是**因为**之前发生了别的事情；作为事件 A 的**结果**，发生了事件 B。

总的说来，这是一个有用的概念，它使我们的世界有意义。但是在我们开始充分运用它之前，还必须说明一些问题，以便理解如何将其应用于人物。

等于刺激和反应

场景：教室。一枚大头针尖头朝上被藏在老师的椅子上。她坐下去，突然疼得大叫一声，跳了起来。这里描述的是一种特殊类型的因果模式，我们称之为刺激—反应。这是应用于人物的因果模式，原因变成**动机刺激**，结果变成**人物反应**。

什么是动机刺激？是让焦点人物作出反应的一切外部事物。

什么是人物反应？是焦点人物由于受到动机刺激而采取的一切行动。

更具体地说，一个人物可以对任何事物作出反应，从世界末日到小狗的鼻音，从一股新鲜空气到头顶喷气式轰炸机的轰鸣。他可以作出任何反应，从惊讶得晕过去到瞬间头脑一片空白，从睡梦中露出浅浅的微笑到签署命令将 100 万犹太人送进毒气室。

动机刺激可以以你察觉不到的方式发生。例如，夜里气温骤然下降，你会在睡梦中哆嗦，因为盖的被子太薄了。你的反应可以完全是下意识的，不必醒来，你会像婴儿一样蜷成一团，试图抵御寒冷。

就是这样。有人开枪，你停下脚步。一个女孩朝你抛媚眼，你迎上前去。钟声响起，你起床。音乐结束，你坐下来。空气中飘来一阵香水的幽香，你挺直背脊。一只臭鼬在门廊下朝你放了一个屁，你赶紧把鼻子埋进大衣里。每一次，一个动机刺激对应一种人物反应。

合在一起，它们构成一个刺激—反应单元。每个单元都表明客观和心理状态的某种变化，无论这种变化多么微小。

通过正确的选择和呈现，每个单元都让你的故事前进一步。将这些单元一个接一个地联系起来，你的文章就有了动力。力量和影响累积成型。在你意识到之前，句子就像连夜的快件一样在稿纸上涌现，故事想不发展下去都不行。

为此，你还必须理解这些技巧——

情感模式

这天晚上你到家时，整个屋子一片漆黑。客厅桌子上的一张便条告诉你：你妻子跟另一个男人走了。

一开始，你呆若木鸡地瞪着纸条，不敢相信自己的眼睛。然后，混合着恐惧、痛苦、愤怒和悲伤的情绪浪潮席卷了你。你跌坐在身边的椅子里，大声地咒骂。这时，尽管你努力控制自己，咒骂还是变成了怪异的狂笑。你发现，在你大笑的同时，泪水却不知怎的从你的脸颊滑落。

发生了什么事?

a. 你接受到一个动机刺激。

即那张便条，它指出你的生活状态发生了变化。

b. 事态的变化导致你心理状态发生变化。

你的情绪平衡和内心宁静被打破了。本来受到压抑和控制的感情，在突如其来的混乱面前挣脱了束缚。

c. 感觉表现为看得见的反应。

你跌坐在椅子里，你咒骂，狂笑，哭泣。

这就是情感模式，是一种在读者心中制造感觉，然后帮助他们把这种感觉表达出来的机制。

秘密在于你呈现素材的顺序……严格的时间顺序，按照发生的时间点，一件事情紧接着另一件事情出现。关于哪个元素先出现，或者哪个是因哪个是果，没有任何疑问。

为此，你假装一次只能发生一件事情：你的桥牌搭档研究自己的一手牌，**然后**看看明手，**然后**他的目光落在对手身上，**然后**他皱了皱眉，**然后**他扯了扯自己的耳垂，**然后**他在椅子里不安地扭来扭去，**然后**他喷出一口香烟，**然后**他露出嘲讽的笑容，**然后**他说："觉得自己很聪明?"**然后**他打出一张A。

实际上，所有这些事情可能都发生在一瞬间。

我承认这里有一定程度的夸张。你完全可以这样写："他皱了皱眉，在椅子里不安地扭来扭去"，或者"他喷出一口香烟，迅速地扫了一眼史蒂夫的牌"，但是通常你要避免所有事情同时发生的暗示。

这种做法的根源在于写作这种沟通形式的性质。因为在写作中，都是一个词**跟在**另一个词后面，而不是在同一个位置重叠起来。在纸面上真实地重现一个人在同一时间呼吸、出汗、皱眉和消化他的晚餐，实际上是不可能的。另外，任何表现同时性而不是顺序的尝试都注定让读者感到困惑。

为什么？因为同时性使因果关系和刺激—反应关系变得模糊不清，而正是因为这些关系，故事对读者才有意义。

（你也可以**说**事情是同时发生的。但是实际上你强调的是顺序，比如时间顺序："然后所有的事情都在同一时间发生。汉斯抡起酒瓶，梅尔维尔往后跳开，拔出了刀子。在房间另一头，斯卡恩砍断了系着吊灯的绳子。下一个瞬间，灯架掉了下来"，等等。）

重复一遍，你要严格按照时间顺序，一件事情接着另一件地呈现你的素材。在构造一个刺激—反应单元时，顺序是这样的：

a. 动机刺激。
b. 人物反应。
　（1）感觉。
　（2）行动。
　（3）语言。

下一个问题：你刺激的是**谁**？**谁**会作出反应？

当然，答案又让我们回到焦点人物身上。他是聚光灯照射下的人物，他是行动所围绕着的人物，他是为我们指明方向的人物，他的感觉为小说框架内发生的事件赋予了意义。你故事中的一切都与他有关，尤其是情感模式。

这种模式本身并不难掌握，需要牢记的重点在于刺激**总是**先于反应。如果老师先跳起来大叫，**然后**才坐在大头针上，我们的世界可真要乱套了。更糟糕的是，让刺激跟在反应之后，意味着邀请读者对反应作出自己的解释，他会拒绝相信你指出的动机。即使他接受了，这种对正常顺序的颠覆至少也会令他感到困惑。“遥远的山坡上传来一声枪响，约翰的身体僵住了。”看起来还不错。“约翰的身体僵住了，遥远的山坡上传来一声枪响。”糟透了。

如果这种细微的干扰太多，读者会对你的作品隐约产生一种不满。可能他的评价只是“有点混乱”，但是你已经失去他了。

回到反应。反应可以分解为三个部分：感觉、行动和语言。

这三个部分的顺序也是固定的。感觉在行动之前，行动在语言之前，因为感觉为另外两个部分提供驱动力。没有这种内在的动力，没有这种冲动的来源，焦点人物的心理状态就不会通过表面行动表现出来。

还应该指出，感觉与思想不同。一辆汽车在你面前鸣喇叭，无须经过有意识的心理过程，你的心脏就会剧烈跳动起来。

一句话，你有**感觉**。

事实上，你还可能吓得跳起来。这就是**行动**，这种行动是一个不由自主的、几乎是下意识的过程。然后，你可能诉诸语言，对按喇叭的司机大吼大叫。但是首先是感觉，然后才是行动。

这种先后顺序背后的事实是，感觉是超越个人控制能力的。你无法**决定**怎样产生某种特定的感觉，你只是感觉到了。

反过来，行动在某种程度上是可以控制的。至于语言，几乎绝对是可以控制的。

因为语言需要有意识的思考，需要一定量的组织。行动需要的少一些，更接近本能：一位老朋友不期而至，你高兴得语无伦次，拥抱了他；一辆汽车撞倒了你的孩子，你赶忙飞奔过去，惊慌失措，连叫都叫不出来。

或者，你走进一间办公室参加面试。你很在意这次面试，所以你已经有了感觉——不舒服的感觉、负面的感觉、怨恨的感觉，你觉得自己像只显微镜下被观察的草履虫。但是人力资源经理丝毫没有意识到你的不安，也没有让你坐下，他只是靠在椅背上，一言不发地用冷酷、轻蔑的目光注视着你。

“你是谁？”最后他突然问道。

他的语气——以及整个场面——构成一个刺激单元。无论你怎样做，恐慌都席卷了你。恐慌是一种感觉。

就像着了道一样，你的手心满是汗，腋下也被汗浸湿了，汗水顺着你的后背流下来。忽然间，你感到领子太紧，衣服太小。你不安地扭动身体，感觉快要窒息了。

所有这些都是行动。

与此同时，你还在绝望地寻觅着语言——可就是想不起来应该说什么。

"我——我——"你咕哝着。

"年轻人，我问你的名字……"

我们是否可以相信，无论如何我们已经明确了感觉在行动之前，行动在语言之前——更广义地说，动机刺激在人物反应之前？

还有几个问题必须说明：每一次，反应的三个部分——感觉、行动和语言——都缺一不可吗？

当然不是，几乎任何谈话的片段都能说明这一点。下面的例子中，吉尔是焦点人物。

"你好，吉尔！"他说，"最近怎么样？"

"还不错，谢谢。"

"你好，吉尔！"他说，"最近怎么样？"是动机刺激。吉尔的反应，按照顺序一一详细说明，应该是这样：

感觉：吉尔感到他的友善带来一股暖意。

行动：她微笑了。

语言："还不错，谢谢。"她说。

不过，因为这些太明显了，作家觉得没有必要详细说明感觉和行动，所以只有语言。或者也可以省略行动，保留感觉和语言：

动机刺激："你好，吉尔！"他说，"最近怎么样？"

人物反应：

感觉：吉尔感到他的友善带来一股暖意。

行动：（未说明）

语言："还不错，谢谢。"

还有各种各样的可能性。

省略反应的一个或两个部分有没有特定的危险？首先，存在让读者感到困惑的危险……尤其是当你省略感觉的部分时。要弄清楚一种特定行动或语言所包含的意义，通常只有通过感觉来解释。**他转过身**是行动，可以适用的感觉从厌烦到无助、从全神贯注到不屑一顾、从受伤到愤怒，不一而足。“吻我，亲爱的!”可以反映热情、痛苦、温柔、轻蔑，或者其他感觉。

不过别误会，我不是建议你每次都使用完整的三个部分，而是希望你培养一种敏感，从而以娴熟的技巧和高超的鉴别力，清晰、平衡、简明地运用手中的素材。

动机和反应之间的时间间隔应该有多长?

当你要打喷嚏时，你**立刻**就会伸手去拿手帕，不是明天，更不是下个星期。

同样，可以认为，焦点人物受到的每一个刺激都需要**立刻**采取行动。不要汇总，把几十个或者上百个刺激—反应单元归集到一起，把它们分解成单个独立的元素。

你打算这样写：“他起床了”? 或许这个句子正是你需要的。但是话说回来，如果你这样写或许会更好：“一个人孤零零地飘浮在一个黑暗、朦胧的世界中。忽然间，一阵尖锐、刺耳的巨大声响划破了周围的宁静，吵得他的脑袋都要裂开了。他奋力挣扎，摇摇晃晃地冲出黑暗和迷雾，来到一个脏兮兮、灰蒙蒙的地方：他自己的房间，床头的闹钟正铃声大作。”

依此类推。记住，任何刺激和反应都能被分解细化，通常在作品中运用最细小的片段能够增强现实感。这就像魔术师用硬币变戏法，整个表演一气呵成，看起来像个不可思议的奇迹，但是如果你用慢动作一次一个步骤来做，魔术就变成了完全可以理解的纯熟手法的展示。

以同样的方式，你的作品应该沿袭现实，结果紧跟着原因，就像被烫伤的手指立刻远离火炉一样。即使反应只是目瞪口呆，它也应该从现在开始，而不是刺激已经过去五分钟之后。二者之间不应该有时间间隔。如果有，很可能你省略了本应包括的其他刺激—反应单元，从而打断了叙事的流畅。

每一个刺激—反应单元应该在多大程度上保持独立?

完全不用。诚然，结构完善的单元可以从上下文中抽取出来，像文中这样进行分析，但这只是为了学习的目的。在任何实际的故事中，焦点人物的反应——他感到什么、做了什么、说了什么——都要与他的外部世界保持联系。有时候是直接联系，一种逆向反应：比卡姆开了一枪，他的对手开枪还击。有时候只是在等待进一步的外部变化：比卡姆向前挪动了一小步，继续窥视着。恐龙似乎没有发现他，朝他这边靠近了一点。或者当你试图通过延缓行动来增强悬念时，可能连外部变化也没有：比卡姆仔细观察远处的山坡，那里仍然没有生命的迹象。

* * *

故事是一连串的刺激—反应单元，它们连接在一起形成的链条就是情感模式。

作为学习如何成功打造这样一个链条的重要一步，更深入地挖掘动机刺激的性质是明智的。

动机刺激

动机刺激是让焦点人物作出反应的一切外部事物。

一个动机刺激要有效地发挥作用，必须具有：

a. 对人物的重要性。
b. 与故事的相关性。
c. 给读者的原动力。

刺激的**重要性**在于它表现出了人物所体验到的外部世界。尽管我们不能透过人物的眼睛去观察，但我们接收到的画面一定反映了他所处的客观情境和心理状态。一个为了跟坐在后排座位的男人调情而去教堂的女人瞄准的是一类刺激。她的邻座为的是观察其他教区居民的衣着打扮，会对另一类刺激作出反应。另一个寻求提升和丰富精神境界的有效方法的教友，会把她的注意力放在那些精神层面的东西上。

这三个人肩并肩坐在教堂里，只是她们关注的刺激有所不同。

简言之，这是一个**选择**的问题。

想象山间的一面小湖。岸边的一侧，茂密的树林沿着山坡一直延伸到水边。另一侧，陡峭的悬崖直插云霄。在一条尘土飞扬的小路尽头，靠近南岸的一片狭窄空地上停着两辆野营拖车，支着一顶帐篷。孩子们在玩耍，女人们在烧饭，一个男人在 100 码外的湖边钓鱼。

小路的另一头逐渐远离湖边，绕过一丛灌木，在一片盛开着各种野花——有耧斗菜、延龄草、风铃草和紫罗兰——的草地旁蜿蜒。

现在，一辆皮卡沿着小路驶来，引擎在颠簸的道路上发出轰响。在草地的另一头，一座小丘背后，几乎完全隐没在一丛灌木的阴影里，两只小熊在嬉闹，它们毛皮黑亮的母亲在一旁用戒备的目光注视着它们。接近湖的中央，一条虹鳟鱼跃出水面，岸边的钓鱼者屏息凝神，稳住手中的钓竿，这根钓竿就像某种昆虫长长的、轻颤的触角。

在这幅画面中，焦点人物会注意到什么？他会对哪个具体片段作出反应？他的镜头对准了鳟鱼？熊？（如果是，哪一只？）从帐篷中偷偷向外张望的金发孩童？行驶中的皮卡？卡车引擎的轰鸣声？悬崖的灰色石壁？耧斗菜？风铃草？穿着牛仔裤蹲在火堆旁，闷闷不乐地用叉子戳着培根的瘦高个女人？

焦点人物——以及你的选择——的重要性怎么强调都不过分。因为在相当大的程度上，读者通常在上下文的基础上，根据焦点人物对动机刺激的反应得出结论。

尤其是涉及客观陈述的、与自省无关的生理反应。比如，电影导演可以在一个女演员躺在棺材里的镜头之后，安排一个男演员的面部特写镜头。于是，即使男演员面无表情，观众也会认为这是一张悲伤的面孔。

但是假设我们的导演把同一个特写镜头放在一幕恐怖的场景之后，比如说，一个疯子举着斧头向摄影机冲过来。这一次，观众马上会说演员在表现愤怒、恐惧、勇气、震惊，或者其他感情。

看出问题所在了吗？正确的反应是正确的刺激的直接产物。选择了正确的刺激成分，你就控制了故事的方向。如果你想获得某种特定的反应，那就要选择能够唤起它的刺激。对于读者，好的外部刺激会使人物的后续行为完全合乎逻辑。

相反，**错误的**动机刺激是没有意义的或模棱两可的。它让读者感到厌烦、困惑或者恼火。更糟糕的是，它还可能变成一个错误的平台、错误的指示，让读者为不会发生的事作准备，沿着错误的道路走下去。

因为读者下意识地相信，故事中的每一个刺激都是有目的的。如果出现了一把枪、一辆没油的汽车或者一块松动的地板，他会想当然地认为，这些东西一定会在之后发挥某种作用。如果你不这样做，就像是让你的妻子为准备一场派对烤蛋糕，而你私下里知道派对已经取消了一样，你活该遭到怨恨。描写一个神秘的红发人、一声划破夜空的尖叫或者一只失窃的钱包，然后它们却对故事进程没有任何影响，只会激起你的目标读者的愤怒。

所以，应该如何正确地强调刺激的重要性？

使用电影特写的技术。也就是说，通过告诉他并且只告诉他你想让他知道的东西，来引导和控制读者的注意力。就像电影导演反复强调一只颤抖的手、一扇敞开的门或者一个破旧的布娃娃，让它们充满整个银幕，以至于其他一切都可以被忽略。

为了这个目的：

(1) 选择你想要通过这种特定的刺激制造的效果，让焦点人物产生你所希望的反应，同时引导读者对他的处境感同身受。

(2) 选择你认为能够制造这种效果的某种外部现象——物品、人、事件。

(3) 设计这种刺激的结构，突出你试图强调的重点的准确细节。

(4) 排除无关的干扰项。

(5) 以反映焦点人物态度的方式描述刺激，增强效果。

让我们回到山间湖泊的场景，来作进一步的说明。我们的焦点人物待在树木茂密的山坡上，拿着一副双筒望远镜。他的目标是援救一个受虐待的孩子，他相信孩子被囚禁在山下的帐篷里。此时此刻，我们追求的效果是激发焦点人物强烈的同情和愤怒，除了不顾个人安危实施救援的绝对的、迫切的需要之外，别的他什么也看不到了。

现在请注意，这种效果的选择多么严格地限制了我们，多么强硬地使我们放弃了大部分可能的动机刺激。草地、熊、鳟鱼、卡车、风景都必须放弃，因为它们对我们需要的特定类型的刺激——激发同情和愤怒——几乎没有作用。

有没有更多的可能性？当然，那个孩子自己——从帐篷里偷偷向外张望的金发小女孩，她将是我们的动机刺激。

如何强调我们的重点？假设这个孩子挨了打……或许因为她试图逃跑。将望远镜对准她痛苦的、满是泪痕的小脸。因为我们的焦点人物也知道，孩子会因为各种各样的原因哭鼻子，或许我们可以给她一个黑眼圈——一块难看、肿胀的青紫色淤伤。

这个孩子在吮拇指或棒棒糖？吸鼻子？跟小狗玩？不。这些都是无关的、可能带来冲突的信息，会破坏整体效果，所以我们要回避它们。

相反，或许让她衣衫褴褛，怀里紧紧抱着一个破布娃娃会很不错。一个里面的填充物露出来的破娃娃，跟她自己的惨状相互映照，从而增强了整体效果。

然后在描述中，使用能够反映焦点人物态度和情绪的语言。这里我们遇到了很重要的一点，前面已经谈过了，不过值得再次强调。

我们都知道，这个孩子是个无可救药的小捣蛋鬼。她不听母亲的叮嘱，爬上一辆野营拖车的车顶，结果摔了下来，造成了她的黑眼圈。事实上，如果不是刚好掉在一个大孩子的身上，她本来有可能摔破脑壳的，那个可怜的大孩子折断了手臂。这就是那辆皮卡正飞驰而来的原因，她的父亲开车送受伤的孩子进城去治疗，刚刚返回。与此同时，这位麻烦小姐已经溜到了湖里。这已经是第三次了，她现在穿的破衣服是她心烦意乱的母亲能够找到的仅有的衣服了。在水里扑腾时，亲爱的孩子弄丢了生日那天爸爸给她买的价值十美元的漂亮洋娃娃。怀里抱着的那个破娃娃是她从路边一户穷人家的小女孩那儿偷来的。

这些都是真的，可能还有更多。不过在这里，为了我们的目的，重要的是焦点人物不这样看……而通常，我们依据他的客观状态和心理状态来描述故事。所以尽管我们的小宝贝是迷你版的卢克雷齐娅·博尔贾小姐[①]，我们的故事却强烈暗示她是个小小的夏娃。

---

① Miss Lucrezia Borgia，1480—1519，罗马教皇亚历山大六世与其情妇瓦诺莎·卡塔内的私生女。卢克雷齐娅以美貌著称，据说还是位颇具才气的美人，但是比她的美貌和才华更令人瞩目的是她和兄长凯撒的不伦之恋。她的名字已经成为美丽、冷酷、贪婪、淫荡、背信弃义、危险的“致命女人”的代名词。——译者注

焦点人物将如何看待她?

焦点对准了艾格尼丝的脸。她的金发胡乱纠缠着,花格裙子破旧不堪。她显然哭过,脏兮兮的小脸上满是泪痕。她的眼睛周围有吓人的黑眼圈,当她把头向左转过来时,露出一块难看的青紫色淤伤,淤伤的部位高高肿起,盖住了眼皮,好像她是一个在酒吧斗殴中挨了打的成年人一样。

米勒一动不动,紧握望远镜的指关节都发白了……

这是一个动机刺激和焦点人物反应的开始,是无限种可能性中的一种。我们每一个人的做法都不同——甚至每一分钟的做法都不同,因为我们只能是此时此刻的这一个自己。所有的动机刺激都必须这么冗长、这么严密吗?

当然不是,就像一部电影中不会所有的镜头都是特写镜头一样。比如,湖边的场景可以这样开始:

动机刺激:山间的小湖就像落在细长叶片上的一颗冰冷的雨珠。

人物反应:

感觉:(未说明)

行动:米勒蹲伏在山坡上一丛云杉背后,仔细观察着形势。[①]

语言:(未说明)

动机刺激:露营者站在湖的南岸,旁边是戈登的帐篷……

等等。

事实上,特写镜头是**强调的镜头**,用来标明重点。它的影响最大,重要性最强。

当你想要强调某件事情时,最好不要错过目标,对吗?为了这个目的,不要犹豫,越接近、越严密越好……如果你觉得有必要。

回到我们的主题:如果焦点人物不喜欢某件东西,就在你的描写中尽力强调它不受欢迎的一面,反之亦然。比如,如果他透过爱情的迷雾看待一个女孩,你就永远不要提及她的兔唇或者褪色的玻璃假眼。或

---

① 在这个例子中,“仔细”这个词为表面上的客观描述增添了言外之意。它暗示着重要性和/或强烈的兴趣(如果某件事物既不重要也不吸引人,为什么还要“仔细”观察它?),它也暗示着危险:形势显然应该谨慎对待。

者，你可以强调她的优点：她的温柔，她形状优美的脚踝，她被爱慕之光照亮的脸庞。或者，你两者都做。

另一方面，如果焦点人物害怕坏人，你应该强调对方的残忍、狡诈、邪恶，他闪电般迅速的反应、他强健的肌肉、他脸上的刀疤，那是在巴拉望岛的一个晚上，他单挑三个摩洛族的亡命之徒时留下的纪念。

关于**重要性**就说这么多。说简单也简单，说复杂也复杂。

有效的动机刺激还有另外两个关键特征：相关性和原动力。

相关的刺激是与当前事件有关的刺激，但是这还不够。通常，当前事件本身有一个功能：推动故事前进，让情节沿着你希望的路径发展下去。

为了这个目的：

> (1) 相关刺激必须表现外部世界的某种变化——焦点人物客观状态的变化。
>
> (2) **外部**变化必须从逻辑上唤起他**内心**世界的相应变化——心理状态的变化。
>
> (3) 这种内部变化必须合理地引导他以你希望的方式行动，以推动故事的进展。

考虑山间小湖的场景。我们的目标是激励焦点人物继续他的冒险，所以我们提供这样一个外部刺激：

> 焦点对准了艾格尼丝的脸。她的金发胡乱纠缠着，花格裙子破旧不堪……

等等。

于是，焦点人物作出了反应：

> 米勒一动不动，紧握望远镜的指关节都发白了……

现在让我们把刺激改变一点点：

> 镜头对准了艾格尼丝的脸。她的金发梳得整整齐齐，旧花格裙子洗得干干净净。她在笑，即使从这么远的地方看去，她的蓝眼睛里也跃动着旺盛的生命力。她紧紧抱着一个破布娃娃，低着头对它柔声低语。

反应呢?

米勒一动不动。然后，慢慢地，他的手放松了，血色回到他发白的指关节上……

就这样，米勒又一次受到了刺激，又一次作出了反应，并表现出感觉。但是他的感觉与前一次不同，使得接下来的场景有可能朝着一个不同的方向发展。

这是对相关性的测试。不只要问："这个刺激与当前事件相关吗?"而且要问："它是否使故事瞄准靶心，朝着我希望达到的结局和总体效果的双重目标前进?"

关于**相关性**就说这么多，你要做的就是从整个故事的角度去看待每一个刺激—反应单元。

但是让故事前进是一回事，让你的读者看出故事在前进是另一回事。可以说，让读者感觉到故事并非停滞不前的动机刺激是具有**原动力**的。一个刺激要具有原动力，必须能够激励焦点人物采取行动。它不让他满足于既得的一切，而是让他积极进取、整装待发。

为了这个目的：

(1) 动机刺激本身要求得到回应。

(2) 回应的性质能够保持焦点人物的积极性。

详细说明这些问题涉及太多的变量，不过通常来说，你需要的刺激是要求焦点人物从自己这方面作出调整的。洁白的云絮还不够，一团让他一路狂奔寻找遮蔽的雨云大概可以。冰凉的玻璃杯上凝结的水珠不要求反应，玻璃杯里的红酒洒在雪白的桌布上则需要。

不过当然，如果放在上下文中，能够让焦点人物作出即时的、积极的反应，那么洁白的云絮和上面凝结水珠的玻璃杯也没有问题。

要理解：这**不是**要求你消除所有的情绪和色彩。动感不是你的故事中唯一的元素，甚至也不一定是最重要的元素。原动力关系到程度和节奏，但不是绝对的。你总会遇到许多忽略原动力的刺激。

不过如果你完全忘记了这回事，你的故事就会四分五裂。要警惕习焉不察或写完就忘之类的错误。最好是一个女孩用眼神向你的人物发出了邀请，或者一只闹钟铃声大作，或者一个男人抓住了他的手腕。因为他必须决定要怎样做，然后采取行动，这就形成了动感。

关于原动力就说这么多，动机刺激也讲完了。现在，篱笆的另一边有什么？究竟哪些东西与焦点人物的反应有关？

人物反应

人物反应是指焦点人物由于受到动机刺激，感觉到什么、想到什么、做了什么或者说了什么。

为此，它必须是：

a. 重要的。
b. 相关的。
c. 有目的的。
d. 个性化的。
e. 合理的。

我们对慎重选择和描述动机刺激的**重要性**的所有讨论，同样适用于人物反应。

而且可以说，人物反应只有在准确反映了你试图创造的图景时才是重要的，它必须准确地捕捉到情绪的细微差别。温柔可以有多种多样，残忍、拒绝或者欲望也是。如果你试图塑造一个和蔼可亲的人物形象，却在不经意间给人留下他这样做有些愚蠢的印象，结果可能是弊大于利。

反应为什么会造成困惑？通常是因为作为作家，你还没有决定到底希望制造什么样的效果。你必须明确而具体地决定：你的人物是愚蠢、麻木还是无所适从？他被击败了，还是假装被击败了？

作出决定之后，你必须通过正确的反应来实现，通过人物的感觉、思想、行动、语言，或者它们的结合，来**说明**人物的性格特征和心理状态。

首先，你必须遵守这样的规则：如果一个反应在某种程度上令人困惑，那就要么澄清它，要么删除它。

什么是**相关的**反应？即构思故事时把人物和故事联系起来的反应，

它使得人物沿着你希望他选择的道路前进。如果情景和构思要求大无畏的勇气，人物的行为会与你为制造笑声或悲情而设计的场景中的行动不同。

什么是**有目的**的反应？在实际可行的范围内，让人物对发生在他身上的事件作出**积极的**反应，甚至还有可能让人物作出积极的消极反应，比如："乔一动不动地站在那里"；"萨姆的肌肉绷得紧紧的，他恶狠狠地深吸了一口气，努力让自己放松下来"；"海伦沉默着，任由哀鸣的声浪包围着她"。

同样重要的是，有目的的反应通常也被设计用来推动人物外围世界的进一步变化：主人公掷出了硬币，对手的目光随着硬币的下落闪烁着；女主人公的脚踩下了油门踏板，汽车开始加速，交通警察发动摩托车追上去。

个性化的反应是与人物已知的性格特征相符的反应。胆小鬼不会突然袭击一个暴徒。沉默寡言的人不会突然间舌灿莲花。你的人物是冷漠的、反复无常的、郁郁寡欢的、温柔的、软弱的、热情的，还是急躁的，你自己选择，自己承担结果。但是无论他是哪种类型，都要体现在他的反应中。

合理意味着焦点人物对动机刺激的反应应该是说得通的。除非他在此之前已经被塑造成一个疯子，否则他不会动不动就大哭，或者因为一个朋友迟到了区区五分钟就用刀子捅他，或者接受无理的粗暴对待。

换句话说，在情景、刺激和人物的参照系内，你不应该让他反应过度、反应不足、反应不协调，或者犯诸如此类的错误。

所以，人物应该如何反应？鉴于他的动机刺激，他应该做什么？如果你带领读者循序渐进，就不会有问题了。让刺激和反应足够紧密地联系在一起，他一定会理解人物的感觉。

这仅仅意味着，你必须首先像焦点人物一样看待动机刺激，透过他的背景、他的态度、他的冲动和他的见解。

然后，你让他**依据性格特征**作出反应。

如果你是一个女孩，与一个男孩擦肩而过，由于你对他的好恶不同，你的反应会是不一样的。

这种反应还会因为你是哪种类型的女孩——你对擦肩而过的习惯性

反应——而有所不同。

假设你偶然目击一次持枪抢劫，如果你是一个诚实的好公民，你会作出一种反应；如果你是一个有前科的罪犯，现在正在假释中，你可能会作出另一种反应。

不管怎么说，这**听起来**很简单，但是这没有告诉我们需要做到什么程度。

比例的问题

生命是一连串永无止境的刺激—反应单元。你的肺缺少氧气，你就呼吸。你的胃空空如也，你就寻找食物。天气太热了，你的汗腺就分泌汗水。每分钟、每小时、每一天，你的整个身体维持着这种生理学家称为“内稳态”的独特的内部平衡。

不过在任何故事中，都有一些部分比其他部分描写得更详细。有些地方用好几个章节来描写短短几分钟内发生的动作。在另一些地方，几年的时光可以在一个句子里飞逝而过。

你如何决定对每个元素、每个片段倾注多少注意力？某个特定的段落你应该写多长？或者多短？

答案是：你应该写得适度。

那什么是适度？感觉。

如何衡量感觉？通过情绪的时钟来检查它们。

你看，世界上有两种时间：计时的和情绪的，你用手表来衡量前者，用你的心灵衡量后者。

计时的时间是客观的：1 分钟有 60 秒，1 小时有 60 分钟。你的分钟、我的分钟跟格林尼治天文台的分钟都是一模一样的。

情绪的时间则相反，它是相对的、主观的、以感觉为基础的。任何两个人的情绪时间都不会完全一样。

阿尔伯特·爱因斯坦在一段对相对论的精妙评述中总结了关于情绪时间的问题：“一个男人与美女对坐 1 小时，会觉得似乎只过了 1 分钟；但如果让他坐在热火炉上 1 分钟，却会觉得似乎过了不止 1 小时。”

是什么使得情绪时间的波动幅度如此巨大？紧张感。

如果你很放松，会感觉时间飞逝。如果你很紧张，会感觉时间停滞不前。紧张感的背后是什么？

恐惧——对即将发生或不会发生的事情感到害怕。

以一次生日野餐为例。天空蔚蓝，天气宜人，食物很美味，你的妻子深情款款，女儿乖巧可爱。自始至终，在你脑海深处，你一直有个令人愉快的小小念头，感到过去一年是多么顺心如意。你的心情轻松愉快，没有什么让你害怕。时间飞一般的流逝。

但是相反，假设有这么一天，不那么愉快的一天，你穿过医院破旧的走廊，空气中弥漫着苯酚的气味和恐惧的气息，你等待着最小的孩子能否活下来的消息。恐慌席卷了你的全身，你感到愁肠百结。每过一秒钟都像过了一个小时，每过一分钟都像过了千万年。每一阵脚步声，每一次远处的低语，都让你的神经紧绷。你的衣服又脏又皱。尽管一个小时前刚刚刮过胡子，你仍然感觉胡茬摩擦着你的指关节……

因为悲剧存在于你身上，因为你的心中有亲人即将死亡的不祥之感，情况很紧张，时间停滞不前。在写作中，你把紧张感转换为篇幅：焦点人物所经历的情况越紧张，你就使用越多的文字来描述。

为什么？因为读者需要一个清晰、简单的标准，来判断事件重要或不重要。

字数和长度给了他一个衡量的标尺。如果你巨细靡遗地描写一件事情，他就会明白其中一定有什么重要的东西。如果你只是顺便提了一下，他就想当然地认为这件事情不怎么重要。

不过，不要为了增加文字而增加文字。相反，文字只是工具，用来清楚地说明你的人物一开始为什么要经历恐惧和紧张的原因。

要正确地理解这一点，先来看一看危险的本质。危险是客观的。它使你暴露在伤害、损失、痛苦或其他邪恶的可能性之下。危险可以是一颗高速射出的子弹，也可以是一种伤寒病菌、一位新邻居、一个老对手、一次山洪暴发、黑暗中前门台阶上的一只旱冰鞋。

恐惧是主观的，它是个人感受到危险时的情绪反应。一个人只有在意识到危险的存在时，才能把它转化为恐惧。当你一身轻松、无忧无虑地大笑时，高速射出的子弹可以要你的命。伤寒病菌在不知不觉中进入你的身体，而你当时想到的只是这水很好喝。新邻居看起来很友善。老对手已经是过去的事了。所以，你感觉不到恐惧。

但是假设你的确察觉到了危险，或许你瞥见枪手举起了枪，或者你忽然意识到自己喝的水来自受污染的水井，或者你捕捉到了你的邻居和你妻子之间交换的眼神，然后呢？

然后，恐惧诞生了。一个主观的警报信号使你处于情绪上的战争状态，调动起你全身心的能量和警觉进行自我保护。

这种全身总动员包括多种腺体和肌肉的反应，它的一般形式就是紧张。

如何将这些应用到故事中？通常，关键因素是焦点人物。你的故事以他和他的发展状态为中心：我们把外部环境的变化归结为客观状态，把内心态度的变化归结为心理状态。

任何客观状态的变化都会带来潜在的危险。

为什么？因为它迫使焦点人物作出调整，修正他的行为以适应新的环境。让他面对一个不熟悉的女孩、一位老板、一辆汽车或一杯饮料，或者在一段现存的关系中注入新的元素，他必须决定如何采取行动。

所以呢？他选择的新行动可能不会奏效。他试图作出的调整可能让他陷入麻烦。有意识或无意识地，他知道这一点。因此或多或少地，他感到恐惧，即使他坚决否认，声称自己只是警觉、感兴趣或关注而已。

加入紧张感。注意加入的位置：不是在事件中，而是在人物对事件的反应中；不是在外部环境，即客观状态中，而是在受影响的人物的态度，即他的心理状态中。

比如，人物的外部刺激——他的客观状态的变化——可以是得知自己刚刚升了职，或者收到电报获知继承了100万美元的遗产，或者一个漂亮女孩恳求他吻她。这仍然可以在他心中制造恐惧和紧张感。

为什么？因为这迫使他选择一种行动的方式——从许多种可能的方式中作出选择。

如果他选错了，结果可能是灾难性的。你永远不可能事先确定自己的选择是否正确。

以漂亮女孩索吻为例，人物的第一反应是热情地吻她。

不过，他真的应该这样做吗？一个女孩，不用说还是一个漂亮女孩，恳求一个男青年吻她，这不是有点出格吗？她的动机是什么？所有在场的男人中，她为什么选择了他？她想要利用他吗？为了让另外一个男人嫉妒？把他当成某种炒作的工具？她动感情了吗？

可能性几乎是无穷无尽的。所以你的人物举棋不定——重新考虑他的状况，重新评估他的条件，试图搞清楚这个游戏究竟划不划得来。

简言之，他面临一种心理状态上的变化，这令他困扰。无论他选择哪条道路，他都会发生改变。如果他现在听了女孩的话，而没有遭受什么损失，到了明天他就会变得肆无忌惮——不仅是在与女孩有关的事情上。

如果他听了女孩的话，结果倒了霉，他会变得胆怯、怨毒，甚至邪恶。如果他退缩了，放弃了机会，结果可能会自以为是，也可能会自卑。

并不是人物所处的所有情景都要求他进行深刻的自我反省，也不是所有的动机刺激都会对他有影响。生活中占据最大比重的永远是例行公事，这是习惯使然。

而且并不是人物面临的所有危险都在同样的程度上与故事相关。以任何客观的标准衡量，一个士兵在战壕中睡觉都会将自己置于危险的境地。但是作为作家，你可以轻描淡写地提到这件事，因为战斗不是你故事的重点。

比如，我们的士兵接到了一封恋人的来信，结果陷入了深深的绝望中，失去了战斗的意志。于是，你用大量篇幅详细描写他的每一个刺激和反应，因为这是一个爱情故事，与恋人有关的人物心理状态是故事的核心和关键。

通常，你着力描写的重点应该是对故事的发展有影响的东西。

焦点人物的心理状态发生变化时，需要详细描写。

没有发生这样的变化时，可以概括描写。

技巧在于不断追问自己："我的人物对他的世界中客观状态的变化有什么感觉？"

如果他的反应是清楚明确、毫无危险的，他的心理状态是平和安宁、无忧无虑的，就可以概括描写。相反，如果他正处在一个临界点上，眼看付出的全部努力就要付诸东流，随时可能大难临头，他不得不再三自问："我该怎么做才能不被这场灾难吞没?"这里就需要倾注细节。

（顺便说一句，需要说明的是，要指出一个人物心理状态的变化，并不一定要深入他的内心。尽管自省有时候是一种有用的工具，不过以海明威和哈梅特为代表的客观主义学派清楚地说明，完全有可能通过详细描写行为及其表现达到目的。）

你应该概括到什么程度？这需要一点判断力。显然，通常读者阅读长篇故事比阅读短篇故事更容易走神，不同的处理故事的技巧会产生天壤之别。但是一般说来，**只要人物的问题和心理状态本质上还是一样的**，你就可以跨越任何时间和空间。

比如，一个庞大的"事实"——一场战争，一个国家的覆灭，十年光阴的流逝——可以作为一个单独的、统一的动机刺激来呈现。人物的反应——一点感觉，对虚度时光的哀悼——足以弥合巨大的跨度，因为他最初的问题和心理状态没有发生实质性的变化。

或者换句话说，外部环境发生了变化，但是你仍然在处理同一个故事，即特定人物如何应对所面临的危险。

为什么要在变化的关键时刻使用丰富的细节？部分原因正如之前所提到的，是为了向读者强调事件的重要性。还有部分原因是为了分配篇幅，将重要的时刻放在波峰而不是波谷。这一点会在后面谈到。还有部分原因是为了构造场景，争取最大化的戏剧效果。这一点也会在后面谈到。

但是首先，你要利用细节让读者清楚地了解**为什么**人物会采取那样的行动——他的思想和感觉所遵循的模式，他的逻辑的优势和弱点。其中一部分原因是主观的，与人物性格有关。但是其他部分或多或少是客观的：这些外部因素会影响人物的紧张程度，进而影响你应该用多少细节来呈现事件。

客观部分有五个方面：

a. 焦点人物作出调整适应的必要性，以及他的心理状态变化的必要性。

b. 变化的程度。

c. 变化的迫切性。

d. 决定的难度。

e. 行动的难度。

比如，如果有个客人指出他点的是冰镇葡萄酒，而你弄错了，给他送上常温的，你不会感到害怕。但是对于大多数人，终身监禁的判决则绝对要求作出调整适应。

同样，发现你的妻子跟你最好的朋友接吻让你感受到的威胁，远不如发现他们两个上床那么强烈。

那么迫切性呢？几分钟之内安全着陆需要心理状态的一种变化和调整，而必须记住下个月给租约延期则需要另一种。

关于决定的困难。如果需要在被人揭穿是个吹牛的大话王和杀死那个揭穿我们的人之间进行选择，大多数人都会毫不犹豫。但是有些选择就没那么容易了，比如，你发现已故的父亲贪污了银行的资金，而如果你不说，没有人会知道真相，现在你必须决定是否要恪守做人的原则，用自己的一生去偿还损失。

再说一遍，如果有一只孟加拉虎在后面追着，**决定**怎样做是容易的，但是实际去做就有点困难了。

事情是这样的，如果你想要使作品保持正确的平衡，每一个因素都必须考虑到。对于一件小事，你可以判断它使人物的心理状态产生非常细微的变化，因此可以忽略不计。相反，一个重大的变化则需要细节描写。一个微妙的变化可能需要更多的描写，因为不容易把它写得明白可信。

不过，有一件事情是肯定的，而且写作中没有什么比这更重要了。如果对于紧张感的描写过分夸张，或者不够充分，或者有所疏忽和遗漏，那么几乎可以肯定你的故事不会令人满意。

困难通常反映了在某个特定的刺激—反应单元中做更多文章的努力。要说明任何事情，或者强调它的重要性，都需要细分。把你的素材分解成更小的单元。详细说明每一点闪现的意义或感觉，深入描写每一点细微的差别。如果你不知道人物为什么不再在一家杂货店购物，而是换到了另外一家，便要回过头考虑补充具体的事例，以及能够让这些事例具有典型性的细枝末节。不要停留在笼统的表面，要深入挖掘下去。

找到那个粗鲁无礼的店员，那个臭鸡蛋，那个讨厌的收银员，那根悄悄压在秤盘上的手指，甚至是那只逃窜的蟑螂，那枚多找的零钱，那声落在“先生”或“女士”上别有用心的强调。不要轻视琐事，要锱铢必较，洞若观火。要从细节着手，从最根本的层面上处理每一个单独的动机刺激和人物反应。

* * *

再来重新总结一下……

a. 概括事实和过程。

b. 详细描写那些在情绪上密切相关的事件，它们能够制造紧张感或者改变焦点人物的心理状态。

写作刺激—反应单元

如何写作一个刺激—反应单元？

a. 写一个不包含人物的句子。

b. 再写一个关于人物的句子。

像这样：

现在，伴随着一声咆哮，红色捷豹突然加速，不顾一切地从车道飞驰而过，冲上公路。

布拉德双唇紧闭，转身离开窗口，掐灭了香烟。

让我们假设，这里的焦点人物是这个名叫布拉德的男人。第一个句子——**不包含**布拉德，没有提到他——描述的当然是**动机刺激**。它描述了人物要对什么作出反应，而且恰好使得人物能够合情合理地按照你希望的方式作出反应。

最重要的是人物没有出现在这个句子中，无论是以名词还是代词的形式。

当你还是一个新手，还在寻找使用这种技巧的感觉时更要这样做。

例如，你可能会落入陷阱，写成“现在，布拉德**看到**红色捷豹突然加速”等等。

你不应该这样写的原因在于，在任何一个描述动机刺激的句子中提及人物，都非常、非常容易把它变成一个描述人物反应的句子，或者至少会造成混乱。你想要的是丝毫不会令读者感到困惑的东西……纯粹、简单的外部环境，对焦点人物构成刺激的客观状态。你甚至可以咬文嚼字：“不顾一切地……飞驰”，用一个外部观察者的语言——一个旁观者，而不是司机。

反过来，第二个句子描述的是**反应**，它是**关于**布拉德的，它描述了在第一个句子所描述的情况**发生之后**他采取了什么行动。他的心理状态通过“双唇紧闭”和“掐灭”香烟的动作清楚地表现出来。

再举一个例子，来看一个爱情故事。

> 戴夫双手的动作坚定而娴熟。
>
> 一阵陌生的恐慌忽然席卷了苏的全身，她推开了他。

苏是我们的焦点人物。第一个句子在她之外，通过戴夫的行动来提供动机刺激。第二个句子表现了她的反应。我们还了解到了她的感觉——“一阵陌生的恐慌忽然席卷了苏的全身”。

至此，毫无疑问，有人会抱怨这句话的限定不符合实际。

当然，这样说没错。通常为了恰当地表现一个特定的刺激或反应，需要两个、三个甚至更多的句子，所以这里我们说的是构成一个刺激的单元和构成一个反应的单元。

比如，来看第一个例子。第一个描述动机刺激的句子显得有点头重脚轻，把它拆分成两个句子，加入更详细的描写，会使其更有力：

> 现在，伴随着一声咆哮，红色捷豹突然加速，不顾一切地从车道飞驰而过；只听得轮胎发出一阵尖锐的摩擦声，车子摇摆着冲上公路。

这样写更加生动了，不是吗？也更容易阅读。我们甚至没有使用表明动作同时发生的词语。

布拉德的反应也可以稍加描写：

> 布拉德双唇紧闭，转身离开窗口。“我受够了！”他一拍桌子，

掐灭了香烟，“让那个贱人去死吧！”

不过尽管增加额外的句子能够为作品增色，一句话法则仍然有其优点。例如，当你还是个初学者时，很容易使自己相信要写得比实际需要的多。只要有机会，我们中的一些人就感觉有必要提到布拉德心中沸腾的怒火，他的蓝眼睛变得阴郁，他下颚的肌肉绷紧，他的鼻孔翕动着，拳头紧握，脸孔涨得通红。在描写这些的同时，几乎一切都可能发生，只要我们能有机会去发现！

重要的是这样会出现令人困惑的问题。当你把两个句子合在一起，就有给读者留下错误印象的风险，可能让读者以为存在两个（或两个以上）连续的刺激或反应。看刚才的例子：

> 布拉德双唇紧闭，转身离开窗口。“我受够了！”他一拍桌子，掐灭了香烟。

每一个以人物为主语的新的陈述句似乎都构成一个新的反应，除非你的处理方式非常有技巧。当你说：“他站起来。他穿过房间。他打开窗户。他向外张望。”读者会感觉很糟糕，认为这个段落支离破碎而不连贯。在某些情况下，为了追求效果，可以使用这种跳跃式的写法，但是使用过度的话，它会毁了你。

尽管读者很少意识到这一点，但是他会因为缺少预期中的描述动机刺激的句子而感到困扰。你的文章结构让他感觉应该有那样的句子，但是实际上没有。这个例子可以说明我的意思：

> 他站起来。
>
> “史蒂夫，等等！”女孩的声音听起来有点害怕。他穿过房间。
>
> 她的手指颤抖着，捂住喉咙。“求你……我……我不行了，要晕倒了……”
>
> 他打开窗户。
>
> 夜晚雨后清新的空气涌入房间，夹杂着远处车流的噪音。
>
> 他向外张望。

现在人物的每一个行动都有动机刺激，而且恰逢其时，尽管这段文字本身糟糕透顶。困惑太奢侈，你负担不起，所以一定要让刺激—反应的发展路线绝对直接、清晰、切中要害。

这是否意味着每一个独立的段落都需要插入刺激和反应呢？

不一定。通常，答案是你只需要调整文字和句子结构，形成一个表面上的单元，把看起来多种多样的元素整合成一个单独的刺激或反应，给人以连贯的印象。例如："他站起来，穿过房间，打开窗户，向外张望。"

很简单？应该没有任何麻烦……然而一定会有麻烦！

要在作品中保持不断累积的情绪张力，就要让句子（或者更大的单元，如果有必要）持续地在刺激和反应、原因和结果之间切换。

刺激	反应
两只渴望杀戮的大甲虫从背后逼近希拉，迂回着靠近将它们与她隔开的山墙。	
	哈斯基尔退后一步，举起了他的激光枪。
身材苗条的姑娘猛地从阴影里跳起来，甲虫已经来到了她的脚边。	
	哈斯基尔紧闭双唇，手中的激光枪射出一道灼热的紫色光束。
前面的甲虫在光束的照射下痛苦地蜷成一团，在碎石间疯狂地滚动。	
	宇航员原地打了个转，去追希拉。他抓住她的胳膊，半拉半拽地把她拖向大路。
像是接收到了什么信号，甲虫扇动翅膀的嗡嗡声忽然提高了，就像暴风雨摇撼下的森林，树枝剧烈摆动摩擦发出的声音，而且声音越来越近。	
	哈斯基尔转过身，又一次举起了激光枪。
甲虫在枪口的威胁下退却了，慌乱地寻找着掩护。	

依此类推，一步一步地引导人物——和读者——经历场景中不断涌现的新行动。

还要注意，这些涌现的行动实际上是相互作用的。当焦点人物对他的外部刺激作出反应时，外部世界也对他作出反应。无论他作出怎样的反应都会对其他人产生影响。

* * *

以上就是关于刺激—反应单元的问题，以及刺激和反应的概念及其在小说中的应用。这个问题乍看起来似乎很简单，有时候却能带来灾难性的后果。

傻瓜才会嘲笑刺激—反应模式是机械化的教条，如果仅仅把它当成一种机械化的工具来使用，同样不会取得令人愉快的结果。

呆子才会抓住到手的第一个动机刺激，然后给它配上一个过于明显的反应。

咬文嚼字的人能够从大师佳作中找出一千个例子，这些例子明显无视这里提出的每一条戒律，却取得了令人惊叹的效果。

（不过归根结底，我们中有没有人能够第一次拿枪就取得跟神枪手相媲美的成绩?）

有头脑的作家能够认识到刺激—反应单元的本质：一种工具，一种他们必须彻底掌握的无价之宝，他们要熟练地运用这种技巧成为自发的本能。这种工具的效果如何取决于他们自己的敏感度、他们对素材的选择、对人物的洞察力，以及他们决定哪个部分应该详写、哪个部分可以略写的天赋。

如何以最小的代价掌握这种技能?

我怀疑，最好的方法是以对你来说最容易的方式写作，而不去管任何规则。然后回过头检查你的作品，确定每一个反应都有相应的刺激，每一个动机刺激都得到了反应，而没有以任何方式用不恰当的语言混淆事实。

像这样认真检查 100 页作品，到第 101 页，刺激和反应方面的错误就寥寥无几了。接下来，是时候想一想，如何将戏剧化的场景作为一种有用的工具来制造冲突了。

第 4 章　冲突及如何制造冲突

故事是一连串的场景和后续。

如何创作一个故事？

通过场景。

通过后续。

这两个基本的单元就是全部。掌握它们的构造和使用方法，你就成功了一半，至少一半。

为此，你需要学会五件事情：

1. 如何设计一个场景。
2. 如何设计一个后续。
3. 如何写一个场景。
4. 如何写一个后续。
5. 如何把二者衔接起来。

* * *

场景是人物和读者经历的冲突单元。

场景是你故事中的关键时刻。或者换一种说法，如果你希望将一个事件或片段在读者眼中放大，就以场景的形式来表现它。

后续是连接两个场景的过渡单元。

如何使用它们？让我们从头讲起。

场景的框架

重复一遍：场景是人物和读者经历的冲突和斗争的单元。它是对一个人克服所面临的阻碍，从而实现某个短期目标所作的努力的详尽记录。

场景的功能是什么？

a. 提供兴趣点。
b. 推动故事向前发展。

场景如何提供兴趣点？

它让焦点人物遭遇反对。这样就把一个问题推到读者面前，激起读者的兴趣：这个人物会成功还是失败？

示例A：一场职业拳击赛的第X回合。我们的主人公能击败对手吗？还是相反？

场景如何推动故事向前发展？

它改变了人物的境遇。尽管变化不一定能构成进展，但进展通常都与变化有关。

继续看职业拳击赛的例子：主人公被击倒，与比赛刚刚开始时的境况截然不同。他击倒对手也是同样。

是什么把场景组织在一起？

时间。你**经历**一个场景，其间生命的流动是没有间断的。一旦铃声响起，拳击手就不能停下来。直到铃声再次响起，此前他必须竭尽全力让自己站在拳台上——每时每刻。

场景结构是一个简单的三部曲：

a. 目标。
b. 冲突。
c. 灾难。

下面我们来构造一两个场景，看看这是怎么一回事。以我们的拳击手为例，他的目标是击倒对手。他的对手也有一个目标：击倒**他**。

他们小心翼翼地兜着圈子，试探对方，出拳，还击。

这就是冲突。

现在我们的主人公挥出一记重拳，他的对手一个踉跄，摇摇晃晃地倒下了。主人公退后几步，得意洋洋地扫视着台下的观众席。

难以置信地，就在他分神的这一瞬间，对手从地上爬起来，给了他狠狠的一拳。

正中目标，主人公倒下了。他竭尽全力想要站起来，但是他的肌肉好像变成了一摊烂泥。他听到裁判在数秒："……八……九……十！"

一次击倒。这就是灾难。

目标——冲突——灾难，所有的部分都在，这就是一个场景。

让我们再举一个结构或许不这么鲜明的例子。从随便一个人物开始——假设他叫约翰·琼斯好了。我们看到约翰时，他正在大学的酒吧里，坐在可爱的苏西·史密斯身边。约翰为什么在那儿？他想要什么？

加入**目标**：在场景中，约翰必须想要什么东西，永远是这样。

如果你喜欢分门别类，约翰想要的东西通常可以归结为三种类型：

（1）**拥有**……一个女孩，一份工作，一件珠宝；你来决定。

（2）**摆脱**……勒索，支配，恐惧。

（3）**报复**……蔑视，损失，背叛。

现在让我们假定：约翰想要苏西。但是他准备怎样做呢？

公理：只有当目标足够明确、具体、迫切，你会为了实现它而采取某种行动时，它才成为一个目标。目标选择的实质是采取行动的决定，即**人物**的决定。

理想情况下，这个决定应该围绕着一个明确的目标作出，你能够具体看到主人公会为了他的渴望采取什么行动。如果不能，就说明目标还不够明确和具体。作为一个目标，"赢得爱情"是脆弱的。"跟利蒂西亚上床"？强多了！

或许约翰在酒吧的目的是说服苏西明天晚上跟他一起去舞会。到时候，在皎洁的月色、轻柔的音乐和潘趣酒的酒劲儿作用下，他希望她能答应他的求婚。

加入**冲突**。冲突的另一个名字是反对：一个人想要进入一道上了锁的房门。冲突是不可抗拒的力量遇到坚定不移的目标……两个实体为了相互矛盾的目标而斗争。有人胜利，就一定有人失败。

读者喜欢冲突。冲突为他们制造和增强紧张感，关于这一点我们会在后面看到。他们可以通过这个出口发泄心中压抑的侵略性和敌意，而不会给自己或他人造成任何伤害。

回到约翰和苏西的例子：他想邀请她去舞会。为了这个目的，他需要跟她在一起。冲突必须发生在他们会面之前。如果对手不出现，一个拳击手是没法比赛的。

然后，他说明了他的情况。读者需要知道你的主人公准备做什么，至少他准备要做**某件事情**。如果他什么都不打算做，怎么能有冲突呢？

如果苏西跟约翰一样渴望这次约会，就不会有冲突；你无法激起读者的兴趣，没有谁赢谁输的问题，因此没有场景。所以我们让苏西犹豫不决。她已经答应了跟乔治·加维，学校的明星中卫一起去舞会。这意味着，约翰为了实现他的目标，必须去斗争。

如果他轻易接受了苏西的拒绝，我们可以假定：

(1) 他并不是特别渴望这次约会；或者，

(2) 他缺乏为了得到想要的东西而斗争的力量……所以他是个软弱无能的人，读者为什么要在乎他发生了什么事？

不过让我们假设约翰很坚强，而且的确想要跟苏西约会，所以他不惜采取包括劝诱、说服、胁迫在内的一切手段去争取。

苏西最后同意了。怎么样？不怎么样。

为什么？因为我们不能让约翰这么容易就成功。冲突太有限了，场景结束得太快了。

或许可以让他俩争论很长时间？不。没完没了地重复同一件事很快就会变得沉闷。

有没有补救的办法？有的。加入跟情景有关的其他外部困难。可以提供新的发展：更多的障碍，更多的妨害，更多的难题。

一句话，让人物赢得目标的过程更**困难**。给他制造障碍，让他历经磨难。

你应该怎样做？增强反对的力量。让约翰受到强力的阻挠。

这实际上是在说，让约翰接到意料之外的新信息，使他的境况变得更糟糕。这个信息可以是他听到的、看到的，或者通过任何其他感官接收到的。即使你打开房门发现你的新娘变成了一具冰冷、僵硬的尸体，或者闻到一丝紫罗兰的香气从而知道你的丈夫仍然在跟他的情妇偷情，或者饮料中的苦味让你意识到阿尔菲叔叔又一次尝试毒死你。信息仍然只是信息。

在我们的例子中，假设约翰成功地搅散了苏西和乔治的约会，不过苏西又提出了新的问题：

“塞西尔怎么办?”

约翰尴尬地想要岔开话题：“拜托，苏西，你知道那都结束了。”

“乔治不这么想。”

这是个新挑战，约翰作出了还击：他想知道，苏西打算相信谁，他还是乔治?

苏西难过地摇了摇头：“对不起，约翰。但这不是**我**相信谁的问题。”

“你是什么意思?”

“就是我说的意思。不是我不相信你，是我爸爸。”

“你爸爸！他怎么说?”

“他相信乔治。”

情节又发生了一次转折：约翰接受到新的信息，这是一个新的难题、新的麻烦。

“他不许我跟你约会。”苏西坦白说。

“为什么要听他的话？你是个大姑娘了!”

“还不够大。”

约翰必须从另外的角度，想出新的办法。“要是我能让他改变主意呢?”他最后问道。

苏西表示同意，那的确能够解决问题。所以事情就这样决定了：如果约翰能够说服她爸爸同意这次约会，她就跟约翰一起去舞会。

看到了吗，即使只是简述，这个场景是不是就变得丰富多了？这要归功于新的发展、新的难题，这使得行动和兴趣点层出不穷。约翰在层层递进的反对的刺激下，不断作出新的努力。相应地，这增强了读者对于哪一方最终会获胜的兴趣。

最后，正如我们看到的，他说服了苏西。但是这个成功对未来造成了影响，因为他必须去改变她爸爸的态度……客观看来，这是件麻烦事，不那么容易办到。

不过到目前为止，一切都像玫瑰花饰一样完美。

加入**灾难**。什么是灾难？灾难是一个钩子。什么是钩子？钩子是用来捕捉、支撑、维持或者拉拽物体的一种工具——在这里，我们的对象是读者。

为此，我们用灾难的形式提供一种意料之外、情理之中的发展，让焦点人物蒙受损失，让他遭遇挫折，用《韦氏字典》的说法，遇到“突然的、重大的灾祸，不幸事件”。

这样的发展对于读者跟主人公来说同样是一种颠覆。它立刻提出新的问题，让主人公因为悬念而坐立不安：焦点人物现在究竟会怎样做？

灾难以**接受到新信息**的形式出现。比如在我们的例子中，为了说明这条规则，让乔治·加维出人意料地出现在酒吧。

乔治因为发现约翰正在试图破坏他的好事而怒不可遏。他发誓如果我们的主人公约翰胆敢再看苏西一眼，他一定要他好看。

为了强调他的观点，他把约翰从酒吧里扔了出去。让我们暂停一下，来听几种反对意见：

(1)“但是假如我的主人公在场景开始时没有一个目标怎么办？”

目标有两种类型：获取的目标和反抗的目标。第一种是明确的，就像在我们的例子中那样；第二种是隐含的。

让我们来说明一下：这一次，假设约翰已经跟苏西定好了约会。她很高兴地答应了。

加入乔治。他宣布这件事要由他说了算，如果约翰胆敢再提一句跟苏西约会的话，他就要把约翰大卸八块。

观察：尽管约翰在开始行动时并没有目标，但是现在他突然有了：反抗乔治。换句话说，乔治有一个获取的目标，约翰则相反。

所以约翰反抗了，乔治迅速动起手来，酒吧的主人威胁要报警。苏西吓坏了，她让约翰忘了舞会的事。约翰拒绝了，这就是灾难。乔治把他扔出了酒吧，跟上一个版本一模一样。

(2)“我想要描写生活，而不是人为的、不自然的冲突。”

请原谅，如果你回避冲突，就不能说你想要描写生活。

再说一遍，什么是冲突？是反对。两种力量为了相互矛盾的目标而斗争。认为冲突是人为的、不自然的，只能说明你处理它们的技巧太拙劣。

冲突无处不在，从出生到死亡，贯穿生命的始终。用斧头残忍地谋杀一个人时有冲突，用甜言蜜语诱惑一个人时也有。一个流亡者寻找穿越国境的路径，有冲突；一个继母努力打破孩子们的阴郁和沉默，也有冲突。一位老人因为退休政策被从工作岗位上赶下来，有冲突；一个公立医院的护士试图安慰畸形儿的父母，也有冲突。无论何时何地，一个人都处在与其他人、与自然、与自己的冲突当中。与他发生冲突的可能是一座山峰、一只动物、一个机器人、一笔金钱、一种细菌、一种神经衰弱症，或者一种理论。围绕一个无法自己用杯子喝水的智障儿童，或者一个被沙砾磨损的泵阀，都可以构造富有感染力的场景。

诚然，在初学阶段，人与人之间的对抗是最容易掌握的。但是这也意味着挑战，要把更明显的斗争写得更吸引人。

你想要描写生活？尽一切办法这样做。

但是不要把生活跟纯粹的文字摄影术混为一谈。这不是要你带着枪和照相机沿着消化道巡游，也不是要你像一个以自我为中心的精神病患者那样沉溺于自己的困境。

生活就是冲突。如果你否认这一点，就不可能创作出场景，也不可能写出商业小说。

(3)“但是每个场景都必须以灾难告终吗?”

场景必须为未来提出一个吸引人的问题，读者要为了看到这个问题的答案继续阅读下去。

为了实现这个目的，没有比让焦点人物对抗灾难更有效的工具了。这就是为什么早期的系列电影通常都有一个扣人心弦的惊险结局——珀尔·怀特被绑在铁轨上，5 点 15 分的火车正呼啸着拐过弯道。

不过一旦你掌握了足够的技巧，这种灾难可以是潜在的，而非现实的。比如，乔治并没有把约翰扔出去。或许他只是阴沉地暗示约翰会有麻烦，因为还不知道究竟是什么麻烦而显得更加危险。

同样，你可以利用灾难的反面。你可以不以焦点人物陷入无穷无尽的麻烦来结束场景，而是反其道而行之，把他推上顶峰，然后再让他跌落下来。例如，你可以让他制定一个魔鬼般狡猾的计划，用来对付他的敌人。

这给了你强烈地吸引读者的"钩子"似的问题：对于主人公，事情**真的**会这么顺利、这么容易解决吗？坏人会乖乖缴械投降？还是悄悄留了一手，随时准备翻盘？

（我必须补充一句，"灾难的反面"听起来效果不错，实际应用则要困难得多。首先，它剥夺了焦点人物的主动权，而把它交给了对手。它或多或少地迫使主人公消极等待对手的反应。通常，这种情况对于作家而言是危险的。）

无论如何，你都可以选择如何结束一个场景。所以尽管选择你喜欢的方式，只要你的故事仍然指向未来：发生的事情能够让读者持续阅读下去，对正在发生的事情时刻感到好奇。

（4）"你创作的这些场景太粗糙了——完全不是我想要写的东西。"

拜托，朋友！绝对不要把例子和原则，或者示范和方法相混淆。本书中所有的例子都以色彩鲜明的夸张形式表述。通常，你很难用微妙的例子来说明观点。

但是这并不意味着你不能以一种微妙的形式应用原则。这个问题总是取决于**你**自己：你看待世界的方式，你想要讲述的故事的类型。

比如，你的特定场景里可以既没有打斗也没有年轻人的爱情。当你描写社区居民想要把一个肥胖、衰老的隐居者从他的住所赶走，而他只是想方设法逃避时，这种模式的运用同样有效。你可以在任何层面上描写这个场景，可以平铺直叙、轻描淡写，也可以渲染悲情的气氛，或者描绘一种灰暗、昏黄的色调。

（5）"你描述的场景格式是死板的、机械化的。"

或许我应该为犯了过度简化的错误而道歉？

我在这里提到的只是一个开始。这是一种基本的方法，一块帮助你进入小说创作领域的跳板。一旦你掌握了形式的基本元素，阅读和研究已经出版的作品能够告诉你，如何根据你自己的品位和判断来应用它们。

只要记住一件事情：作为一种工具，设计场景的目的是制造最大化的冲突。为此，它将冲突的元素加以组织、放大和增强。

没有这个工具，最好的素材也会变得冗长、分散、缺乏冲击力。

(6)"不过显然，并不是故事里的一切都是场景，是这样吗?"

没错。还有后续。这部分我们以后再讲。

* * *

场景设计在什么地方最容易失败?

数以千计的学生习作告诉我，关键的错误通常可以归结为有限的几类：

(1) 方向混乱。

读者需要知道自己的位置，也就是说，他需要一个作为向导的人物。

因此即使在一个特定的场景中**故事**的焦点人物并不在舞台上，这个**场景**也必须有一个焦点人物。

你可以根据任何标准选择这个人物，但是一定要选择一个！然后把他放在聚光灯之下，给**他**一个动机刺激，让**他**作出反应。由此，读者可以把他当成标尺，来衡量和评估发生的事情。

(2) 焦点人物的目标太脆弱和/或太分散。

即目标不够特别、具体、明确。如何补救?

(a) 瞄准一个短期的、迫近的目标。

目标应该是逻辑上焦点人物能够通过相对有限的、一定时间内的、面对面的接触去努力争取的。

(b) 不遗余力地驱策自己，把这个目标简化为一个简单的、形象化的行动。

记住，目标是你的人物瞄准的靶心，从而将一个特定的场景整合起来。因此它必须处于支配地位——注意力的中心，就像头顶飞过的鸟群中你瞄准的那只。

当然，人物在场景中也可以有其他目标。这边有一个女孩想要跟他调情，那边有机会捡到一美元，而他刚好迫切地需要这点钱。

这些东西会暂时分散他的注意力，但是你必须把它们控制在次要的层面上，否则你的场景就会像冰上打滑的车轮一样偏离方向。

（3）人物本身太软弱。

这里关键的是："他为什么不退出呢?"如果情况对于他非常危急，他会斗争的!

（4）场景缺乏紧迫感。

什么是紧迫感?时间压力。

这意味着，约翰必须有理由**马上**采取行动去争取他的目标。一定要迫使他**立刻**行动。如果他可以毫无损失地推迟他的行动，如果他可以在下周、下个月或者第二年再跟苏西约会，紧迫感就消失殆尽了。

相反，假设约翰知道苏西在舞会之后转天就要去欧洲旅行了。这是她的赫弗齐芭婶婶送给她的毕业礼物。乔治作为一个受到祝福的求婚者，将在这次旅行中陪伴她。约翰想象，那两个人的恋情会急剧升温，以在最近的美国领事馆登记结婚画上完满的句号。

结果：时间压力要求约翰必须**现在**就对苏西表白。这为读者制造了一种无休止的紧张感。

（5）反对的力量太分散。

一群疟蚊完全可以比一只孟加拉虎更加危险，但是老虎是一种集中的、明显的威胁，这也是为什么更多人死于疟疾而不是被老虎吃掉的原因。

同理，**集中的**反对比碎片化的反对更能激起读者的兴趣。恼人的小麻烦会一点点消耗焦点人物的精力，而不是征服他。这就像游击战，敌人躲在暗处偷袭他，他却没有机会投入战斗。

但是英雄主义通常存在于还击之中。人物需要一个核心的对立面，让他可以击败它，从而解决自己的问题。

这里反派的出现就能够派上用场了。归根结底，广义的社会力量是人物麻烦的根源，但是通过一个有生命的个体来体现这种力量很有帮助，这样约翰在高潮一幕中就可以一拳打中他的鼻子了！

（6）反对的力量太弱。

反派的力量就是你故事的力量。有时候，对焦点人物缺乏自信的作家试图通过把反派塑造得很软弱来解决问题。结果就会出现一个薄弱的场景。补救措施：增强反派的力量。在压力之下，你的主人公会比你想象的更勇敢！

（7）场景零散、琐碎。

这个令人头痛的问题也可以说是**缺乏足够的外部变化**。有人把饮料洒在主人公的新裤子上，这个事实还不足以构造一个场景，除非新的麻烦接踵而至。

（8）场景单调。

同样的问题，同样的解决方案。

这里的核心症状是人物总有一种原地踏步的倾向，没完没了地重复谈论同一事件。应该怎样做？

（a）加入外部变化。

特别是加入意料之外的转折。如果妻子坚持要拨打她在丈夫钱包里发现的电话号码，而丈夫坚称他对此一无所知——让妻子的一个旧情人接电话，这对幸福的伴侣现在有的争吵了。

（b）赋予人物更强的多面性。

多面性和精心修饰的特征能够使他们摆脱乏味和平庸。

（9）灾难还不够具有灾难性。

再强调一遍，别怕给你的主人公制造麻烦。未来应该由每个场景的结果，也就是灾难来决定。场景应该给人物带来潜在的灾难性的后果。

如果不是这样，谁还在乎发生了什么事？

（10）灾难不是由场景自然而然地产生的。

灾难应该是意料之外、情理之中的，也就是说它应该从你的素材中产生。为了让主人公陷入更深的麻烦，每个作家都时不时地使用不可抗力。但是一般而言，在故事的关键人物和灾难场景之间保持某种联系是明智的。

比如，在我们的例子中，竞争对手乔治·加维为约翰提供了灾难。一个好斗的喝醉的流浪汉也可以制造麻烦，但是他除了单纯地制造麻烦之外与故事没有什么关系，而读者从有目的的行动中获得的满足感更大。

* * *

做到所有这一切对你来说太复杂？其实不会。一旦你熟练掌握了运用目标—冲突—灾难模式的诀窍，你就能在一张 3 英寸×5 英寸的卡片上展开一个场景，还有足够的空间把它写下来……

后续的框架

后续是连接两个场景的过渡单元，就像两节火车车厢之间的铰链。它陈述了焦点人物对刚刚完结的场景的反应，并为即将到来的下一个场景提供刺激。

后续的功能是什么？

a. 将灾难转化为目标。

b. 压缩现实。

c. 控制节奏。

后续如何把灾难转化为目标？

它提供了一座桥梁，给人物和读者一个真实可信的理由，让他们向着某个特定的方向奋力前进，把人物引向进一步的冲突。

示例 A：职业拳击比赛。

从被击倒的失败中恢复过来，主人公终于开始面对未来。他被击败了，所以现在，他应该退役、寻求重赛，还是在拳击场外袭击他的对手？他实际上有无穷多的选择。

然而只有当他决定选择哪条道路之后，逻辑上你的故事才能进展下去。

为什么？因为每一条道路都设定了一个不同的目标。退役的决定为我们的拳击手设定了一个目标：找工作。如果寻求重赛，他就面临着另一个问题：说服各方力量，让他们相信他还没有成为历史，等等。

加入**后续**：制定决策的部分，是从一个场景到另一个场景的桥梁。

记住，一个场景是一个冲突单元。读者阅读它，是因为他喜欢跟人物一起经历斗争，战胜对手，并找到隐含的谁胜谁负问题的答案。

但是或迟或早，每场战斗都要结束，以钩子、问题、灾难的形式。然后，你的读者热切地继续阅读下去。他期待着你的故事再次卷入冲突的愉悦时刻。

在这里，你必须非常、非常小心，为了制造冲突而制造冲突还不够。

为什么？因为那没有意义。就是说，它跟之前发生的事件没有清晰明了的因果关系，它不是之前斗争的结果或反应。一个陌生人在一场酒吧斗殴中“刚好”打中了你的人物，这在你故事的范畴中是一个没有原因的冲突，就其本身而言，也回避了事件的长期发展。

读者不会接受，他要求人物的努力必须有意义。它们必须是前面事件发展的结果，是智力和方向感的产物。所以除非你植入了正确的动机刺激，否则如果你的拳击手毫无理由地痛打警察或者脚踢拳击场的看门人，读者会恨你。就此而言，如果一伙小流氓选择这个特定的时刻向你的武士扔臭鸡蛋，甚至都不知道他们是谁，读者也不会满意。

换句话说，读者像需要兴趣一样需要**逻辑**……如果还能有兴奋点就**更好了**。

没有这些，就没有读者寻求的紧张感。小说建立在暂时停止怀疑的基础之上。如果你故事中的人物行为毫无道理或原因，常识就会粉碎你试图创造的幻象。读者坚持每一场新的战斗都必须有**原因**，每一个冲突都必须有**动机刺激**，人物朝着一个特定的新目标努力奋斗必须**合情合理**。

这时候就需要后续。通过明示或者暗示，它揭示了焦点人物为什么选择了新的行动，向读者保证这是一个有理性的、值得接受的人。

为此，后续要追踪人物的逻辑链条，沿袭他的合理化模式。

因此，后续是**后果**——在击倒人物的灾难发生**之后**，客观和心理状态如何改变他的行为。

后续如何压缩现实？作决定是需要时间的，也需要行动。通常，需要引入新的素材，甚至是非戏剧化的素材，来帮助人物作决定。

还是来看我们的拳击手。在他最终决定对于输掉的比赛究竟要怎样做之前，几个小时、几天，甚至几个星期过去了。如果详细描写，这样的时间跨度会让你的故事停滞不前。

最后，人物决定在明尼阿波利斯跟他的对手重赛。这是一次空间上的转移。但是这次旅行本身并不重要，它只是为了达到重赛目的的手段。

假如跟随人物这趟行程的每一步，你的故事又会停滞不前。

在人物能够投入战斗之前，他必须经历一系列非戏剧化的细节：要吃饭，要睡觉，要跟人见面……以及没完没了的常规训练。按照场景的形式描写这些细节，会让你的故事陷入停顿。

你面临一个详略的问题。概括是重要的。你通过提炼和删减得到摘要。在故事的这个部分，作家说某些事情正在发生，或者已经发生了。通过**告知**而不是展示，或者最多通过二者的结合来实现这一点。

概括压缩了现实。这种压缩是后续的第二个功能。

后续如何控制节奏？它允许你通过分配篇幅和重点来达到你想要的效果。一个故事有一系列的高峰和低谷，有重要和不重要的时刻。故事不会只有持续不断的高潮。

为此，你需要营造气氛、选择细节，捕捉生活中的火花。通过补充或删减，你让高峰更高、低谷更深。这样既能强调高潮时刻的重要性，又不失与琐事的联系。

比如，关于我们的拳击手，我们必须将比赛作为高潮充分表现，而不能浪费每一分的冲击力。不过与此同时，我们必须设法用简短的篇幅涵盖时间的流逝，并反映出常规训练的枯燥与艰苦。

事实上，我们必须将比赛本身的情绪高潮与之前漫长的等待时光进行**对比**。重要的是要在这里提速、在那里减速……简言之，就是要控制节奏。

* * *

是什么把后续整合在一起？

主题。什么是主题？一段叙述或其中任何一部分围绕的中心。后续的主题是什么？

是人物对困境的反应，是他对之前场景造成的问题的专注思考。

实际上就是说："我被打败了、羞辱了，被一个灾难打倒了。现在我该怎么办？"

经过专注的思考，人物得出答案。然后他据此作出决定，瞄准一个新的目标。因此，后续的结构是这样的三部曲：

(1) 反应。

(2) 困境。

(3) 决定。

具体是怎样的？为了说明，我们来给拳击手的场景安排一个后续。

场景的高潮是人物被击倒——对他来说是场灾难。这把我们的人物置于何处？他的客观状态和心理状态是什么样的？

他的经纪人在这里扮演一个角色："对不起，伙计，你已经完了。别给我打电话，我会给你打。"

他的女朋友也是："我当然爱你，亲爱的。但是谁会嫁给一个整天醉醺醺的拳击手？"

客观状态通常通过其他人对人物所遭受的灾难的反应来体现。

心理状态呢？你期望得到什么？发生的事情足以引起任何人的担心：他真的一无是处吗？他真的已经完了吗？

客观状态和心理状态共同构成灾难的后果。

这一切提出了一个问题：人物现在应该怎样做？他应该接受失败吗？找一个新女友？找一份在仓库打包的工作？

当教练为他脱掉手套、撕开绷带时，人物在沉思。当他洗澡和穿衣服时，他还在沉思。除了赋予作品更强的真实感，发生了什么事并不重要。灾难和人物对灾难的思考是唯一重要的事。

然后，他走上街头。牛排在他嘴里味同嚼蜡，酒精烧灼着他的喉咙却不能给他带来快感。那个夜晚他在廉价旅馆的房间里辗转反侧，无法入睡。

这种绝望可以持续几天或者几周，也可以在一瞬间终结。

或者他并没有感到绝望，而是感到愤怒，或者解脱，或者下定决心。无论怎样都是反应：人物对他遭遇的非常真实、非常私人的灾难的**反应**。

然后这些也会消退，至少在面对未来的需要时变成无谓的琐事。

他应该怎样做？这才是问题。

这也是人物的**困境**：在这个情境中，他需要在若干无法令人满意的选项中选择一个。无论轻松或笨拙、快乐或痛苦，我们的人物都必须得出一个答案。**决定**出现了：他要在明尼阿波利斯举行重赛。

这是一个新目标。人物为了实现它所做的努力构成进一步的冲突，即下一个吸引读者的场景。后续使得下一个场景的到来合乎逻辑与情理。

现在让我们以另一个场景为例，再来看一下这个模式。看看约翰、乔治和苏西的场景。

场景的高潮：灾难。

约翰作何**反应**？当然，他觉得很丢脸。如果是**你**，当着心仪的女孩子的面被扔出酒吧，你会有什么感觉？

所以，约翰觉得无地自容。外加愤怒，外加挫败，外加一系列其他难以言明的混合的复杂情绪，几乎要把他逼疯了。

合情合理，不是吗？完全可以理解？可以接受？

但是他应该怎样做？乔治是个强壮的大块头，有着明星中卫的体格。而且苏西因为害怕，在舞会的事情上已经退缩了。

加入**困境**。

所以，约翰躲到一旁舔舐伤口和沉思：他应该去向苏西的父亲恳求吗？向苏西自己？向赫弗齐芭婶婶？

所有这些想法都很荒谬，即使约翰自己也知道。但他还是必须做些什么，不仅因为他想要得到苏西，而且因为他相信乔治纯粹是出于利益考虑才对苏西感兴趣的。

请注意这会对读者产生什么影响：

首先，他得到一个感受约翰的痛苦、为约翰担心的机会。

其次，他开始考虑如果自己处在约翰的位置上，会如何从各种可能性中作出选择。每一种选择都存在弱点，他意识到对约翰来说这些都行不通。

再次，他看到了约翰不能退出的原因。

换句话说，在后续中，我们介绍了那些使故事符合逻辑和具备合理性，同时更牢固地吸引读者的额外因素。

我们甚至可以加入一两个**插曲**，比如约翰向朋友征求建议，但是一无所获。

（插曲是一种发育不全的场景，人物试图达到某个目标，但是没有遇到反对，没有冲突。比如一个男孩想要亲吻一个女孩，而女孩也同样渴望亲吻他，这就是一个插曲。）

或者也许一路走来，约翰**偶遇**了好几个熟人。但是因为他的心思完全被占据了，他没有回应他们的招呼。

（偶遇把人们带到一起。但它是非戏剧性的，因为其中没有目标或冲突。）

这两种子单元都是合情合理的。事实上，它们是可取的，因为它们让你的作品更贴近现实。但是由于缺乏冲突，它们实际上没有多大的兴趣来维持长期的注意力。

所以，约翰在他的困境中摇摆不定。到目前为止，形势的发展如此出人意料，他甚至开始怀疑当初为了苏西放弃塞西尔是不是一个错误。

塞西尔——！

假如他带塞西尔而不是苏西去舞会！尽管她现在并不爱他，不过如果他以适当的方式怂恿她，还是有可能说服她的。以她有点轻佻的性格，甚至可能同意去假装勾引乔治；而如果乔治上钩了，苏西一定会大跌眼镜！

显然，这是一个长镜头……这种交易很可能适得其反。但是在目前的情况下，值得一试。第一步：出卖塞西尔！

这是一个**决定**……约翰有了一个要为之奋斗的新目标。拜其所赐，冲突不可避免地会紧随其后。

至少，如果我们正确地使用了场景模式就会如此。反应——困境——决定。所有的部分都在，这是一个后续。

* * *

后续和场景：寻找一个目标……为了实现它而斗争。这是小说的两个基本单元。

要设计一个故事，重复这个模式直到理想的长度：场景……后续……场景……后续……场景……后续……

你可以从后续开始吗？当然可以。关于这点将在讲到开头的问题时再讨论。

这些是基本的工具，它们很有效。抓住每一个机会练习使用它们。目标、冲突、灾难、反应、困境、决定——只要跟其他人发生接触，你每天都要零零碎碎地上百次遇到它们。

所以要利用好这些片段。从它们开始向前或者向后延续，将偶然的发现和观察到的细节充实成完整的场景、完整的后续，甚至二者的结合。

我以前的同事沃尔特·S·坎贝尔教授曾说，他一旦掌握了场景格式，作品立刻就开始畅销了。我的一个学生也表达过同样的观点。他刚刚出版了自己的第十三本书。

这些就是小说的全部吗？只要学会设计场景和后续？不尽然。但是掌握这些技巧无论如何都是有帮助的！

写作场景

无论你是否意识到了，你已经获得了写作场景所需要的大部分技术性诀窍。它们出现在第 3 章中。是什么？

a. 方向感。
b. 动机刺激。
c. 人物反应。
d. 情感模式。
e. 以及第 3 章提出的其他所有隐含的和枝节的问题。

记住，场景是斗争，是一个冲突单元。所以组合场景的方式就像被击倒的拳击手的例子中的那场拳击比赛：铃声响起，焦点人物和对手从各自的拳台一角走出来，双方都决心实现自己的目标。从那一刻起，就是刺激和反应的问题了：人物移动，对手也相应地移动；人物出拳，对手还击……直到其中一方倒下或者铃声再次响起。

因此你需要写作一系列环环相扣的刺激—反应单元，就像水龙头里流出的水一样源源不断。每一个动机刺激都从焦点人物那里唤起一个适当的反应。每一个人物反应都触发——或者至少跟随着——一个相关的动机刺激。一个单元紧扣另一个单元。一种心理状态啮合另一种心理状态。目标被确立，人物为了努力实现目标而投入冲突。他的斗争历经起伏和得失，直到正当他以为自己赢得了胜利时，灾难突然击倒了他。

如果你圆满地完成了你的任务，读者会跟随故事中的人物一起经历这场战斗。

信不信由你，就是这么回事！接下来提出的这些要点能够帮助你远离常见的陷阱。这里有三“要”：

（1）**要**在每一个场景一开始就设定时间、场所、环境和视角。

困惑会惹恼读者。为了避免困惑，要让他掌握正确的信息。

尤其在涉及情景的转变时，更需要这样做：“格里尔离开公寓时，东方的天空开始泛白，街灯熄灭了。”“‘三兄弟’是一座矮墩墩的砖坯建筑，坐落在距离镇子半英里外的山腰处。”“周围太黑了，看不清把他摇醒的人。”“凶手自己也不知道什么时候会作出那个无法避免的可怕决定。”

（2）**要**尽快挑明某个人物拥有场景的目标。

应该在一个场景的开头半页之内，说清楚某人拥有一个目标。

为此，让某人表明目的感——最好是迫切的目的感。让他像有目标一样采取**行动**，就像他马上要去做一件特别的、重要的事：“他紧贴着阴影，研究那片只有一支香烟大小的空间。”“她在夜晚现身，在他已经放弃她很久以后。”“律师在 9 点 40 分打来电话。他说他代表丹尼尔·奥康纳，以正义、文化和世界和平的名义，必须马上见我。”

理想情况是，一开始就让人物的目标清晰明确：“非常冷静、非常小心地，他举起步枪，一道激光光束落在了索尔蒂诺的脖颈后方：这个独裁者的生命走到尽头了。”“考克斯说：‘我要知道真相，赫夫纳。卡利斯托到底出了什么事?’”“有一件事是肯定的：莎琳要离开这所房子，就在今晚。他会保证这点。”如果你没能在一开始就紧紧抓住目标，可以通过目的感给读者留下的印象来弥补。

也要记住，像小说中的其他一切一样，通过情节将目标展现出来，比直接告诉读者要好。人物做了什么的事例比单纯的语言更有说服力。

为什么尽快介绍目标如此重要？

(a) 兴趣伴随着目的感。

你越早说明某人正在朝着一个特定的目的地旅行，读者就越早开始对旅途中发生的事情感到好奇。

(b) 目标通常只能在场景的**开头**出现。

换句话说，目标本来就是让人物投入冲突的出发点。一旦他投入其中，情况很可能会发生变化。所以你越快树立起目标，就能越快进入读者最喜爱的主菜环节——行动和出乎意料的发展。

比如，主人公可能想一拳打在反派的脸上，或者为一个尖锐的问题寻求答案。但是瞪大眼睛的怪物正在地下室里等着他，或者女主人公已经消失了，或者冥河之船已经沉没。事实上，在灾难发生之前，没有人会想起最初的目标。但是目标仍然是至关重要的，因为如果没有它，场景本身就没有理由出现。

目标必须是焦点人物的目标吗？

不一定。或许在某个特定的例子中，他的角色更多的是反抗而不是获取，但是要尽量避免让他过多地处于被动的位置上。在大部分场景中，他应该是进攻者——积极主动，奋勇向前。

关于场景的目标就说这些。无论目标在作品中是明示的还是暗示的，它们在你的思考中都必须足够鲜明。每个目标都应该浓缩成单个恰当的、紧迫的行动，让人物令人信服地渴望将其付诸实施——目标应该具体、明确，以至于作为作家，你仿佛能够亲眼看到那个行动的画面。

(3) **要**写好结束语。

一些场景具有感染力，另一些则没有。

在那些有感染力的场景中，灾难以一种出人意料的方式突然降临——将令人震惊的结局聚焦到最后一句台词中来表现："祝贺你，戈斯先生，"外星人说，"因为你，你的种族要灭绝了。""但是死者王某的手中紧紧攥着一束克莱尔·肯尼迪的闪亮的褐色头发。”“他将白热的烙铁块塞进威尔·伊文斯的脚趾间。”

我向你保证，这种事情很容易做过头，而且一系列其他元素也可以制造感染力。但是尽管批评家和专业人士冷嘲热讽，普通读者仍然贪婪、热情地阅读那些拥有精彩结束语的作品。

现在来看三个“不要”：

（1）**不要**写得太短。

有人会告诉你，在少于四页——1 000 个词——的篇幅内，你无法写出一个令人满意的场景。

他们说得对。为什么？

（a）因为场景构成了故事的最主要部分，要让任何事物的重要性给读者留下印象，都需要篇幅。

（b）因为如果想要制造任何类型的情绪高潮，大多数人都**需要**篇幅。

（c）因为在简短、片段的场景中，你很难展现足够丰富的色彩、人物性格、冲突、困难、谋略、进攻和反击以及出人意料的发展，来维系读者的兴趣。

那么四页呢？不，我们不需要这么死板的规则。但是反过来说，也不要试图在一个段落之内就完成高潮！约翰·科利尔可以那样做。我们其他人还是不要写得太短了。

（2）**不要**陷入闪回。

闪回是某人现在回忆过去发生的事件。它让你的故事、你现在的行动陷入一段时间的停滞。有时候我们会需要运用闪回，但**不是**在场景中。

为什么？

（a）闪回本质上是非现实的。

处于冲突中时，大多数人都忙着自保，无暇沉溺于白日梦。

（b）闪回消磨了读者的耐心。

当你写故事时，你试图让读者跟你一起冲上紧张感的顶峰，特别是在我们称为场景的斗争单元中。进入闪回，紧张感会降低到零。

为什么？因为向前的运动和现在的行动都停止了，读者知道已经过去的事情不可能改变。然后当你回到现在，你必须重新从零开始制造兴奋。

这些理由足够让你把过去的历史排除在场景之外了吗？依我看足够了——尤其是因为不管怎样，闪回更适合用在后续中。

（3）**不要**滥用概括。

实际上，你当然需要概括，甚至在场景中也需要。女主人公在拥抱时不经意碰到了鼻子，这样的事实没有必要提及，也没有人特别想知道。

另一方面，每个人的作品都或多或少曾经在特定的地方跌过跤。它们是危险的，会干扰读者。它们会破坏或者粉碎故事制造的幻象。

没人能够列出这份完整的清单，但是这里有一些需要注意的例子：

（a）“他告诉她——”

这是间接叙述——对真正说的话的重述和概括。避免这样做！你需要的是真实的语言、真实的文章，具体到每一个字上。

（b）“他向电梯飞奔，但是没赶上。”

你是这样告诉我的。但是不管怎样，我更愿意亲眼**看到**发生的事情：

他现在无疑是在飞奔了，大跨步地跑向走廊尽头的左侧。

电梯还是没来。甚至消防楼梯也不在这里……

等等。一步接着一步。毕竟人物就是这样经历整个事件的。

（c）“时间过去了。”

然后跳到事件开始的地方。

（d）“他们喝了几杯。”

为什么不这样写：

“给你啤酒。”保罗嘟囔道。

莱尔德考虑了一会，最后说：“给我黑麦威士忌加水。”

要在心中牢记，没有什么能通过概括显得栩栩如生。生活是一分钟接着一分钟度过的，每一刻都丰富多彩。要在纸面上重现，你必须把行动分解为准确的、相关的刺激和反应片段。

＊ ＊ ＊

这些就是全部的教学指导。一旦你理解了基本原则，学习写作场景的方法就是去写作场景。

不过在你练习时，可以继续考虑几个问题——

写作后续

当你坐下来开始写作一段后续时，主要会面临三个方面的问题：

a. 压缩。
b. 过渡。
c. 可信度。

考虑你的焦点人物。事件：灾难之后，他失去了女友，失去了工作，他信任的朋友背叛了他。现在，他试图决定应该怎样做，如何调整自己以适应变化了的环境。

为此，他必须走出房间，穿过街道，面对许多人轻蔑的目光。

如何把这一切压缩到一段或者一页之内？

同样，从他遭遇打击到为了一个新目标重新出发，其间可能过了一个星期。在这一个星期中，他可能从密尔沃基来到马达加斯加、经历了从伤痕累累到容光焕发、从阴郁绝望到兴高采烈的变化。

如何在时间、场所、状态和情绪之间跳跃？

灾难往往使人陷入瘫痪。被击败后，他发现很难重整旗鼓。但是在打击降临之后不久，故事就要求他勇敢地重新投入战斗。

如何让这一切真实可信？

你已经知道所有这三个问题的答案了。时间整合场景，**主题**整合后续。在这个过程中，你也获得了正确地处理压缩、过渡和可信度所需要的基本工具。

如何用主题整合后续？

专注于一个主题，实际上就是专注于一系列特定的感觉。如果你的女友离你而去，你很可能会感到受伤和愤怒。如果你的老板解雇了你，你会感到愤怒和恐慌。如果你的朋友背叛了你，你会感到伤心和困惑。

或者也许你自己的感觉不是这样，这不要紧。要紧的是在你决定针对这种情况要怎样做之前，感觉无法控制地成为你心中最重要的东西。

因此在写后续时，你实际上假设感觉是整合其他一切元素的共同点。然后，你通过所谓的情绪桥梁从一种元素转移到另一种……忽略事实，强调感觉。

以**压缩**为例。正如在第 3 章“比例的问题”中指出的，你跳过或者概述那些情绪上不重要或者不相关的事实。如果我们需要的是莉莎的画像，那么绘画的过程本身不重要，我们完全可以满足于这样简略的陈述：“现在草图画好了。寥寥几笔，莉莎的形象就跃然纸上。”

因为能够包括的细节有限，当你试图减少字数时，文字的选择就成为一个关系重大的问题。通常，效果最好的是那些**有象征意义的**片段——眼角一闪而过的泪光，草原上泛白的水牛头骨，沿着枕头爬行的臭虫。一只知更鸟的歌声可以反映一个人的全部心境，空屋中被盗的一段水管可以反映一种生活方式。

诀窍在于找到能够抓住你想说的本质的特征。你要通过给单个事物的特写来反映人物的心理状态。

将足够多这样的细节连接成一幅印象蒙太奇，实际上，在一个句子中能够涵盖多大范围是没有限制的：

> 烟雾和暴雪，新奥尔良炎热的夏夜，怀俄明绵延的焦土。在接下来的几个月里，他看到了这一切；看到了，却视而不见，因为在他心里除了仇恨什么都没有。

过渡也有同样的要求。你需要在时间、空间、情绪或环境之间架起桥梁。为此，你聚焦于焦点人物最主要的感觉：是沮丧？愤怒？热情？还是恐惧？

在时间、空间、行动或其他跨越开始**之前**强调这种感觉，然后在跨

越之后再次强调它。换句话说，在安排你的素材时，让所选择的这种感觉成为“之前”和“之后”的情境中共同的元素。

举个例子，假设这种感觉是负罪感。然后，我们的技术性问题是要从周五晚上的纽约跳转到周一早晨的塔尔萨。

> 出乎他的意料，睡眠来得又快又容易。
>
> 这时他才希望不要睡着，因为随之而来的是奇怪、黑暗的噩梦……在诡异的梦境中，不知道怎么回事，艾琳总是站在他身旁，黑眼睛无声地责怪着他。
>
> 直到周一早晨在塔尔萨下飞机时，这些情景唤起的负罪感仍然困扰着他……

因为感觉是你故事中的支配性元素，也是最受欢迎的桥梁。但是有些时候，你可以使用几乎任何东西，比如天气：

> “我讨厌像这样没完没了的毛毛雨，”她叹了口气，“希望我们出发前雨能停。”
>
> 但是当希德的汽车拐上车道时，雨还在下个不停。

可信度？当你着手把灾难转化为目标时，这是你最需要的元素。

要获得可信度，你需要：

> (1) 把焦点人物放在一个充满真实细节的背景下。

即使被扔在大角星上，主人公也需要吃东西，要睡觉，甚至可能要洗澡。他周围的一切也一样，生活要继续。人们聊天、争论、恋爱、消磨时间、说笑、抱怨、打赌。

为了增加可信度，读者需要在你的故事中找到这些熟悉的元素。大冒险是好的，但是做得过火就会让作品变得像漫画书；偶尔从紧张的情绪中解脱出来也是好的。

这种间歇最好出现在后续中：把它们作为戏剧性场景之间的过渡。

> (2) 向正确的方向推动焦点人物。

你希望主人公在遭遇挫折之后出城去找工作，但是如果他在反派获胜的那一刻就离开，读者会嗤之以鼻。所以你可以在最初的灾难之后，让他的老板解雇他；让女房东告诉他，她准备把他的房间租给别人；让家长教师联合会抗议他给年轻人造成了不良影响。

现在，如果人物选择了你希望他选择的道路，当然，他发誓还是要回来的，读者会认为这种行为是可以理解的。

为什么？因为你在后续中给了他正确的刺激。

(3) 让读者看到焦点人物的逻辑链条。

这是硬币的另一面，前一点说的是刺激，这一点说的是反应。广义来说，这只意味着给人物一个思考事件的机会。因为他处在两个场景之间，没有受到即刻的威胁，没有卷入冲突，有更多的时间和独处的机会，在这里思考和行动同样是合乎情理的。我们甚至可以运用闪回，跟他一起回忆……评估过去的经验如何影响了他现在和未来的处世态度。

* * *

再重复一遍，后续跟场景一样，需要你通过写作来学习写作。快点动笔吧！

整合场景和后续

到目前为止，我们基本上是把场景和后续当作各自独立的实体来对待的。当然，实际上它们是互补的，它们流畅地相互衔接，构成统一的整体，即故事。

在将二者结合起来的过程中会有什么问题？这样做时需要记住哪些要点？关于这个问题，这里有几点建议供你参考：

a. 通过分配场景和后续的比例来控制故事的节奏。

总的来看，宏大的场景等于强烈的兴趣。相应地，更长的后续通常意味着更强的合理性。

所以在写作中，你必须决定在特定的时间点上，哪个要素对你是最重要的。通俗情节剧可以从死亡威胁直接跳到肉搏战，跳到抢劫，跳到埋伏，完全没有后续，全部是冲突，没有过渡。

另一方面，一些更具文学色彩的作品可以没完没了地描写主人公的心理斗争，即使他只是在考虑今晚的甜点是吃冰淇淋还是果子露。关于冲突唯一的暗示是，当他发现侍者扬起眉毛时脸颊泛起的红晕。

这一切给了我们一些有用的提示：

(1) 如果你的故事正在变得拖沓、乏味，就需要增强和充实场景来制造冲突。

(2) 如果你的作品中弥漫着不真实的气氛，那么就需要延长后续。在人物合乎逻辑地从灾难转向决定的过程中，跟随他的每一个脚步，捕捉每一个细节。

篇幅的分配是个人口味的问题。尽管存在“全是场景”或者“全是后续”的极端例子，大多数人最好还是选择中间道路，保持某种平衡。

b. 场景决定故事的发展。

用图解来表示，任何故事的形状都像山脉——一系列连续的高峰和低谷。你要聚焦于高峰，即那些高度戏剧性的时刻，用场景的形式来呈现它们。

(1) 很大程度上，一个场景应该有多大规模取决于它在故事中的位置。

以罗马帝国的灭亡作为开篇场景，会让读者兴奋不已，但是接下来你要如何结尾呢？在任何时间点上开出一剂过量的猛药，都有让接下来的一切显得虎头蛇尾的危险。

因此，一种合理的方法是按照重要性和/或紧张感递增的顺序来安排你的场景和高潮。

(2) 在某种程度上，可以利用后续来控制场景的位置。

在一定程度上，这意味着你可以通过延长或者缩短后续，来使场景更分散或更靠近。

在一定程度上，这意味着后续中通常包括能够发展成为一个场景的素材。例如，主人公停下来给汽车加油，这是一个偶然事件。要把它变成一个场景，你需要做的就是加入冲突：或许他惹恼了加油站的服务生，后者为了泄愤，“不小心”弄坏了（灾难！）他的汽车。

最后，在一定程度上，这意味着小的场景可以被缩减为后续。没有必要让人物费尽口舌说服琼斯医生让他去医院看玛丽，只要让值班护士按照规定允许他进去就行了。

c. 灵活性是重要的。

每个故事都有不同的问题，机械化的方法不可能解决所有问题。你必须随时准备好根据你的素材调整方法。

比如，一个正式的后续包括反应、困境和决定。但是如果一个人快要淹死了，你还需要特别说明他决定努力把头伸出水面吗？还是只要说他努力朝上方游去，浮出水面，挥动手臂、喘息、挣扎就够了？

我们通常在后续中采用这种方式。如果人物做事情的方式表现得好像他已经选择了一个目标，我们就假设他已经作出了决定，接受它，让规则靠边站。

同样，乍看之下后续总是紧跟着场景。但是经验很快会告诉你，如果你在场景—灾难结束后加入一点时间间隔，无论长短，就好像焦点人物被惊呆了，通常能够制造特别的效果。

这里有一个例子，主人公得到了意外的答案：

> “我告诉过你了，艾德，”她说，“我不会跟你走。”
>
> 时间仿佛停止了，好像这一刻永远不会结束。当他终于能够开口讲话时，他发现自己并没有什么好说的。
>
> 他转身走过人行道，回到车上。

* * *

如果你能够写场景和后续，你就能写故事。

但是如果你理解了小说的策略，你会写得更容易、更出色。这是最吸引人的主题，也是下一章的标题。

第 5 章　小说策略

故事是向读者发起攻击的双筒猎枪。

你想创作成功的故事。为了这个目的，你首先要理解两件事情：

1. 读者为什么阅读？
2. 故事满足感的来源是什么？

如何定义故事？你无法定义它。

为什么？因为不可能得出任何有用的、有意义的、包罗一切的定义。每个阅读和/或写作的人都是不同的，每个人都根据自己的品位、偏见来定义故事。丁尼生的《湖上美人》和亨利·米勒的《南回归线》都被称为故事。同样被称为故事的还有各种各样的短剧、小品文、奇闻轶事、纪实文学、编年史、戏剧、民间故事，等等。读者 A 喜欢、认为好的作品可能不合读者 B 的口味。对于不同的人，“强”与“弱”意味着不同的内容。同样，“陈腐”和“新鲜”、“深刻”和“肤浅”、“含糊”和“内涵丰富”也是。

定义是将一系列物品、事件或经验简化，提炼出最低限度的共同特性。这就像是为了验尸而剥夺生命，个体的区别被抛到了一旁。

这种方法对作家没有什么价值。要创作一个故事，你不能把它当成随便一件东西，而要想象你有一个特定的读者——你要为他提供一种动机刺激。

然后，你的目标是在这个读者身上唤起特定的反应。你希望他产生某种感觉……让他陷入情绪的漩涡。

让你的读者产生你所希望的感觉，这就是故事的全部**功能**。

现在你知道，这是一件棘手的工作，这需要技艺。就像学习滑冰、烤蛋糕或者弹钢琴一样，你需要学习技巧。

所有这些诀窍和工具，这些你用来恰到好处地完成故事的使命的方法加在一起，可以构成所谓的**程序**。学会依照功能和程序来写作，你就掌握了成为一名成功的小说家的捷径。

故事的功能是在特定的读者身上唤起某种特别的反应，因此有必要简要地考虑一下我们的读者。

你用一种锯子来锯木头，用另一种锯子来切割金属，用第三种来切割大理石。同样的原则也适用于读者，不要试图为所有人写作，普遍适用性是一个神话。很少有人同时喜欢超人和马塞尔·普鲁斯特，所以像接受女士发型的多样性一样接受文学偏好的多样性吧。别浪费时间假装它不存在，或者以为你能找到回避它的秘方。

这是否意味着你应该有意识地倾向于特定的读者来创作故事？是的，但不是**任何**读者，你需要的是跟你品位和兴趣相近的读者。因为你也是人，你无法改变自己去迎合大众。你必须接受自己是什么样的人，然后找到以与你一样的方式看世界的读者。

能够肯定有这样的读者存在吗？是的，能够肯定。诚然，你是与众不同的个体，但还不是**那么**与众不同，因为你也是人类的一员。

然后呢？掌握故事的发展动态。

怎样做到这一点？从一个简单的陈述开始：故事是对某人如何应对危险的记录。

这不是个定义吗？当然是，但它更多的是经验法则和对客观事实的陈述，而不是包罗一切的公式。我要事先承认，它不可能让每一个批评家和每一个读者都感到满意。

不过在实践层面上，它通常是有效的，而且是灵活的。一旦你掌握了如何应用它的技巧，你就会发现它几乎能够适应任何风格、任何类型的故事。

更重要的是，如果你想学习写作，这或许是最好的开始。

读者为什么阅读

读者阅读小说是因为它逐行逐页地为他创造了一种令人愉悦的紧张状态。但分析家不是说，让一个故事出色的原因是结构吗？

他们只说对了一半，正如已故的雷蒙德·钱德勒所说的：“理想的推理小说应该没有结局。”

为什么有人要阅读一本没有结局的推理小说？因为它在展开的过程中始终吸引了你的注意力。诚然，高潮是重要的，但并不是说之前发生的一切就不重要。如果读者还没有读完第一页或者第一章就把这本书或杂志扔到了一边，那么即便故事的整体结构再完美，他也不会知道的。

这就是为什么作家处理故事的方式必须像双筒猎枪。读者必须被此时此刻发生的事情所吸引：不是整体，不是最终模式，而是**此刻的**体验。重要的是即时和持续的兴趣，你必须**马上**吸引读者的注意力。

什么能够吸引注意力？紧张感。所有的注意力都以此为基础。

重申我们在第 3 章中提出的几个要点，紧张感是一种生理现象：“**紧张**……拉紧、绷紧的行动，绷紧、僵硬的状态或程度。用于：a. 精神上的紧张状态；对抗的强度；b. 神经上的焦虑，伴随着肌肉的紧张。”（《韦氏大学词典》，第五版）

当你的肌肉绷紧时，你就有紧张感。有些紧张感是主动的，更多的是不由自主的。

通常，制造不由自主的紧张感的是恐惧。也就是说，对于某件事情已经发生或没有发生的前景，你可能遭遇不愉快的情绪反应：如果你失业了，你的妻子会说出一些无情的话；如果你在高中的课堂演讲中半途卡壳，你的朋友会嘲笑你；母亲的去世会让你感到异乎寻常的孤独和难过。客观上，可能只是微不足道的小事，没有杀人狂用斧头威胁你的生命。重要的只是你的感觉。因为当你感觉到恐惧时，你的肌肉就会绷紧，你会投入或温和或极端、或者介于二者之间的紧张状态。

什么能够制造恐惧？危险。

什么是危险？变化。任何给定的情景发生变化，结果都将是另外一种不同的情景。这种新的客观状态要求你作出调整。这种调整可能超越了你的能力范围，从而危及你的生存或幸福。任何危及生存或幸福的东西都会制造恐惧。

在这个过程中有两个因素会起作用：

a. 感知。

b. 经验。

感知意味着你必须意识到变化正在发生。

经验警告你这种特定的变化可能让你遭受伤害、损失、痛苦，或者其他不幸。

要体验恐惧以及与之相伴的紧张，这两点都是必需的吗？是的。就像报纸上每隔一段时间就会出现的新闻，小孩子跟眼镜蛇愉快地玩耍，诸如此类。小孩能够**感知**到蛇，但是缺少**经验**，不知道它是危险的，因此他不会感到恐惧和紧张。或者**经验**告诉你枪是危险的，但是如果你没有**感知**到一把枪正对着你的头，你不会感到紧张。

但是如果感知和经验并存呢？想象一场派对，你被介绍给几个新认识的人。

这是改变，新的元素被引入你的意识范畴之内。但是如果情景到此为止，你的紧张感提升是非常有限的。

不过，假设其中一个陌生人是个高大、黝黑、英俊的男子。

现在，加入经验：你的妻子特别倾心于这种类型的男人。

你的紧张感立刻就提升了。因为无论你自己是否意识到了，恐惧都已经进入了你的生活。具体说来，你害怕你的妻子会跟这个男人发生婚外情。

或者：你特别想给其中一个陌生人留下深刻印象，因为他有可能帮助你赢得你渴望已久的升职机会。结果，你内心的紧张感显著提升，因为你害怕不能如愿地给他留下好印象。

或者：其中一个女孩匆匆一瞥，似乎对你选择领带的品位表示鄙夷。尴尬——害怕自己的品位真的很糟糕——让紧张感剧增，从你接受到的其他动机刺激中凸显出来。

如何将这一切应用在故事中？“我们走进剧院就是为了担心。”已故的肯尼思·麦高恩评论道，“无论我们看的是一部悲剧、正剧还是喜剧，只有对单个场景和整个故事的结果感到担心，我们才能从中得到最大的享受。”

这就是为什么故事必须包含危险。没有危险，就没有担心。

为什么我们想要担心？因为紧张感对任何物种的生存都是至关重要的。它代表着察觉、警惕、随时准备行动。它代表着准备好战斗或逃跑，是在面对危险时每一个身体组织的自发反应。刺激一只老虎，它就进攻。刺激一只兔子，它就逃跑。二者的出发点都是本能的紧张感。

基于紧张，它们对威胁和整个强敌环伺、充满敌意的世界作出反应。

因为紧张感具有这些生存方面的价值，人类作为一个物种学会了在可以控制的范围内享受它。所以在不同程度上，与我们的个人口味和新陈代谢保持一致，我们会乐于投身为我们制造紧张感的情景。我们玩手球，我们狩猎，我们战斗，我们引诱邻居的妻子。

还有我们阅读，特别是小说。

为什么是小说？直接经历制造紧张感的情景可能是危险的，**身体上的**危险、现实层面的危险。一场手球比赛可能让一颗衰老的心脏停止跳动，被捕猎的动物可能反过来攻击我们，战斗可能因为致命的一击而终结，邻居可能诉诸武力或者诉讼，所以呢？

所以对于大多数人来说，二手的紧张感比实际经历的紧张感更安全，因此更令人满意。这就是为什么我们去看橄榄球比赛和职业拳击赛，收听收音机里宇航员的报告，关注和议论电视新闻中的灾害报道，以及真实犯罪月刊和忏悔录的原因。我们贪婪地寻觅其他人的不幸，分享他们的危险给我们带来的快感。

小说为我们制造了一种特别生动的虚拟的紧张感。它让人物与危险面对面，因此他感觉到、或者应该感觉到恐惧。

然后呢？恐惧会传染。当你在一个写法得当的故事中追随一个人物的脚步时，他的经历和紧张感都会变成你的。

作为作家，你的任务就是控制和利用这种紧张感。为此以你的核心人物为工具，你制造它、强化它、聚焦于它，然后释放它。

通过移情，读者产生与人物同样的情绪、同样的紧张感。

情节只是你为了操纵这种紧张感而制定的行动计划。最简单的公式正如著名的低俗小说之王 H·贝德福德-琼斯在三十多年前提出的："让主人公遭遇危险，然后让他一直处于危险当中！"

本质上，有阅读习惯的读者是对紧张感成瘾的。当他在报摊丢下25或50美分时，他想要买的就是紧张感。

这就是为什么他为你的故事花费时间和金钱的原因，这就是他阅读的原因。

故事满足感的来源

具体说来，故事的满足感究竟来源于哪里？

这是最有意思的问题。不过为了得到全面、完整的答案，我们要选择有一点迂回的路线。

我们开始吧。

故事是对某人如何应对危险的记录。但是在一个故事中，危险不只是抽象的危险。它是针对某个特定人物明确、迫切的威胁，特别是对焦点人物的威胁。这个事实决定了故事的形式。

示例 A：焦点人物诸事顺利。

加入危险。焦点人物作出反应，与这种危险斗争，直到他成功或者失败。

危险的持续区间决定了故事的限度。粗略说来，我们可以说故事从人物陷入危险的情景开始，到他摆脱这种危险的阴影结束。

明智的做法是：在故事**开头制造**紧张感。在**中间**巩固和**加强**。然后，**结尾**可以分为两个部分：**高潮**和**解决**。

在**高潮**中，你制造的紧张感像急流在这里**汇聚**。最后，对于人物和读者来说，**解决**是紧张感的**释放**。

这又把我们带回了最初的问题：具体说来，故事的满足感究竟来源于哪里？答案：紧张感的**释放**。

在故事的开头、中间和高潮部分，危险的刺激逐行逐页地让读者始终保持紧张和热切的渴望。但是刺激并不能构成满足感。把紧张感拉得太长、扯得太远，就像胳肢人一样让人难受。你开始渴望这一切赶紧结束，你想松手、放弃……想放松和休息一会儿。

故事的解决部分的全部作用就是触发这种释放。这给了读者**回报**，而且让他获得了一种所经受的紧张终于有所回报的满足感。

换句话说，**故事的呈现方式**是读者满足感的关键来源。一个故事就是一场战斗，危险是焦点人物的对手。所以，读者朋友想要知道身陷险境的主人公发生了什么事……谁赢得了战斗，是如何赢得的。把他丢在这个悬念当中不管，就像是在世界职业棒球大赛的第九局，平分、满垒、冠军归属悬而未决的时刻，把一个狂热的球迷硬生生地从球场拖走。

如果故事的结局是“恰当的”，读者的紧张感就会得到释放，他会感觉放松和心满意足。

如果不是，他会停留在紧张不安的情绪中，此时最好的情况是感觉挫败和失望。

要给故事一个“恰当的”结局，问自己一个简单的问题：主人公如何战胜了危险？

答案通常都是一样的：**他证明了自己应该取得胜利**。

* * *

大致的提纲就讲到这里，现在让我们来看看细节。

上文已经提到，紧张感的释放带给读者满足感。

那么，是什么释放了紧张感？恐惧制造紧张感，恐惧的消除释放它。如果你害怕老板炒你的鱿鱼，一次升职可以让你的前途一片光明。如果你不确定追求一个女孩成功的机会有多大，而她在适当的时机对你微笑了，这个笑容会改变你的心态。如果你得了溃疡，照几次 X 光片会帮助你平静下来。

所有恐惧的消除都会带来同等程度的释放和满足感吗？

不是。恐惧是一件复杂的事物，与程度有关，你永远不可能完全消除它。升职可能让你怀疑自己能否胜任新职位。女孩的微笑可能让你事后怀疑，她是不是也给了其他人同样的鼓励。X 光片可能让你去寻找造成你痛苦的其他病因。

在故事中也是如此，并不是所有恐惧的消除都能带给读者他所寻觅的东西。

他寻觅什么？安全感。

什么构成安全感？安全，远离危险或对危险的恐惧。什么能带给读者这种安全感？感觉能够掌握自己命运；他不是任由命运摆布的傀儡，或者一个充满敌意的世界中偶然机遇的牺牲品。

对于我们所有人，生活和小说中都是如此。我们如此渺小，如此脆弱，面对着一个既可怕而我们又无力抗拒的世界。所以我们每天都要质疑自己几十次，甚至上百次、上千次：我们真的能够改善不堪重负的处境吗？我们真的有机会得到幸福吗？

我们经常性地需要鼓励和安慰。我们渴望看到成功的例子，证明继续奋斗下去是值得的。

如果事情仅仅是由偶然性决定的，那我们知道自己在一开始就输了。仅仅依赖运气是不够的，我们拥有的经验已经证明了这一点。

相反，我们希望自己所做的事情会对结果产生影响。我们需要感觉一个人的行为和个人能力有助于决定他在生活中的境遇。我们喜欢个人价值和个人回报的概念。

在实际操作中，这意味着人物的恐惧不应该被意外或者巧合所消除，他的问题不应该由美好的环境解决。如果故事的结局是闪电劈死了坏人，或者一个远在澳大利亚的叔叔适时的去世解决了主人公的财务危机，读者不会获得最终的满足感。他想要的结果是人物**掌握**了命运，这是他最深层次的情感需求。

要制造这种控制感和安全感，你必须以正确的方式将故事素材与现实联系起来，让读者感到生活是有意义的，他们基于情绪的愿望和信念都得到了肯定。

为此，在你写作的每一个故事中，都要在焦点人物的行为和他的命运、他的事迹和相应的回报之间建立起因果关系。

具体做法是：

a. 让人物遭遇危险。

b. 让人物证明自己应该取得胜利或者遭受失败。

c. 以理想化的正义的名义，让故事的结局与人物的行为相称。

比如，一个故事的开头假设：

（1）在现在或者可以预见的将来，主人公的客观状态是幸福的。

（2）一种危险威胁到他获得或者保持这种客观状态的机会。

在这里，将这两种元素转化为**故事问题**的形式是有帮助的："尽管手臂有残疾，乔仍然会战胜艾伦吗？""天外来客会将我们的主人公跟人类一起消灭吗？""苏西能阻止她母亲过度溺爱孩子、把他们宠坏吗？"

这些问题的**答案**构成了故事的解决，答案的基础是主人公用行动证明自己应该取得胜利或者遭受失败。

如何让主人公作出这种证明，以便让读者获得满足感？

把他与危险的斗争聚合成一个道德事件。在高潮部分，他采取行动，在相互冲突的两条道路、两种对立的行为方式中作出选择。

在何种意义上高潮事件是关乎道德的？一条道路是正确的，另一条是错误的。

什么是"正确的"？无私。抗拒个人利益的诱惑，坚持原则。

什么是"错误的"？自私。为了个人利益放弃信念。

人物在这两条道路之间作出选择的决定性因素是什么？情绪，他自己的主观感受，他本质上是哪种类型的人。

自私不是通常比无私更合乎逻辑吗？选择错误的道路不是更明智、更合理吗？当然。但是这里我们的目标是试炼人物的性格，而不是他的智力；看他的本能反应，而不是他的逻辑。

这是否意味着主人公应该是愚蠢的？恰好相反，他应该绞尽脑汁，发挥他的全部智慧。

但是我们所有人都会遇到仅凭思考还不够的时刻。如果一个头昏脑涨的出纳员多找了你零钱，你可以接受，也可以提醒他并把钱退回去。在黑暗的停车场撞坏了别人的保险杠，你可以留下一张字条，也可以扬长而去。在异国他乡受到好朋友妻子的热情欢迎，你可以利用这个机会，也可以礼貌地离开。

遇到这种时刻，我们必须采取行动——自发地、本能地，以我们相信的事物、我们感受的方式和我们是哪种类型的人为基础。这是原则和性格的问题。

这一切如何影响读者？如何帮助他获得他所寻求的安全感？

因为读者跟随焦点人物经历整个故事，所以他会分享那个人物的体验。他凭直觉知道，自己不一定要足够强壮、足够聪明或者足够幸运才能战胜危险。但是无论他有多软弱、愚蠢或者倒霉，他仍然告诉自己**可以**依照原则行事……做他从感情上认为正确的事，即使这样做注定会带来灾难。

所以呢？所以，你要解决故事的问题。如果人物做得对，你要让他赢得胜利，你要让他战胜个人的危险。简言之，你要嘉奖人物表现出来的美德。

由此，恐惧消除了，紧张感消退了。人物放松、安全、满足而快乐，你的读者也一样。

即使我们承认这一切是正确的，这难道不是一种幼稚的模式，不适用于成熟的读者吗？

这取决于你，取决于你作为一名作家的技巧。当然，这种模式可能被使用得非常幼稚，无数作品在漫画书的水平上粗糙地使用它。

但这也是《俄狄浦斯》和《罪与罚》的布局，是《人生的枷锁》和《圣经》的结构。唯一的问题是其中的技巧和精妙之处。

但是当一名作家使用这种模式时，他不是歪曲了现实吗？即使在故事的范畴内，假装行为和回报之间存在因果关系不是纯粹的伪善吗？

答案可以分为两个部分：

> （1）要满足特定的读者，故事必须肯定该读者的人生哲学。
>
> （2）从历史、社会和哲学的角度来看，认为小说中像生活中一样存在因果模式是有道理的。

关于第（1）点，大多数美国读者相信这里描述的模式，即因果关系，因此这是最有效地迎合大多数读者的方法。反之，任何作家想要表现一种不同的人生哲学，显然都无法令人满意。

这一切意味着作家应该找到一种更贴近自己信念的模式，然后据此创作故事。这种事情每天都在发生，看看素材是如何转化为小说或者杂志文章出版的。

不过因为任何一本书的篇幅都有限制，我选择在这里略过这一点，以便把重点集中于商业小说中占据主导地位的模式：大多数畅销书作家采用的方法。

第（2）点值得进一步考虑。因为遗憾的是，我们中大多数人都有因为喜欢中间的洞而忽略面包圈，因为沉迷于例外而忽视规则的坏习惯。

故事不应该这样。

实际上在生活中，尽管存在例外，我们中大多数人还是得到了自己应得的东西。

这不是偶然，一切社会都建立在互助原则的基础之上。正因为每个人都是如此无助和孤独，所以他会限制自私的念头、对个人利益的追求和占有，以便享受从与其他人和平共处中获得的益处。“自由企业”要受到反欺诈法的制约，限速和禁行标志限制了驾驶的自由，安全标准控制着工作条件，警察的保护减少了个人对武器的需求。

我们受到的控制不仅仅是外部的。坦率、诚实、仁慈、正直、纯洁、虔诚、勇气、尊严、谦逊、敏感、荣誉——这些不仅是词语，它们是内在标准，是对个人利益和自我放纵的约束，人们要依靠这些标准活着。

通常，争论在于这些限制——内部的或外部的——应该扩展到多大范围。规则因时间、场合和文化而异，情况视个别环境而不同，但是大多数人在大多数时候都要遵守它们。

当人们不遵守规则时，结果就是混乱。因为人的行动是有原则的，他会依据自己的标准，为了更大的原因牺牲个人利益，此时通常他会获益。

当然，主要原因在于我们周围的人总在评判我们，无论精神上还是肉体上的勇气都会吸引注意力。众所周知的诚实会为我们开辟康庄大道，机遇会眷顾那些献身于责任的人，仁慈、忠诚和辛勤的工作会赢得声望。

反之，阴谋家、奸商、叛徒和花花公子很快会被贴上标签，得到应得的下场。

回报在精神层面上的意义比在字面上的意义更大。尽管公开羞辱会把一个有良心的持不同意见者钉死在十字架上，但是如果他相信自己是正确的，他仍然可以傲然挺胸。即使上了军事法庭，比利·米切尔也比那些指控他的人更高尚，而且他知道这一点。

有没有例外——那些不按常理出牌的人？

(a) 相对而言，他们是孤立的，而且数量很少。

当他们成为主导画面的大多数时，规则就改变了——参见禁酒令的废除；或者社会本身崩溃了，参见罗马帝国的例子。

(b) 他们的确付出了代价。

在学校里作弊，你的无知后来让你丢了工作。不遵守交通规则，一辆油罐车最后为你的葬礼燃起了火堆。在掷骰子赌博游戏中作弊，一个小混混发现你的伎俩，在你身上捅了一刀。

(c) 他们带着负罪感生活。

高血压、失眠和溃疡是他们身上常见的职业病，他们常常让心理医生赚个盆满钵满。但是即使他们侥幸摆脱了这些疾病，良心也会时时刻刻纠缠着他们，让他们所有的成功都充满苦涩的滋味。

本质上，生活和小说中都认为无情地追逐个人利益是短视的行为。没有原则的人实际上跟酗酒者和黑帮混混没有什么两样：前者全部的生活目标就是怎样搞到下一瓶酒；后者一心一意想得到收银台里的七十美元，从来没有停下来算一算，如果他为这次犯罪行为被判入狱五年，损失的小时工资不知会有多少。

这一切背后隐藏的事实是我们社会赖以建立的基石。小说只是它的缩影……将广阔的画卷浓缩成胶囊的形式，从而让普通读者更容易消化。正如雷蒙德·钱德勒在评论冷硬派推理小说的迷人一面时曾说的：“这类事情发生过，但不是那么快速，它不是发生在一群关系紧密的人身上，也不是发生在狭窄的逻辑框框里。这是不可避免的，因为需要不断的动作，如果你停止思考，你就输了。”

* * *

一个好的故事提供给读者愉快的紧张感加上终极的满足感，这些是基本原则，正是它们构成了双筒猎枪的两支枪筒。

不过，展开攻击需要更多的细节，与如何最有效地创作故事的开头、中间和结尾的技巧有关的细节。

想知道这些，接着看下一章。

第 6 章　开头、中间和结尾

故事是从过去到未来，穿越永恒的现在的运动。

所有的故事都是“关于”同一件事情的：愿望与危险的对立。每个故事都与焦点人物面对困难，想要努力获得或者保留某件事物有关。

要将这种一般原则转化为具体的小说，你需要掌握五个方面的知识：

1. 如何安排故事元素。
2. 如何开始一个故事。
3. 如何发展中间部分。
4. 如何制造高潮。
5. 如何解决故事的问题。

这份指南中的第一步是在你自己心里理清故事的基本框架。一定的组织是必需的，缺少方向和形式，会让你陷入一个满是错误的起点和通往死胡同的迷宫。

要避免这种混乱，最好的方法是把你的素材组织成一个“**出场阵容**”。

如何组织出场阵容

成功的商业小说都具有五个关键元素。以动态的形式组织它们，你就可以检视它们的力量和弱点。这五个元素是：

a. 人物。

没有焦点人物就没有故事。他受到外部事件的影响并作出反应，向威胁他的危险还击，从而构成故事。

b. 情景。

没有一个焦点人物是存在于真空中的，他在一个迫使他采取行动的背景下活动。这个背景，这种外部的客观状态，就是你故事的情景。

c. 目标。

一个什么也不想获得、什么也不想保留的焦点人物不可能遇到危险，所以在任何故事中都没有他的位置。成功还是失败并不重要，但是他必须奋斗。

d. 对手。

挖一个坑，你会发现甚至土地都在跟你作对。但是将障碍以对手的形式人格化，不仅反抗，而且还击，阅读的过程会更令人兴奋。

e. 灾难。

每个故事都需要发展到一个高潮，所以用某种吓死人的东西威胁焦点人物，让他在你给他解脱之前不得不近距离地面对它。

一定要努力让每件东西看起来尽可能地明确和具体！

接下来，把这五种元素写在两个句子里，或者不多于两个句子里。这里我们需要非黑即白，需要冲突的力量。越鲜明、越尖锐越好。多余的语言只会模糊事实。每个作家都需要自律，要强迫自己删除多余的废话，立足于本质。圆滑和微妙可以等到以后再说。

所以我们需要两个句子，而且只需要两个。

句子 1 是一个陈述句，它设定人物、情景和目标。

句子 2 是一个疑问句，它明确对手和灾难。

如何把这锅**大杂烩**混在一起并不重要，重要的是要强迫你自己这样做！任何故事都必须将冲突的素材整合在一起，才有可能成功。如果你不完成这个仪式，或者诸如此类的任务，你就不得不一而再再而三地自欺欺人，相信自己有一个故事，而实际上它根本就不存在。

所以现在，让我们试验这种模式。比如一部科幻小说：

情景：	人类突然间长到了 12 英尺高。	句子 1
人物：	约翰·斯多姆	（陈述句）
目标：	试图找出原因。	
	但是他能否击败	
对手：	那些身居高位的阴谋家，以免	句子 2
灾难：	被人置于死地，好让人们以为这种变化是外星人入侵的结果？	（疑问句）

故事中的问题永远是："焦点人物会击败对手、战胜危险、赢得幸福吗？"如果句子 2 所提出的问题能够以清楚明确的"是"或者"否"来回答，那么读者的紧张感会得到最大程度的释放。

更宽泛、更灵活的问题（"萨姆能够从雅各布身上赢回爱丝米尔达的芳心吗？""老曼斯福特为什么放火烧毁了沼泽地？"）会将重点从基本的冲突转移到令人困惑的元素上来。作为故事的组成部分，这种新奇的角度——一次转折、一场纠纷、一条支线——非常有价值，但是不要把它们作为主宰整个故事的问题。尽管可能设计得非常巧妙，但是在大多数情况下，对于大多数读者，它不如更简单、更明显的"他能否赢得胜利？"的方式更富于悬念。

这是因为读者阅读小说的出发点和最主要的目的是情绪刺激，他没有强烈的愿望去思考。一个靠分析或逻辑推动的故事——无论是多么初级的分析和逻辑——都很难取悦他，他更愿意让理智的元素退居次席。它们可以存在于一条支线中或者类似的地方，如果读者刚好有那份心情就可以读到。但是它们不能太重要，如果读者今晚只想为了所谓的"放松"而阅读，他尽可以一带而过，而不会损害故事的整体效果。

出场阵容的方法用得不好会束缚你的手脚。下面有一个例子，是一段自白：

情景：	又孤独，又沮丧，她已经厌倦了生活在一个把她当成免费女仆的家中，	句子 1 （陈述句）
人物：	寡妇艾琳·布恩	
目标：	想要嫁给鳏夫弗兰克·道斯。	

她会不会失去这个获得幸福的机会，　　句子 2
因为她自私、伪善的女儿　　（疑问句）
对手：康妮
灾难：从道德上谴责她？

也有一种故事几乎可以被写成任何层次的作品，从货架底层的男性杂志到纯文学小说：

情景：厌倦了高薪工作的一成不变和道貌岸然，　　句子 1
以及可观的终生收入保障，　　（陈述句）
人物：戴尔·博尔顿
目标：决定提前十年退休，去完成童年的梦想——住在一间简陋的船屋里，去探索废弃河道上的鬼城。

他能否成功地实现这种转变，即使　　句子 2
对手：他怨声载道的妻子桑德拉　　（疑问句）
灾难：不遗余力地反对他，最后威胁要公开宣称他对家庭不负责任？

现在你掌握了写作开头的技巧。这是你能够找到的最有用的工具之一。

警告：这种技巧只是一种辅助，一种半机械化的程序，目的是帮助提醒你故事中的动态元素，仅此而已。

像任何机械化或半机械化的方法一样，它非常简单。它永远不可能代替思考，除非你赋予它自己的气质——你自己的创意、品位和读者，否则很可能弊大于利。

这种方法也不是唯一的。莱斯特·登特的《精通小说情节》为许多作家提供了类似的方法。另外一些人喜欢“3O”系统——目标、障碍、结果（Objective，Obstacle，Outcome）。“某人想做某事，他为什么不能？”也是一种模式化的问题，有上千部好莱坞电影剧本都从这里开始。

无论选择哪种方法，你自己都是最关键的因素。新鲜的创意、独特的转折、对人物深刻的洞察力、俘获和激发读者想象力的热情——这些都属于你，而且只属于你。

* * *

开头、中间和结尾的概念来源于生活本身：你出生、生活和死亡。

六岁时，你上学了。在长达 12 年的时间里，你与朋友、敌人、老师和课程斗争。然后，你毕业了。

你步入职场，努力工作，变得更好或者更糟。

你参加赛跑，有起点、跑道和终点。在足球比赛或者斗牛中，也有冲突的开始、拉锯和结束。

太阳升起，白天的时间流逝，太阳落山。

你知道这些。由此推论，你也知道一个单独的个人所发生的一切：(1) 有其持续的期间；(2) 处在一种流动的状态、一种发展变化的过程中。时间形成了一个框架，为你的悲剧和胜利设定界限。每一个情景浮现、成型，然后定型、消散。

所以尽管先进的思想家们宣称宇宙是自我更新和无穷无尽的，你却对他们的话不屑一顾。在日复一日的生活中，你有太多迫在眉睫的压力需要应付。

而且我们喜欢这样做。冒险和安全都有界限。让我看到自己未来的命运，或者全人类的、地球的，诸如此类，我很可能会找到最近的角落上吊自杀。也许只看到眼前的事比较好？在对一座新城市、一份新工作、一个新女友的憧憬中有希望和兴奋。完成、终结、一天的结束或一个问题的解决会让人如释重负。如果访客打断了你观看你喜爱的电视节目，会激起你心底愤怒的火花。永世流浪的犹太人的传说令人不寒而栗。

在时间框架内，对于我们每一个人，感觉是至高无上的。这与客观性与主观性无关。从感觉出发，你仍然需要一分一秒、日复一日地度过凡人的一生——一刻也不能跳过，每一刻都需要你作出反应。你的工作岗位被自动化设备取代了吗？经济学家的保证对于今天中午要饿肚子的人来说不过是画饼充饥。当你的女友嫁给别人时，你会**立刻**感觉到受伤，明年你会找到另外一个不这么善变的女人又有什么用？一个悲伤的人跟一个刚刚爆了气球的小孩子，比他跟神学家或者哲学家更加同病相怜。

小说不能被粗略地定义为纸面上的生活，它也高举感觉的旗帜，关注短期的视点。在小说的世界里，构成生活和事件的重要时刻也有开头、中间和结尾。

“我希望故事有一定的形式，”W·萨默赛特·毛姆说，“除非你能够写出一个没有任何质疑余地的结尾，否则我看不出还能如何实现这个目标。即使你最后可以让读者悬在半空，你也不想让自己跟他一起悬在半空。”

如何把你自己和读者带回地面？好吧，让我们从这里开始……

故事如何进行

故事开头的作用是让读者知道将会发生一场战斗……而且是他感兴趣的那种战斗。

为此，开头需要强调三件东西：愿望、危险和决定。有人想要获得或者保留某件事物，其他事物对他构成威胁，他决定战胜威胁。

人物想要的东西、对这种愿望的实现构成威胁的危险，以及他所作出的决定，决定了哪些特定的读者会喜欢这个故事。有人喜欢色情和暴力，有人喜欢柔情和浪漫，有人喜欢奋斗和励志，有人喜欢智力刺激。相对而言，很少有大学教授爱看《泰山》，更少有农夫喜欢《芬尼根守灵夜》。作家的技巧就在于定位读者的品位……然后避免为错误的人群写作。

开头的问题可以分为六个类别：

a. 从哪里开始。
b. 如何开始。
c. 介绍什么。
d. 忽略什么。
e. 如何提供必要的信息。
f. 何时结束。

下面让我们逐一说明。

a. 从哪里开始

遗憾的是，你可以用任何方式，从任何地方开始一个故事，我读过的许多原稿都能证明这一点。但是这并不意味着没有一些更好的开头（意思是“更有效”）。

比如，你可以从一处风景或者一场拳赛、宁静的生活或者关于天气的闲谈、一个人物或对象的特写，或者上千种其他的角度开始。

纪实版编辑有时候说：“从一个与众不同的日子开始。”好莱坞的格言建议：“从一个初来乍到的人开始。”通俗小说作家经常提倡从一场战斗开始。普遍适用的原则是：你应该从麻烦开始。

所以，你**应该**从哪里开始？

这随即产生了另一个问题：你需要什么来开始一个故事？你需要变化。

“从一个与众不同的日子开始”？必须有什么东西令它与众不同——某人习惯的常规发生了改变。

“从一个初来乍到的人开始”？一个初来乍到的人是情景中新加入的元素，因此是一种变化。

“从一场战斗开始”？偏离现状导致了战斗在这个特定的时间和地点爆发。

“从麻烦开始”？麻烦的意思就是现有模式无法适应新发展时所发生的一切。

所以，你需要变化来开始一个故事。

下一个问题：如何围绕变化创作一个故事的开头？

你需要四件东西：

（1）现有的情景。

（2）情景中的变化。

（3）受影响的人物。

（4）结果。

你要明白，这里列出的四件东西只是开头的组成部分和必要元素，排名不分先后。那么，它们各自的具体含义是什么？

现有的情景指的是焦点人物置身其中的客观状态。

在一个安静的工作日清晨，在郊区的家中，客观状态是宁静的。在战场上，是危险和暴力的。在一个高层商务会议上，每一句话都充满了火药味。在一条浓荫遮蔽的小溪旁，气氛是轻松、祥和的。

但是无论哪种情景，焦点人物都要接受它。这是惯例。

加入**变化**。变化是在现有的客观状态中加入某种新元素或者新关系。一些事情发生了，使得最初的情景发生改变。或许是气温骤降、太阳升起、一个陌生人走进来，或者是一个女孩点头同意。

在安静的家中，变化可以是一根漏水的水管，或者一位邻居的来访，或者卡车回火的声音吵醒了婴儿。在战场上，变化可以是一架卡壳的机枪，或者狙击手的子弹射中了班长，或者敌人的冲锋冲散了我方部队。

变化不一定是灾难性的。好消息——从身体健康到天气状况各方面的新情况——完全可以像坏消息一样扰乱一个情景。

所以：变化对现有的情景产生冲击，有人受到它的影响。

这个**受影响的人物**，其心理状态因为客观状态的变化而发生改变。

当然，我们事先假定这个人物有某种会发生改变的心理状态，也就是说，当你介绍他的时候他不能是一片空白，他的行为必须揭示某些已经存在的态度、原则、成见和目标。

所以在面对客观状态的改变时，人物以个性化的方式作出反应。

依据发生的事实，他的行动是否具有客观上的合理性并不重要，重要的是他如何解释这些事实——他对它们的主观**感受**如何。如果你今晚抢劫了一家杂货店，明天早晨一辆警车停在你的住所门前，你一定会得出自己要被逮捕了的结论，并且据此作出反应——尽管事实上，警察可能只是在那里调查一处冒烟的垃圾堆。

同样，失去一个朋友对一个人来说可能意味着孤独，即使他置身于一大群人中间。许多女人在看到第一道皱纹爬上她的额头时就预见到衰老和悲剧。一位经理从著名的西海岸公司辞职，因为他觉得自己应该找一份在家办公的工作。

情景、变化、人物，这三个基本要素已经讲完了，还有一个要素。

结果。当你开始一个故事时，结果可以决定成败。

情景：一个晴朗、寒冷的冬日。

变化：刺骨的寒风从北方吹来。

人物：一个行人。

一阵猛烈的寒风刮过，行人打了个哆嗦……竖起衣领……紧紧地用大衣裹住身体……快步向家门走去。就是这样。

同样，一个女孩闯红灯，警察拦住了她，女孩微笑，警察开出罚单，女孩开车离去。没有结果。等不到明天这个事故就会被遗忘。

一个老妇人每天都在盼望儿子来探望她。他来了，她严厉地责备他对自己漠不关心。他不理会母亲的批评，走了。客观状态回到跟开始时一样。

要开始一个故事，变化必须能够触发下一步的结果。

也就是说，它必须触发一系列的连锁反应。为了对变化作出回应，人物必须做某些事情，从而产生意想不到的结果。他必须点燃一把自己无力扑灭的火。

因此无论故事的初始情景或者最初变化是什么，或迟或早——越早越好——受影响的人物都必须发现自己处于一种无法忍受的客观状态中。什么是无法忍受的？

任何事物如果危及人物获得或者保留某件主观上对他来说非常重要的事物的机会，就是无法忍受的，或者说得更简单点，那是任何让他如此烦恼以至于无法忽视的东西。

如果你喜欢走路，而关节炎让你的腿僵硬，这是一种令人痛苦的烦恼。

如果你维持生计的手段需要依靠走路，这就是无法忍受的。无论输赢，你都要与它放手一搏。

被妻子瞧不起会伤害你的尊严。她要求离婚和分配财产，让你一文不名，这是无法忍受的。懒惰、没礼貌、不听话的孩子让人愤怒和崩溃。如果他只要有机会就放火，你就不得不对他采取措施了。

现有的情景，加上变化，加上受影响的人物，加上结果，等于愿望加上危险。

愿望加上危险，加上决定，是所有故事的开头。

决定这个因素我们将在后面讲到。现在，只要记住人物的愿望越强烈，威胁到它的危险越大，开头就越强大。

如果无法忍受的元素能够被人格化——以对手的形式被赋予生命，那就更好了。

* * *

关于故事开头的组成部分就讲这么多。这又把我们带回了开头的地方：你从哪里开始？

这个问题对每个故事都是全新的、独特的，没有人肯定地知道从哪一点开始是最好的。给定相同的素材，没有哪两个作家会从完全相同的地方开始。

但是通常的做法是什么？

一条古老的经验法则是：你应该从麻烦发生之前，或者麻烦发生之时，或者麻烦发生之后来写开头。

让我们稍作修正，用**变化**来代替**麻烦**。变化创造了故事，所以尽可能从靠近变化的地方开始。具体而言，从变化**发生之前**、**发生之时**或者**发生之后**开始。

比如，如果促成故事的是一场飓风，你可以从这天早上人们对天气的普遍关注，或者飓风席卷而来，或者焦点人物沮丧地调查他的农场的受损情况开始。

如果一个金发美女将要被杀，我们可以从她活着时候的行动，或者杀手发动袭击前的一声尖叫，或者她僵硬的尸体躺在小巷、停车场或者闺房开始。

为了以防万一，我在上面的例子中混淆了“变化”和“麻烦”。请注意，这种模式对于两个做着发财梦的矿工同样有效：开头一表现他们处于绝望和放弃的边缘……开头二让沙暴席卷了一个人的营地，露出了一些金块……开头三是夜晚他们在篝火边欢庆胜利。

对于你的故事，哪种方法是最好的？由你决定，而且没有人能够帮你下这个决定。不过，有几点值得考虑：

(1) 在远离变化开始的地方开头，可能让读者不耐烦。

这并不意味着你不能先将现有的情景归零，但是如今的读者比较没有耐心。你要么马上吊住他的胃口，要么一无所获。电影人说，在欧洲为了营造气氛，你可以用五六个云彩的空镜头开始一部影片，但是在美国，观众从第二个镜头就开始坐立不安了，第三个镜头最好有轰炸机俯冲过天空，否则观众就要走光了。

同样在小说中，开头用半页纸的篇幅描写古老家族庄园的景物会置你于死地。

(2) 从变化本身开始，读者可能感觉被吊在真空中。

要评估任何现象，你都需要角度。一种无中生有的变化，与任何背景或现有的情景都不相关，会失去它大部分的冲击力。在一场酒吧斗殴中暴徒挥出的一拳，跟一位牧师打出的一拳有着截然不同的影响力，而且会在一种不同的兴趣层面上触动读者。

(3) 从变化发生之后开始，你可能发现自己事后不得不作出大量解释，不堪重负。

“我单膝跪地，开了两枪。”多年前，卡罗尔·约翰·戴利在他的硬汉侦探雷斯·威廉斯系列故事之一，《黑色面具》中这样写道。尽管这是故事的第一句话，但是显然促成故事客观状态的变化已经在戏外发生了，威廉斯正在对它作出反应。

这种开门见山的方法是好的，前提是你能够像戴利一样巧妙地运用它。但是许多新手作家在处理时，很难对整个事件究竟是如何开始的作出流畅的解释。

事实就是如此。每一种开头都有它的问题，你自己必须在其中作出选择。

如果你选错了呢？好吧，那又怎样？你不是第一个，也不会是最后一个从自己的错误中学习的人！

b. 如何开始

第一段写得好会促使读者阅读第二段。为此，你的写法应该让第一段就激起读者的好奇心。

要激起任何人的好奇心，就是让他心中产生疑问。具体说来，就是让他想要知道：“嘿，后来怎么样了？”

如何做到这一点？以一种暗示后来会发生某些事情的方式呈现你的

素材。

这要求你说明和/或暗示：

(1) 独特性。
(2) 出人意料。
(3) 背离常规。
(4) 变化即将发生。
(5) 过度关注琐事。

采用这种分类方式只是为了方便说明。在实践中，各个类别之间的交叉非常大，也没有必要区分它们。

(1) 独特性。

独特性意味着没有类似或相同的东西。关注独特性就是让读者想知道后来发生了什么事。

可以通过直接的方式：“她是世界上唯一的人造女人。”

或者迂回的方式：“这一夜他彻夜未眠。”（“这一夜”是关键词，它暗示大多数夜晚他是**能够**入睡的……但是这天晚上发生了什么事让他无法入睡。）

或者以介于二者之间的各种方式：“这是一个完全不同的城市。”“他注意到两个女孩之间的对立情绪。”“‘就这个星期，要不就算了。’苏珊说。”

(2) 出人意料。

如果一个金发美女长了昆虫那样的复眼，或者祖母起居室桌子上的书里有露骨的色情插图，或者主人公在故事一开头就声明自己是个大傻瓜，这些就是出人意料的。读者被吸引着阅读下去，找到事情背后的真相。

(3) 背离常规。

这天早晨尤妮丝没有在她通常下电梯的楼层下来，而是多上了两层楼，然后从楼梯走下来。

荷西先生走到自家门前，他掏出钥匙，停顿了一下，然后走下台阶，绕到房子后面，从后门进去。

格兰姆斯太太是个出了名的怨妇，但是她兴高采烈地穿过走廊，向她遇到的每一个人致以亲切的问候。读者会纳闷她为什么这样做。

(4) 变化即将发生。

如果一个人的律师打电话让他过去一趟，读者会认为有什么事情要发生了。

同样，一个男孩在酒吧向一个女孩使眼色，就在她强壮的护花使者的眼皮底下，也有事情要发生。

或者如果某人听见一匹马沿路飞奔而来的蹄声越来越近，也是如此。

(5) 过度关注琐事。

事无巨细地描写一只门把手，会让读者认为给予它如此不同寻常的关注一定有原因。他会继续阅读，去发现那个原因是什么。

老奶奶粗糙的手，摇摇欲坠的破房子，一个小女孩从吹起的泡泡糖的大泡泡后面张望——带着特殊的关注描写它们，就能够吊住读者的胃口。

* * *

不必说，这些不是创作开头的全部方法。从描写平静的生活开始。如果你的写作技巧足够娴熟，读者知道平静不会永远持续下去，变化一定在迫近。描写日常活动，他知道很快会发生一些事情打破常规。描写有目的的活动，他会为对手的出现和冲突的发生作好准备。

同样，你既可以从动机刺激也可以从人物反应开始，既可以从寻找目标也可以从争取实现目标开始。你可以从大到小，由远及近，采用电影里常用的从远景、中景再到特写镜头的模式。或者你也可以反其道而行之，从特写和具体细节开始，然后由近及远地审视细节设定的整体框架。

事实上，在你的第一段和第一页中，你有一定的余地这样做。

为什么？因为读者热切地期盼着娱乐，因此他假定他阅读的内容迟早会与某些令人满意和兴奋的内容——愿望、危险、为实现目标和争取未来幸福而斗争的人物——发生关联。

如果作家滥用了读者的这种假定，故事就有可能从错误的地方开始。

也就是说，作家想当然地认为读者会无止境地忍受乏味和愚蠢。所以他用一页、两页、三页的篇幅来打基础，别的什么都不做。他没有为读者的兴趣写作。生动的名词、活跃的动词、丰富多彩的短语、吸引人的细节、聪明的转折、巧妙的对比——这些都不在他的考虑之内。

最重要的是，他根本没有想让自己的表述激起读者的好奇心，开头几行关键性的文字本来应该达到这样的目的。这在文学上无异于自杀。

在开头部分，仅仅设定舞台、介绍人物或者描述发生的事件是不够的。吸引读者的不是现在，而是未来。他希望得到保证，某些值得阅读的内容将会出现，而且他希望现在就得到这种保证。

所以给他想要的东西，让他看到你的故事讲述了某些特别的事情——某些超出常规、出人意料的事情。

从一开头，现在就给他看。下一行、下一段、下一页就太晚了！

c. 介绍什么

要开始一个故事，你必须创造故事的世界。

一开始，读者的心里是一片空白。然后，你循序渐进地带他超越现实，进入你构思出来的想象的国度。

要进入故事世界，读者出于本能会问三个问题：

（1）我在哪里？
（2）发生了什么事？
（3）我在扮演谁的角色？

你在写故事开头时的任务就是提供这三个问题的答案，没有特定的顺序。如何最有效地向读者传达这些信息？要准确地找到意义。

什么是意义？有意义的事件或细节概括和/或象征和/或捕捉到你试图连通的故事世界的某一方面的本质。描写一个女孩是个“迷人的金发女郎”，你给她贴的标签远不仅仅是外表。无论是否公平，她的头发象征着她属于某一类特别的女人。你让读者注意到这一点，就是在强调这是一个有意义的细节，而读者会据此来评价她。

同样，“一座查尔斯·亚当斯[①]式的房屋”在许多人心目中唤起阴森恐怖的影像，它是一种阴暗、腐朽、有着双重斜坡屋顶的维多利亚式豪宅的缩影。

当你形容一个人有个“粗脖子”时，很少有人会联想到敏感、品位和内涵。墙上挂着一幅莫迪利亚尼的画会给房间确立一种基调，一幅刺绣作品会确立另外一种。如果蟑螂爬过满是油腻和污垢的水槽，又会给人完全不同的印象。

这种用有意义的细节作象征的方法不是小说独有的。在每天的日常生活中，每当你用别人心中已有的图像作为标志或参考，来为一个不熟悉的目标归类时都会用到这种方法。依靠比较、相似、差异、类比等等，将群体原则便捷地应用于个人。这形成了观念模式的基础，尽管它们经常是不公平和/或毫无根据的，但是使用起来十分方便。

如果手头没有明显的象征性细节可用，怎么办？创造一个。

也就是说，突出某个现象——什么都可以。然后，让一个人物对它作出反应。对于读者来说，他所作出的解释、得出的结论，立刻赋予了它“意义”。

比如，聚焦于天花板上一块雨水的痕迹，读者会严肃地把它看成一种象征，可能是：(a) 最近的坏天气；(b) 漏雨的屋顶；(c) 一个穷困潦倒的家庭的颜面；(d) 一个骄傲的家庭家道中落的现实；(e) 坏人铠甲上的裂缝；(f) 女主人公的脆弱心灵；(g) 荣誉的污点；(h) 特权阶级的泥脚印；(i) 麻烦对贫富贵贱一视同仁的证据，等等，无穷无尽。

换句话说，你要将任何情景中的任何片段放大成占据整个屏幕的特写镜头，然后让某人说明或暗示，它是某个特定参照系的重要标志。依靠它，读者会以认同的态度继续阅读下去。

如果你认为这是可笑的夸张，今晚花几分钟浏览一下你最喜欢的弗洛伊德对梦的解析。

举一反三，将这种创造意义的过程形成套路，建立条件反射，你就获得了一种用最少的文字来营造和重现气氛的方便工具。比如，在某个

---

① Charles Addams，美国著名黑色幽默漫画家。他创作的《亚当斯一家》后来被改编成了两部电视连续剧、三部电影、两部动画电视剧和一部百老汇音乐剧。——译者注

时刻，无忧无虑的主人公无意中听到知更鸟的欢唱。后来，你用鸟儿的夜啼反映主人公遭到生活打击时的苦闷心情。女主人公把他拒之门外了？鸟儿的歌声现在听起来很悲伤。坏人栽倒在马槽里？鸟儿唱出的华彩乐章就像在嘲笑他。等等。

使用得足够多、足够有技巧，这种有感情的细节的重复就构成了人们有时候说的“噱头”——创作故事的最有用的工具之一，不过这个以后再说。现在，让我们看一看如何最好地帮助读者回答他关于故事世界的三个问题中的第一个。

（1）我在哪里？

读者需要知道故事发生的场所：当他实际上置身于贫民窟时，让他认为自己在海边是没有用的。行动发生在酒吧、舞厅、卧室，还是谷仓？发生在正午、午夜、黄昏，还是黎明？他必须知道！

你需要尽早把这些信息传达给他——越快越好，否则他可能作出错误的假设，使他在以后遭受损失。但是无论这些信息有多么重要，你都不能沉溺于长篇大论的解释或描述，那会占据太多的篇幅，让读者感到厌倦。

所以，你应该怎样做？

当然，你要运用有意义的细节。就是说，你从所设定情节的当中提取出一个、两个或三个有象征意义的片段，通过描写它们提供明示或暗示的解释，给予读者你希望他获得的印象。地面整洁吗？可以说花床看上去就像用千分尺量过一样整齐，两边的草坪像用指甲刀修剪过一样平整。这幅图景比用几个自然段描写更多的细节更加鲜明。酒吧间地板上的木屑比架子上分门别类摆放的酒瓶更能说明问题。你可以花好几页篇幅来描写贫穷，或者只说破屋子墙壁上的裂缝已经宽到可以钻进一只猫了。

当然，建立一处场所不仅需要这些。但这是开始，以后等我们有时间讨论曝光的技巧时，会有更合适的时机来讲它。

现在，我们来看看第二个问题：

（2）发生了什么事？

正如上文指出的，开头必须确定时间和地点，即场所。

此外，它还必须建立一种情景——一种现有的客观状态，当故事开始时事物存在的方式。情景包含两个组成部分：

(a) 发生了什么事?

(b) 与谁有关?

我们先来看——

(a) 发生了什么事?

作家必须学会的最困难的东西之一就是："发生了什么事?"从严格的意义上说意味着"**现在**发生了什么事?"，而不是"**过去**发生了什么事?"或者"现在的行动背后的背景和/或历史是什么?"

如何**表现**现在的行动？通过展现发生的事件。按照严格的时间顺序，展现每时每刻发生的事件。

如果你停下来思考，意识到现在是你唯一能够表现的内容，这种即时感会变得很明显。过去的已经过去了，唯一把你跟它联系起来的是回忆。未来还在有待于发生，没有登上舞台，只能通过猜测和想象来联系。

这里有一个句子："老式四轮马车曾经整天沉重地颠簸着驶过草原。"

有问题吗？有。"曾经"这个词马上告诉我们：我们是在关注过去的行动。尽管在许多故事中，过去当然占有一席之地，但是不应该在故事的开头。

怎样处理才更好？"不堪重负的老式四轮马车沉重地颠簸着驶过草原。"

现在的行动，描写的是此时此地的情景。

如果有声音，我们就聆听："……嘎吱，嘎吱。

"有什么气味吗？"除了灰尘，空气中还弥漫着枯萎的植物腐败的气味。"

温度?"连顽强的野牛草都在早晨灼人的阳光下打蔫了，太阳还在越升越高。"

在情景中加入一点变化，怎么样?"前面很远的地方升起一缕袅袅的轻烟。"

当我们把这些放在一起，发生了什么?

不堪重负的老式四轮马车沉重地颠簸着驶过草原，发出嘎吱嘎吱的响声。除了灰尘，空气中还弥漫着枯萎的植物腐败的气味。连顽强的野牛草都在早晨灼人的阳光下打蔫了，太阳还在越升越高。

前面很远的地方升起一缕袅袅的轻烟。

如此这般。通过运用语言和选择细节，你把一种客观状态呈现在纸面上。无论你需要介绍哪个片段，都让它作为一种即时的刺激、一种现在的行动吸引读者的注意力。

你会不会偶尔背离常规？当然，你会上千次地这样做。但是若你在故事的开头就进入过去或者未来，你必须是有意识、有目的、有技巧地这样做，是为了制造某种预先决定的效果，解决经过深思熟虑的特定问题，而不能只是出于笨拙和缺少自知之明。

大多数时候，养成坚持此时此地模式的习惯，你就能取得最好的结果。

* * *

在“发生了什么事？”背后，还有其他一些隐藏的问题：“应该发生什么事？”“为了建立一个恰当的故事世界，你还需要些什么？”

答案：冲突。愿望加上危险。

如何制造冲突？让某人遇到对手。

在这一点上，1 000 个准作家中有 999 个会抱怨：“可是不讲述过去的历史，怎么能够制造冲突？没有背景，怎么能有战斗？”

我们的答案又回到了最初的观点：按照严格的时间顺序，展现每时每刻发生的事情。看到一个人打了另一个人，你不需要知道以前发生了什么事。解释可以留待以后再说。你需要的就是一个有目标的男人或女人——某人要到某地去。

然后让他遇到对手，你就可以开始写故事了。

显然，这样一种冲击应该对故事的核心事件有影响，或者与之有关，而这只需要一点计划。重要的是找到一个吸引人的、不言自明的场景，让你能够确立斗争的元素，从而尽早抓住读者。

在这种联系中，有时候所谓的**争论的原因**或者**小细节**能够帮助你说明情况，即使当时读者还不了解事情是如何演变的。

比如：

> 文件夹静静地躺在两人之间的桌子上，那是一个很旧的夹子——已经褪色，有点皱巴巴的，能够看到几处明显的污渍。
>
> 奥利瓦斯漫不经心地伸手去拿它。
>
> 希恩笑里藏刀地说："婊子养的，敢碰一下我就割断你的喉咙。"
>
> 奥利瓦斯的手停住了。

看到了吗？文件夹本身或许并不重要，但却是两个男人之间关系的象征。他们对它和对彼此的反应引出了一系列元素——每个人的心理状态，他们的能力和潜力，各种各样的东西。

所以无论文件夹本身是否有价值或者会带来什么后果——很可能有，在这里，它首先是作为两个人争论的原因存在的。通过把事件具体化，它在一个吸引人的、不言自明的场景中制造了冲突，然后你的故事就可以进行下去。

（b）与谁有关？

故事总是与人有关的，开头是你把人物介绍给读者的地方。要有效地介绍任何一个给定的人物，你必须首先让他与自身的特性相符。

也就是说，这个人物必须像他那一类人一样行动，否则读者怎么知道应该对他抱有怎样的期待呢？这就是为什么在相对单纯的时代，坏人总是在第一章就踢路边的小狗，或者一开始英雄就从反派手中救下一个孩子。

今天，我们嘲笑这样明显的安排。但是原则仍然没变，只是运用时需要多加一点品位和判断力。要让一个人物与自身的特性相符，需要做到以下三点：

/1/ 人物必须有个性。

说某人"有个性"，意味着你知道他的立场，知道他支持或反对什么，他需要表现出愿望和目标。

故事中的人物也是一样。一个成功的人物不仅是一团有体温的肉块，他还是一个活生生的、会呼吸的人，拥有所有的动机、抱负、态度、成见等等，诸如此类的东西。像木偶一样空洞的人物是不够的。

因此要让读者对一个人物产生兴趣，让他关心一个人物，无论是支持还是反对，你都必须给他某个作为反应依据的具体事件。人物必须表现出能够唤起读者情绪的特性。无论是口头上还是行动上，他必须支持或者反对某些读者也有强烈感受的东西。你可能不喜欢一个酗酒的人、打老婆的人或者当众剔牙的人，但是至少他给了你表明态度的理由。

所以，对一个只凭自信便冒着生命危险攀登陡峭山峰的人，或者一个不顾老板的威胁拒绝说谎的人，或者一个面对世人的轻蔑和谴责坚持跟自己的妻子——或者他妻子以外的另一个女人——在一起的人，你都会有自己的判断。

/2/ 人物第一次出现时，他的行动必须能够表现他的个性。

个性只能通过行动来说明。别人对你的评论只是名声，你的自我评价则可能是错觉，也可能是彻头彻尾的谎言，但是当你采取行动时——牌面翻过来了，我们能看到你到底是什么样的人！

出于这个原因，作为作家，你设计的事件应该让故事中的人物**通过行动**早早地暴露——或者至少是暗示——他们真实的本性。每个人都必须表现从而确立他在故事中最重要的方面。你的人物是个小偷？用行动表明他在偷窃。一个学者？让他放弃派对去图书馆看书。一个野心家？让他略施巧计，给某个可能对他有帮助的人留下印象。

请注意，以这种方式暗示人性中的一面，会使这一面成为人物的主要特征。

要恰当地使用这种方法。的确，人类的行为是无限复杂的，但是故事聚焦于某人生活中的一次危机。在危机面前，通常某个单独的特征会占据支配地位。如果你不这么认为，试着劝说一个十几岁的女孩拒绝她朋友圈子的行为模式，或者一个五十多岁的胖男人坚持节食减肥，看看他们会有什么反应。

因此尽管我们每一个人都有一系列的态度和特征，但是在特定的时刻，它们的重要性并不相等。今天，热情完全占据了我的身心，明天可能变成了厌恶。我可能在环境改变的压力之下变得温和，或者因为渴望获得安全感、名誉或成就感而变得阴郁。

在整个故事期间，要让每一个人物保持一种支配性的特征。汤姆一直是诚实的，迪克一直是残酷的，哈利一直是愚蠢的。

这并不是说你不应该根据具体情况修改他们的形象。或许汤姆是既正直又贪婪的。残忍的迪克也许是个溺爱孩子的父亲。尽管哈利不把鞋脱下来数脚趾头都数不过十，但是一沾汽车他就变成了天才。

在很大程度上，故事的现实感就来源于这种分歧、对比和表面上的矛盾。

但是**一定**要突出某一种特征。当读者因为重点过于平均而感到困惑时（汤姆这个人到底是诚实的还是贪婪的），你就会失去他。

/3/ 个性化的行动必须既恰当又有个性。

这只是意味着你应该让个性化的行动适合角色。如果故事要求一个人的支配性特征是勇气，人性的其他方面都可以忽略，那么看在上帝的份上，不要让他一开始的行动就强调他是个多么温和的人。

出于同样的原因，以同样的方式，不要用对于一个人物来说非典型的个性化行动来表现他。例如，对于一个讨人嫌的家伙，不要表现他罕见的与人为善的时刻，否则当读者后来发现这个家伙伤害婴儿时，完全有理由对你感到愤怒。

* * *

关于故事的发展动态就是这样。在“如何”介绍人物方面，记住三个要点：

/1/ 真实地介绍人物。

即确立人物给人留下的第一印象——“一个可爱的红发小女孩”，“一个脚步蹒跚、骨瘦如柴的男人”，“一个阴郁的小个子女人，戴着一顶装饰着夸张羽毛的帽子，直到她这个人被忘得一干二净很久以后，人们还会记得那顶帽子”。

为什么要这样做？因为这是我们中大多数人观察人的方式。我们不会去注意细节，直到那个人和/或细节变得对我们很重要。

当你写作时，要采用同样的思路。

捕捉第一印象的最方便的工具是我们的老朋友——有意义的细节。

让你的描写围绕着某个突出的细节，比如一根受伤的拇指，就像漫画家为名人画肖像那样。大耳朵、龅牙、啤酒肚、朝天鼻——这些都是容易捕捉的特征。而且一开始没有注意到这些，会在以后给你带来各种各样的麻烦。当读者发现，他以为娇小漂亮的女孩实际上又高又胖，他是不会满意的。

许多人物——次要人物——只需要最明显、最简略的特征就够了，其他的可以慢慢补充，需要时再加入更多的细节和描写。

另一方面，有一种情景要求在一开始就提供比第一印象更多的细节，即另外一个人物出于某种原因，迫切地想要对被介绍的人物发表评价。示例 A：索尼的妈妈第一次见到索尼的准新娘。但是即使在这种情况下，通常有一点节制也是好的。

/2/ 让人物采取行动。

读者会静静地耐心读完对一个人物连篇累牍的静态描写和家谱追溯的日子已经过去了。现在，他们希望人物是活生生的，在呼吸，在做事情——最好是有趣的事情。

所以给你的男孩女孩找点事情做，就像一个戏剧导演在排演戏剧那样。让读者为每一个人物的登场作好准备，无论是听到一阵敲门声，忽然闻到一股紫丁香的香气，还是远处传来奔跑的脚步声。不要让人物凭空出现。特别是，如果读者朋友没有意识到某些不愉快的事情即将发生，那么威胁就失去了它一半的冲击力。

/3/ 不要一次介绍太多人物。

你以前可能读到过这样备受推崇的建议：赶快介绍完所有的人物。在这里，我不得不断然否定它。诚然，让人物尽早登上舞台是好的，但更重要的是，如果他们只是作为一群模糊的名字和/或面孔出现，没有人会记住或者关心他们。让读者感兴趣的生动的登场才是最重要的。

再来看第三个问题：

（3）我在扮演谁的角色？

通常要开始一个故事，你必须首先确立时间、地点、环境和视角。时间、地点和环境我们已经介绍过了，现在来看看视角。

视角是你看待一个故事的立足点，是你为了最好地体会一种虚构的经历而选择的位置和观点。

通常，有利的视角是扮演某个人物。就是说，让读者像某个具体人物一样经历整个故事。他看到的、听到的、闻到的、尝到的、摸到的、想到的和感觉到的，都跟那个人物一样。而且人物看不到的东西他也看不到。没有透视眼，没有猜测和预言，也不会潜入其他人物的脑袋去一探究竟。

读者可能扮演处于注意力中心的焦点人物，也可能扮演行动中的其他主要参与者。

或者，他可以是一个小角色——一个观察者、局外人、旁观者。

或者，他可以是作者，甚至是上帝（尽管今天已经不太常见）。

或者，如果你的故事很长，你可以合情合理地介绍几种不同的视角——主要人物的、次要人物的、作家的客观视角，等等。

如何在故事开头确立视角？技巧很简单：尽可能早地让读者知道，他正透过某个特定人物的眼睛看待故事世界，以这个人物的身份经历故事情节。

比如：

> 昆图斯·克尔把牌摊在桌子上，狡猾地笑了。“三个A，德弗罗先生。”他说。
>
> 德弗罗先生绝望地看着纸牌。他在想，为什么自己总是跟凶手和骗子搅和在一起。

这里，视角——具体说来是德弗罗先生的视角——这一点在我们使用“想”这个词时就确立了。你能够知道一个人在想什么（或者思考、感觉、渴望什么，诸如此类）的唯一方式就是扮演他的角色，分享他的生活和经历。这是一种有效的方法，而且能够迅速奏效。

但是假设我们换一种写法：

> 昆图斯·克尔把牌摊在桌子上，狡猾地笑了。“三个A，德弗罗先生。”他说。
>
> 德弗罗先生眨了眨眼睛，盯着纸牌，他的嘴唇抿得更紧了。“我看见了。”

“那好吧……”克尔现在笑容满面，伸手去拿筹码。

这里，我们只看到外在表现……人物做了什么，说了什么。正因为没有任何信息能够让我们代入任何人物，所以读者明白你是在从客观记录的角度忠实地描述发生的事情。这个视角就是作者的客观视角。

在你深入某个特定人物的心灵或头脑之前，一直要保持这种作者的客观视角。或者如果符合你的品位，你也可以在客观的层面上写作整个故事。

就是这样。无论用哪种方法，把视角确立下来，然后让读者对自己的立足点作出恰如其分的假定……以客观或主观的方式思考发生的事件。

在这个过程中，他也开始或多或少地认识到每一个人物的特征、态度和心理状态。这个话题以后我们还要详细讨论。到这里，读者找到一个他要扮演的角色就够了。

* * *

我在哪里？发生了什么事？我在扮演谁的角色？这些问题是读者开始阅读故事时会提出的。

在回答这些问题时，记住“两要”和“两不要”：

(a) 要让读者为即将发生的事作好准备。

为读者提供引导和指示，是强化故事最简单的也是最有效的方法之一。

(b) 不要给他没有价值的引导。

错误的假定会激怒读者。通过小心谨慎的引导，帮助他作出正确的猜测。

(c) 要通过行动来表现。

另一种说法是：“不要告诉读者是怎么一回事，展现给他看！”只要有可能，就把信息转化成人物的行动。

(d) 不要太心急。

试图一次塞进太多东西，你就肯定离失败不远了。

d. 忽略什么

在故事开头应该忽略的是过去的历史。

为什么？因为读者感兴趣的是未来，而不是过去。他想要知道当愿望遭遇挫折时会发生什么事，而不是过去发生了什么事导致了现在的冲突。拳手的粉丝们花在职业拳击赛门票上的钱远比花在他们的回忆录上的多。

原因简单得可笑，以至于经常被忽略：**没有什么能够改变过去**。过去已经过去了，结束了，所以它怎么可能制造悬念？

因此，故事的开头应该围绕着现在的行动……现在正在发生的事情。然后，发生的事情应该围绕着愿望与挫折的冲突展开，即不可抗拒的力量遇到坚定不移的目标。

冲突的背景怎么办？它应该被抛到脑后吗？恰恰相反。背景能够加深对现在问题的认识，并为未来的行动提供动机，它很可能对你的故事非常重要。你只需要慎重地选择介绍它的时机和方式。

如何呈现背景？试试下面这些方法：

(1) 闪回。

闪回是某人现在回忆过去发生的事情。关于闪回，一定要记住关键的一点：不要用它来开头！

你要明白，在故事的早期阶段，兴趣经常是稀缺和脆弱的。尽管读者在寻找娱乐，但他完全没有理由肯定，能够在你的故事中找到他想要的东西。

如果闪回和过去的历史让他感到无聊，即使只是暂时地，他也很可能转向其他人的故事。

不过一旦你唤起了他的兴趣，他完全可能热切地渴望获得他在前几页还嗤之以鼻的信息。

所以，一定要从一个吸引人的、不言自明的场景开始。把闪回留到开头的场景结束之后（我们马上要讲到这个话题），当故事的问题已经明确、读者的胃口已经被吊起来之后再闪回。如果一个女孩打了一个男孩耳光，然后他把她推倒在地，在你解释他们争吵的背景**之前**，让我先

看到这一幕。相信我，这种延迟会让我更愿意读下去！

（2）讨论过去的行动。

这种讨论是口头形式的闪回，也不要把它用在开头。而且无论你要在故事中的什么地方使用它，都不要写得拖沓、让人厌烦。

要避免这种错误，有三种技巧：

（a）找到一种方法表现事件本身，而不是让人们谈论它。

（b）减少评论的**内容**，把两个或三个事件整合成一个事件，限制观点的数量，等等。

（c）缩短评论的**长度**，让发言者言简意赅地表达观点，而不是借他们之口代替作者发表长篇大论。后面讲到曝光的技巧时，我们会进一步讨论这一点。

（3）概括过去的行动。

这相当于用作者的语言来进行闪回。有两种方法：

（a）把历史转化成行动。

（b）不要以为读者为了阅读你的故事，需要知道你为了写作它所需的那么多背景知识。

还有什么不应该放在开头的吗？有的，很多。例如，太多的人物、太详细的设定、太复杂的情景——这个清单可以无穷无尽地列下去。

混乱和无序是优秀小说的天敌。你应该致力于用干净、准确、简单的文字写作。为此，你需要注意——

e. 曝光的技巧

什么是曝光？

曝光是读者为了更好地理解未来将要发生的一切，需要了解的过去所发生的一切。这里，你最糟糕的敌人是所谓“作者之便”的文学弊病。

“作者之便”就是作家让一个人物说：“爸爸，露西尔姑姑要来拜访我们吗？格雷戈里姑父去年八月去世了，一分钱也没给她留下。”

这会是一个正常人问他父亲的问题吗？当然不是。一个缺乏灵感的作家可能想不到更聪明的办法，来把这些过去发生的事实呈现在读者面前。

同样是这个作家，他坚持告诉我们，女主人公的双胞胎姐姐生下来就有一块牛角形的胎记，因为她们的妈妈怀孕时曾经在牧场被一头公牛追赶过。

他让反派的同伙向反派解释针对主人公的阴谋。主人公毫无疑问也能获得同样的信息，因为反派的情妇很高兴主动向他爆料。

进一步的讨论揭示凶手是一个持刀的危险分子，而作者如此方便地利用旁白交代一个次要人物是个糖尿病患者，或者主人公仍然与反派的妹妹有感情纠葛。

我还需要说更多吗？这显然不是呈现背景信息的正确方法！

为了成功地进行曝光，需要让读者想要了解过去。这意味着：让过去对他很重要。

也就是说，让准备呈现的事实对你的故事和故事中的人物很重要。然后在交代这些事实时，让人物表现得像有理智的正常人，而不是白痴。

现在将有助于你实现这一目标的技巧总结如下：

(1) 尽量削减提供给读者的信息量。

像牛角形的胎记的来历这样的信息真的有必要介绍吗？

(2) 将基本内容加以分解。

不要在半页之内一下子把过去的历史推到我面前，像洗衣机里搅成一团的湿衣服那样。作为场景的一部分，你可以在某个地方描写牧场；作为一种持续的威胁，可以在另一个地方描写公牛；在第三个跟性有关的情景中描写姐姐的胎记；等等。

(3) 让某人需要这些信息。

当你让某人寻找**所需的**信息时，你就吸引了读者的注意力。但是读者明白，反派已经知道他的阴谋的细节了，所以任何让他的同伙告诉他这些细节的场景都像是用铅做的镍币一样虚假。

(4) 让这个人需要通过斗争才能得到他需要的信息。

如果我想让你和盘托出而你不愿意，冲突和兴趣就产生了。

相反，如果反派的情妇一开始就主动提供信息，主人公和读者恐怕都会去寻找最近的出口离开……就像你的婶婶打算向你讲述她最近一次手术的全部细节时一样。

（5）把信息和行动结合起来。

告诉我某个特定的人物很危险，有一把刀子，我不一定会相信你。让我看到他割开某人的喉咙，不需要诉诸意识和逻辑，我的头发都会竖起来。我甚至可能渴望听到关于这个家伙过去的一些骇人听闻的细节！

（6）让某个人物注意到你希望读者注意的东西。

如果一个人物患有糖尿病是个重要信息，或许让他当着另外一个人物的面给自己注射胰岛素，会显得更生动。后者有合情合理的动机问他是不是在注射海洛因，然后前者可以说明事实。

（7）在大多数情况下，要主观地呈现信息。

如果主人公在感情上跟某人纠缠不清，读者应该感同身受。让他从主人公的视角体会痛苦、激情或者思慕，而不是通过作者来获得二手的信息。

（8）最重要的是，不要让任何人说出正常情况下他不会说的话。

世界上有一种东西叫作缄默：女人不会讨论她们性生活的细节，男人不会讨论他们的梦想或失败，儿童和青少年不应该谈论成人的话题，老人不应该把死亡挂在嘴边。

有些时候，在某种程度上，针对某些话题，我们所有人都有缄默的需要。

下一次，当你打算以曝光的名义让一个人物信口开河时，考虑缄默吧。理智也必须要考虑到。你需要某些特定的信息，但是这并不意味着你有理由让一个聪明的人物发表愚蠢的见解，并让读者接受它。

* * *

事实上，理智是你在运用曝光技巧的整个过程中应该牢记的。

f. 开头的结束

愿望加上危险，构成所有故事的开头。

但是什么决定了开头在哪里结束？这个问题完全是理论上的。过于拖沓的开头无疑会失去读者，更不用说销量了。这种拖沓和摸索是完全没有必要的，一条简单的规则就可以消除它。

所以再问一遍：什么决定了开头在哪里结束？决定。

让焦点人物下定决心，越早越好。让他决定与威胁到他的愿望的危险作斗争，而不是拖延、反复或者逃跑。

当他作出决定，无论是口头上还是行动上，开头就结束了，故事就开始了。

为什么？故事是对某人如何应对危险的记录。在焦点人物下定决心与危险作斗争而不是逃跑之前，你都没有故事。

在开头吸引住读者的是好奇心。

在接下来直到最后一段的整个过程中吸引住他的是**悬念**。

在第一页好奇心让读者想要知道：后来发生了什么事？

所以，后来发生了什么事？会有一场战斗。

关于什么的战斗？这与人物努力实现的目标有关——面对危险，获得或者保留某件事物。

加入故事的问题：焦点人物会成功还是失败？

加入悬念。悬念是反应，是故事在读者心中唤起的感觉。你用希望加上恐惧——恐惧某件事情的发生或者不发生——来构成悬念。

为了制造悬念，结果必须是不确定的。这时，故事的问题就出现了。正如上面提到的，问题总是一样的：圣乔治能够成功地屠龙吗？——还是不能？

萨姆这次能够战胜艾德，赢得苏西的芳心吗？——还是不能？

乔能够让赖斯先生相信他是这个工作的最佳人选吗？——还是不能？

这个士兵能够穿越敌人的封锁线吗？——还是不能？

艾伦能够让她的丈夫戒酒吗？——还是不能？

每一次，关键都是怀疑，是对结果的不确定。这种怀疑和不确定将读者牢牢地与故事联系在一起。

换句话说，一个唤起读者好奇心的开头应该明确两点：（1）焦点人物有一个目标；（2）目标因为种种原因受到威胁。

然后，悬念来接手：焦点人物会成功还是失败，能否实现他的目标？

这时候的问题是向读者作出保证。真正的悬念只有当你确立了故事的问题之后才能形成。故事的问题只有当心怀愿望的人物直面危险，应对情景赋予的挑战时才能确立。

无论明示还是暗示，他必须说："我要战斗！"然后你的故事才能开始。

一旦他这样说了，开头就自动结束，我们进入故事的主体——核心冲突。

正是在这时，读者在单纯的兴趣中加入对悬念的关心。在此之前，萨姆一直有机会让艾德拥有苏西而不反抗；乔在被赖斯先生拒绝之后可以另谋高就；士兵可能投降；绝望的艾伦可能让她的丈夫沉溺于酒精。

不过一旦有了保证，焦点人物就选择了抗争到底的立场："我宁死也不逃跑！"讨论结束了，犹豫结束了，现在他下定了决心。无论这个决定是明智的还是愚蠢的，在读者眼中他都别无选择，要么全力以赴，要么放弃。

于是，读者本能地把书本或杂志抓得更紧，用他的个人观点去套用故事的问题："这个家伙会成功还是失败？"

* * *

这种保证的重要性怎么强调都不为过。正是因为核心人物拒绝作出这种保证，许多本来可以成为好故事的作品失败了。结果，人物本身看起来很消极，开头给人永远不会结束的印象，读者无法去关心"他会成功还是失败？"，而正是这个问题把他与故事牢牢地联系在一起。

所以：一定要让主人公决定去战斗！

与此密切相关的是在故事开头选择外围事务而非主线行动——从一条吸引人的支线开始，而不触及核心问题。

我相信，至此已经很明显，你在选择吸引读者的诱饵方面有很大的回旋余地。但是如果你选择一条支线来开头，需要记住：你**必须**在这个外围事务与故事主线之间建立清晰可见的联系。在开头介绍人物的场景中，让焦点人物与一个性感的金发女郎调情，而这个女郎在故事的主体中并不是什么重要角色，这样做只会激怒读者。

同样，主人公的决定应该坚定地围绕着故事的核心，而不是外围事务。

比如，要迅速开始一个侦探故事，你可以从焦点人物的妹妹被谋杀开始，他当即决定要为妹妹报仇。不过后来，他发现嫌疑犯是自己的妻子，接下来的故事围绕着他如何证明妻子的清白展开。

结果：一个混乱、分散、无法令人满意的故事。如果复仇的动机是支配性的，那么它应该一直如此。如果核心是为妻子洗脱嫌疑，那么在一开始的情景中就让主人公作出这样的保证，把复仇放到次要位置或者干脆略过不提。

最后，记住：悬念的组成部分中既有恐惧也有希望。

换句话说，读者必须关心发生的事情，否则他不会担心，而担心正是作家兜售的最重要的商品。

如果人物自己都没有表现出关心，读者更不可能去关心。记住：感觉在很大程度上是一种共享的反应。你不可能去关心那些明显不重要的琐事。

什么是对我们所有人最重要的？幸福。

无论人物的愿望和/或遭遇的危险是什么，这个愿望都必须潜在地影响他未来的幸福。暂时的或不重要的愿望是不够的，它们不能提供充分的动机，让人物决定去战斗。

* * *

关于愿望、危险和决定已经说得够多了，关于故事的开头也说得够多了，现在让我们来看一看在写中间场景时你会遇到哪些问题，以及如何解决。

如何处理中间段落

亚里士多德说：“中间部分紧随着某些事情，而某些事情又紧随其后。”

你已经知道如何写故事的中间段落。你在第 4 章中掌握了基本技巧，学会了如何处理寻找和斗争、后续和场景。

中间段落由一系列的后续和场景连接在一起，仅此而已。焦点人物在寻找，直到他找到一个适合自己的目标，然后为了实现它去斗争。当他遭遇进一步的困难时，这个过程开始重复。

开头在愿望和危险之间发起了一场战斗。结尾以这样或那样的方式，干净利落地解决冲突。

中间在二者之间。它是你故事的主体。这个部分记述了战斗中双方此消彼长的细节。从确立故事的问题开始，焦点人物就向着作出决定的高潮时刻前进，这标志着故事开头部分的结束。

如何处理中间段落？无论是不是玩笑话，正如人们常说的，生活是一系列的调整。

故事也是。变化就是迫使你作出调整的力量。一些变化比另一些变化造成的破坏更大，一些调整比另一些调整更容易进行。

如果问题只是今天餐馆的菜单上没有秋葵，我可能很容易选择别的菜品，而接受妻子去世的事实则要困难得多。

要我承认一桩我没有犯下的谋杀罪显然超出了我的底线。

在每一个例子中，你都试图找出面对变化应该怎样做的办法。这就是在寻找目标——秋葵的替代品；帮助你度过爱人离世后的孤独岁月的活动；向把你投进监狱的人复仇。

然后，一旦你作出决定，你就要坚持自己选择的道路，竭尽全力到达目的地。

变化再一次发生，你再一次在寻找和斗争之间作出调整。

这种模式在篇幅允许的范围内一再重复。这样你就有了中间段落的模式和发展动态，而无须更多冗长的解释。

不过，一些具体的经验法则会对你有帮助……下面一个“不要”，四个“要”，以及一个特别强调的“不要”，指出了许多作家都会犯的错误。

a. 不要停滞不前

故事的结尾和开头之间的区别取决于读者和主人公能够处理的信息量。

比如，一个爱情故事的开头是女孩第一次意识到某个男孩的存在。

第 16 页——或者第 316 页——以后，她投入了他的怀抱。在第 1 页到第 16 页，或者任何页数之间，女孩获得了特定的信息。这些特定的事件、动机和冲突的结果使她了解了男孩：他是什么样的人，他如何反应，她自己如何回应他的反应。

她对自己的发现感到高兴，她以适应爱情故事特定市场的方式采取行动。

这个故事漫长的发展过程表现了女孩的变化——从一种客观状态到另一种客观状态、从一种心理状态到另一种心理状态。

本应如此，故事中的变化必须几乎持续不断地发生。

为什么？因为每一个变化都让故事更接近结尾。如果不是这样，变化就是错误的。

没有一个故事单元——甚至没有一个段落——应该让每一个相关人物的客观状态和心理状态在结束时和开始时完全一样。即使是落下一片树叶，感情也应该明示或暗示地发生微妙变化。通常无论通过明示还是暗示，都必须有一些事实或思想的新片段，一些新的发展、见识的增长、关系的波动。或许女孩在男孩的口袋里发现了情敌的耳环。或许男孩敏感地发现女孩涂了太多口红。或许他们因为一个眼神、一个拥抱或者一句说得合适或不合适的话而闹别扭。或许阳光温暖得恰到好处，或者一场暴风雨把男孩和女孩困在山里。但是无论时间、地点或环境如何，因为这些，某些事情发生了。无论变化的方式或程度如何，发生的变化要么成为助因，要么成为阻碍。

为什么必须如此？部分因为故事需要向前发展，直奔结尾。更因为读者需要这些事实和洞察，以便正确地分享焦点人物的经历。最重要的是，如果没有这些变化，故事就是静态的，因此是枯燥乏味的。如果是这样，读者就会停止阅读。你承担不起这样的损失。

一个静态的场景或故事会让作为作者的你感到无聊，你会发现写作变得很困难。

为什么？因为实际上，任何作家需要写作的唯一原因就是变化。如果没有任何值得书写的变化，你就会下意识地知道这一点并且停笔。归根结底，如果一个人一动不动地坐在那里盯着一幅画，能够坚持多久？

事实上，如果一个故事停滞不前，你应该问自己三个问题：

（1）这个场景和故事要往哪里去？

它有一个目标，不是吗？

（2）什么样的变化能够帮助它到达那里？

哪些方面能让这个情景有所不同？从白天到夜晚？从公寓到办公室？人物 A 的出现或消失？丢失的钱找到了？

（3）每个人物如何对这种变化作出反应？

他是高兴还是沮丧？不得不改变计划或看法？

＊　＊　＊

记住：故事结尾和开头之间的区别取决于在你详细叙述事件的过程中，读者和主人公获得的信息。

信息是变化的果实。所以，把恰当的变化跟每一个单元整合起来。

b. 要保持整体性

作家需要某种标尺，来决定哪些东西应该放在故事中，哪些应该被忽略。

在中间段落，这个标尺就是故事的问题——愿望能否战胜危险：焦点人物能否实现他的目标？

还是亚里士多德说的："……一件事物的存在或消失没有造成看得见的区别，它就不是整体的有机组成部分。"所有帮助或阻碍焦点人物的努力的事物都应该出现在故事中，反之就不应该。

听起来很简单，不是吗？那么问题在哪里呢？问题在于，为了实现整个故事的目标，人物必须首先实现一系列场景中的目标。

比如，在你的故事中，蒙特默伦西的目标是当选州参议员。为此，在竞选的过程中他必须赢得选区、郡、州政治组织中关键人物的支持；募集竞选资金；克服妻子的恐惧和上司的敌意；击败同僚中各个层次众多潜在的候选人。

小说的篇幅有限，你显然不能把这些都写进来。你需要选择特定的片段——你认为最重要的——构成场景。

现在，每个场景中的情况都必须有足够的差别，能够牢牢地吸引住读者的兴趣。一而再再而三地在原地打转带来的不是整体性，而是灾难。

就是在这里麻烦出现了。因为当你介绍单独的场景时，你会一次又一次地发现自己试图描写的那些无中生有的人物、场所和行动好像合起伙来在算计你。比如，这是一个迷人的女郎——或者美丽的滑雪度假村——或者粗俗的玩笑——或者莫大的讽刺，蜜月旅行的飞机坠毁在了跑道上。

唯一的困难在于，这些东西对焦点人物的目标和努力，即故事的问题影响不大，还是根本没有影响。

如果是这样，忽略它们！无论一个事件表面上看起来多么吸引人，如果它跟故事的问题没有密切联系，那么就忘记它。如果你实在无法抗拒它的魅力，那么在你找到一种方法把它跟关键问题联系之后再动笔。

由此得出的结论是：有些场景必须描写，尽管你可能对它们没有兴趣，但是它们对故事的问题有着重要影响。如果主人公的整个未来都取决于他能否摆脱一个女孩，而你却把这个内容放在戏外，只是轻描淡写地说“他终于摆脱她了”，那么读者会因为期待落空而怒火中烧。

所以这个要点的核心是：描写一切会影响故事结果的事物，而忽略那些无关的。否则就会破坏故事的整体性。

c. 要制造高潮

实际上，“制造高潮”意味着“增加焦点人物的压力”。也就是说，“增加读者的紧张感和兴奋感”。为此，确保你引入的变化能够制造困境。

什么是困境？困境是让焦点人物的情况变得更糟的新发展。

什么让焦点人物的情况变得更糟？任何威胁到他实现故事中的目标的东西。

通常情况是这样：焦点人物选择一个他相信能帮助他接近故事目标的短期目标，然后采取行动来实现这个短期目标。这些努力让他遭遇反对，冲突接踵而至，伴随着相应的紧张、斗争和谋划。

最后，战斗达到高潮。然后——是灾难。

我所描述的显然是一个场景，这也是一个困境。

为什么？因为焦点人物不仅没有成功，他的努力还使他遭遇了更大的挫折。我们称为灾难的外部环境的新发展彻底抽掉了他脚下的地毯。结果，他现在必须作出调整，适应一种全新的环境……比他在场景开始时面对的环境还要糟糕。

比如，为了防范一伙神秘的窃贼，主人公决定在家门口竖起六英尺高的铁丝网，还养了一只凶猛的大狗。这让他妻子很不高兴，她的意见是搬家。

当他们还在为此争论不休时，门外传来狗痛苦的嚎叫声，主人公赶紧冲到院子里。

狗被斧子砍成了两半。

注意这是如何影响主人公的情况的。之前他是愤怒而固执的，现在他看到活生生的（抱歉，其实是死翘翘的）证据，证明铁丝网和狗都不能保护他和家人不受处于暗处敌人的威胁。

而且敌人的可怕上升到了新的高度。如果敌人能够翻过铁丝网杀死狗，然后消失无踪，那么还有谁是安全的？即使逃跑又能逃多远？

或者有一个女孩急切地想给她年轻英俊的上司留下好印象，从而发展两人的私人关系，为此她表现出超高的效率，并且做了许多分外的工作。

结果，又老又胖又好色的大老板把她调到了他自己的办公室，而她知道如果拒绝这次任命，她就不得不离开公司，再也见不到意中人了。

或者寡居的母亲试图用母子亲情把儿子拴在自己身边，不让他到另外一个城市去工作，她提出的理由是需要他在家里来分担经济压力。而他跟沙特阿拉伯的一家石油公司签了约，能让他给母亲更多的钱。

看出了这套系统是如何运作的吗？你需要做的就是把一系列这样的插曲串联起来，**每一个的结束都让焦点人物处于更加水深火热的境地**。结果：紧张感持续上升，直到达到你追求的高潮。

这里有一些有用的工具帮助你创造困境、增强紧张感和制造高潮：

（1）利用场景。

场景中的人物是冲突中的人物，而冲突会催生紧张感。

（2）不要把拖延和困境相混淆。

男孩在等女孩，她还没出现。最后，他打电话问了才知道，她以为他会去家里接她。尽管很不高兴，他还是去接她了，他们的约会比原定计划整整晚了两个小时。

侦探在寻找一个消失的目击者。这个人搬家了，侦探差点跑断了腿，终于找到了他。

农场主的妻子，一个胖乎乎的中年妇女在钓鱼，她的鱼钩被卡住了……她在试图解开它时掉进了河里。当她好不容易爬上岸，把鱼竿捞上来时，她的心情跌到了谷底。她花了一个小时才弄干衣服，再一次把带饵的鱼钩抛入水里。

在小说里这些事件是常见和有用的，但是不要称它们为困境。

为什么？因为它们只是拖延了行动，它们并没有让人物的情况变得更糟。结果，它们没有提升读者的紧张感。

关于困境的一条经验法则是："离开煎锅，到火里去。"换句话说，如果人物没有被火烧到，你就没有困境。

这些片段可以发展为困境吗？当然。如果等人的男孩被当成抢劫嫌疑犯抓走了，或者跟一个拜金女勾搭上了，或者他和女孩因为没赶上老板的派对而失去了升迁的机会，情况就是动态的而非静态的。

也就是说，拖延使他陷入了麻烦，为他制造了新的问题，影响和改变了他的未来。

这就是困境。同样，如果侦探没有在审判之前找到目击者，就会使一个危险的罪犯逍遥法外。结果：侦探面对着悬念。这就是困境。

或者假设一个饶舌的邻居到处散布谣言，说农场主的妻子有外遇，因为当她在河边晾衣服时，他瞥见了她的裸体。这会不会为她的境况雪上加霜？

拖延不一定是无用的。但是拖延本身是一种次要元素，与困境不在一个层面上，也无法替代困境。

（3）将人物和故事紧密联系在一起。

如果读者一直在纳闷核心人物为什么不逃离故事的环境去一个世外桃源，就很难制造紧张感。毕竟，如果一个军官站着不动等着被敌人射击，或者女主人公默默承受嫉妒的情敌的暴力和侮辱，或者一位教师不顾微薄的薪水、学生的不尊重和社区的忘恩负义而坚持教书，那样还有什么意思？

因为这个原因，你需要训练自己时刻把这个问题挂在嘴边："他为什么不退出？"如果人物的坚持没有足够强大坚实的理由，答案就是不能接受的。

一个人物不肯退出的理由可以分为两类：物质状况和情感关系。大多数故事的人物二者兼有。

物质状况可以包括从财务状况（如果主人公不通过斗争解决故事中的问题，就连衬衫也要输光了）到地理状况（乔要么走出沙漠去面对那些控制水源的坏人，要么渴死）等各种状况。

情感关系包含的范围从一个母亲拒绝抛弃她的孩子的母爱到一个士兵忠于职守的顽强与骄傲等各种情感。

如何在故事中制造这种状况和关系？通过设计。就是说，运用上帝赋予你的智慧和想象力去创造它们。

（4）平衡各方力量。

让一支高中橄榄球队对阵绿湾包装工队，前者根本不是对手。一个坐轮椅的老太太面对一个体重200磅的杀人狂也是一样。或者让一位修女落入职业皮条客的手中。

要制造高潮，你需要势均力敌的对手。任何一方都不应该拥有明显超强的力量，还没有结束就决定了结果。

这并不是说你不能创造大卫战胜哥利亚的奇迹。不过当你试图这样做时，记住一件事：大卫有一件武器。这是他的杀手锏，藏在袖管里的大口径手枪。

面对对手压倒性的优势，人物需要一个制衡器——窍门、角度或特征，让他至少有微小的机会进行抗争。

也许高中橄榄球队中有一名四分卫，可以像科幻小说里描写的那样用意念控制球的轨迹。也许老奶奶是个退休的心理学教授，把杀人狂当成一个职业的挑战。也许修女对全人类的善良怀有如此高尚纯洁的信念，让皮条客都动摇了。

如此这般。故事中的主人公和反派双方都必须拥有必要的力量、智慧或毅力，让他们能够展开一场名义上和事实上的战斗。他们必须是势均力敌的对手。

（5）让筹码足够高。

如果我口袋里一共只有 1.12 美元，一个劫匪用枪顶着我的胸口，毫不奇怪我不会反抗。但是如果我有 9 000 美元，而那是我年迈的父母毕生的积蓄，我还会那么容易就放弃吗？

或者如果我是在给一个流氓跑腿，而我知道如果我把钱弄丢了，他会把我扔进水泥搅拌机里？

或者如果我是个出了名的暴徒加危险分子，如果让这个小混混洗劫了，我的名声就永远给毁了？

筹码越高，要求我进行斗争的压力就越大。压力越大，紧张感就越强，制造一个强有力高潮的可能性就越大。

在这个问题上，你不仅需要考虑焦点人物，故事中的**每个**人物都需要有自己的筹码——他会不惜一切为之斗争的东西。因为如果知道敌人想要杀死你，我们当中任何人都会更卖力地去斗争。

（6）迫使人物持续不断地作出调整。

主人公和反派在整个故事中必须一直扮演动态的角色。谁都不能是静态的，随着故事的发展双方都必须进行调整。按照清晰的刺激—反应模式，一方采取行动，应该唤起另一方相应的行动。任何时候一方取得了进展，都是另一方应该重新努力的信号。

（7）让行动不断升级。

永远按照紧张感不断提升的顺序安排你的场景或者场景的组合。

为什么？因为故事发展的主线必须持续不断地提升读者的紧张感。如果仅仅让紧张感停留在同一水平上，读者朋友会感觉它在下降，于是他对故事的兴趣也会减弱。

这里，把故事想象成一系列的波峰和波谷是有帮助的。波谷等我们以后讨论故事的平衡性时再说，现在我们只讨论波峰。

波峰是场景的高潮。通常，每一个波峰都带给读者更强烈的紧张感，也就是说，每一个波峰都应该提高读者对潜在灾难的预期。它应该让读者以为焦点人物可能实现不了他的目标了。

在一个长故事（中篇和长篇小说）中，场景被组织成为更大的单元。一些场景的性质是准备、基础、积累和过渡。在这种情况下，真正的波峰是故事主线的高潮，它们像山峰一样突兀，并且一个比一个高。

你应该怎样做？一个好办法是，事先决定哪些是故事的重要时刻，即哪些打击对主人公是最严重的，哪个场景中灾难的破坏性最强。然后把这些重要时刻加以分解，为每一个重要时刻安排适当的积累。越重要的时刻需要越多的积累。

这里有一个关键事实，即故事的价值体系。华丽的、壮观的、无限的，这些词语没有意义。永远，永远，你**必须**以事件结果与焦点人物的感觉以及故事的问题之间的关系作为衡量尺度。一顿牛排晚餐可能比一个人的死亡更重要，一次急促的呼吸可能比罗马的陷落更令人兴奋。

同样，两个高潮挨得太近会削弱二者的冲击力。如果要在高潮太少和太多之间作出选择，永远选择太少的一方。积累能够赋予少数的高潮重要性。高潮太多会让作品自动沦为胡编乱造的情节剧。一个女孩有一次外遇，甚至两次、三次，人们还可以接受她作为一本畅销书的女主人公。如果有十几次，那她无疑是个荡妇。

（8）把主人公逼到绝境。

要把我们的主人公逼到绝境，需要在时间和/或行动方面限制他选择的自由。

通常，故事的第一阶段给予焦点人物相当大的余地，就像国际象棋里的皇后，几乎可以朝他希望的任何方向移动。然后他遇到威胁，决定为了获得想要的东西而斗争。

这个决定封闭了许多原来对他敞开的道路。除非他愿意背叛自己或其他人，否则他就不能逃跑，或者对情景视而不见。他必须把注意力集中于某个领域的活动，直到他的问题得到解决。

同样，每个场景都缩小了他的行动范围，这减少了他的选择。深陷危险和决定、矛盾和困境的迷宫之中，他一条道路接着一条道路地尝试，发现每一条都是死胡同。他所信赖的朋友背叛了他，他寻找的武器消失了，他需要的时间耗尽了，他作出的假设是错误的。

这些都提升了紧张感，并在故事中制造了行动不断升级的感觉。然后，一步一步地，核心人物被逼进一个瓶颈、一条隧道，他能够选择的越来越少。最后，他到达一个境地，必须从两种明确、具体、非此即彼的行动方案中选择一种。

不过这个话题我们以后再说，因为到那时主人公已经到达了结尾的开始。现在，重要的是记住：在故事的中间阶段，你必须保证这种收缩。你的任务就是找到和堵住漏洞，预见和封锁逃跑的路线，让主人公所有的希望都破灭。

如果你不这样做，读者会看到那些漏洞，为主人公没有从中脱身而抱怨。白痴一样的主人公不会受欢迎。

(9) 从天花板扔下一具尸体。

我把这点留到最后，因为尽管很明显，它却常常被忽略。悲哀的是，它常常能够决定一个故事是平庸呆板还是灵光四射。

所谓“尸体”指的是出人意料。具体说来，是灾难性地出人意料，以及出人意料的灾难。

在场景模式中加入意料之外的东西是灾难的主要功能，所以让灾难充满灾难性！加入最不同寻常的发展、最令人惊叹的转折！别怕让主人公震惊或者受伤害，他和读者会愈挫愈勇，因为没有什么更有助于制造令人兴奋的高潮了。

如果这听起来像是在要求鲜血和惊雷，请记住作为作家，你应该拥有足够的品位、智慧和判断力，将这样的意见恰当地运用于你所选择的领域，尽管在某些作家看来，比如威廉·福克纳、田纳西·威廉斯和考尔德·威林厄姆，通俗小说和纯文学作品中体现出来的出人意料性之间究竟有多大区别仍然是个有争议的话题。

你可能在思考这种出人意料性的终点到底在哪里，我给你一个结论，这来自我的老朋友霍华德·布朗有一次写给我的约稿信，他现在在好莱坞发了大财，不过当时还在给一些通俗杂志打工。

布朗先生是这样说的：

> 我给你找了个活儿，伙计。一个月时间，我要 25 000 字——一个故事，要惊险小说！要这类故事，比如，一群人被困在山顶上的城堡里，暴风雨肆虐，所有通往外界的桥都断了，停电了，屋顶摇摇欲坠，尸体从楼梯上滚落，黑暗中地板在某人脚下吱咯作响（“这个人是凶手吗?”），手电筒的灯光照亮了凶手的脸，而这个混蛋竟然戴着面具，让他看起来更恐怖，最后女孩逃进了唯一绝对不可能是凶手的人的怀抱——结果他正是凶手，但是他把女孩带到一个没有人能救她的地方，当所有人手足无措地发呆时，你知道他正在强奸她。这类风格是伯勒斯常用的。你知道，选择一组人物，用一章来描写他们的行动，在这一章结尾让他们处于孤立无援的境地；然后选择另外一组人物，从困境中解救他们，在这一章结束时让他们遇到更大的麻烦；然后回到第一组人物，把他们从死亡的边缘拉回来，让他们继续行动，在这一章结尾再一次让他们看起来在劫难逃；然后去解救第二组人物……依此类推。不要给读者喘息的机会，让他们紧张得要跳起来。要有情节、机智的对白和有性格的人物，不要陈腐和平庸。我要节奏和冲突！要让我喘不过气来，伙计！

别人还有什么可说的？还有什么想要的？

d. 要追求平衡

找个时间去爬山。你很快会发现，某些斜坡比其他一些更陡峭；某些道路比其他一些更迂回而艰难。在这里，你需要放慢速度；在那里，又可以加速前进。在前面，你又想要停下来休息，喘口气。

一个故事就像一座山，你不能始终用同样的方式或者同样的节奏来讲述，紧张感的暗流贯穿始终，它忽强忽弱。

因此，行动的主线——从一个高潮到下一个高潮的发展——持续提升，焦点人物的处境越来越危险。所以故事中每一个主要段落的波峰，无论是一个场景还是一组场景的，都比之前变得更高——更紧张，更令人兴奋。

但是如果你试图在波峰**之间**维持同样高水平的兴奋感，读者很快就会筋疲力尽。受到过度刺激，一直处于体验和情绪的狂轰滥炸之下，他会失去均衡感，而且很可能因为纯粹的疲劳而停止阅读。

所以你在整个过程中要给他休息的机会，在波峰之间，要让他放松。

在每一场灾难之后都要这样做。就是说，在故事中被称为后续的部分里，放慢节奏，减少紧张感：对灾难作出反应，重新调整以适应变化了的情景，寻找新的目标或方法，打基础和作积累，然后是试探、进攻和冲突。

换句话说，用波谷来平衡波峰和高潮。

怎样做？第一步是设法制造重要时刻，把高潮推到希望的高度。

有许多方法可以帮助你做到，这里介绍其中五种：

（1）在每一个场景中尽量纳入更多有意义的行动。

经常有作家试图通过将一系列简单、琐碎的场景松散地连接起来创作故事。

一个简单的场景可以是焦点人物试图说服女朋友的母亲告诉他，索弗罗妮亚为什么甩了他。没有得到满意的答案，他又去骚扰她的父亲，然后是她的哥哥。把这三个场景连在一起，你很可能只增加了作品的长度，而不是紧张感。

另一方面，如果从焦点人物跟母亲谈话开始……然后父亲插进来，让母亲闭嘴，而且要把焦点人物赶走……人物试图强迫父亲说出到底是怎么回事……这时哥哥进来打了人物，你会发现你制造了一个波峰。

这并不是说简单易懂的场景没有存在的空间，而是为了制造高潮，以一种能够取得最佳效果的方式安排和压缩素材，对你的帮助最大。

（2）让情景要求行动。

一只嗡嗡叫的苍蝇很烦人。一条发出嗞嗞声的响尾蛇会让你对它采取行动。

通常情况越是危险，它在焦点人物的眼中就越重要，他就越倾向于采取行动。

行动会引起反应和冲突，让你有机会制造更大的场景。相反，琐碎的情景缺乏血液和维生素，它不太可能成为主要高潮的基础。

（3）增加时间压力。

如果上面提到的响尾蛇是在黄昏时分你穿过院子时发出响声，你可能会等到早上再去捕捉它。如果它跟你在同一个房间里，你会有立刻采取行动的冲动。

这就是为什么当你需要制造高潮时，紧迫感总是有帮助的。

（4）预告高潮的到来。

读者理所当然地认为，高潮将围绕着愿望和危险的巅峰对决。因此随着故事的发展，紧张感因为每一个新的危机而得到加强。

特别是当你不断增强对手的力量和营造一种将要大难临头的感觉时，好像人物前进的每一步都让他更接近命中注定的劫难，就像一个人竭力想要打开一扇门以拯救自己的爱人，即使明明知道门的另一边有一个狂暴的凶徒在等着他。

（5）控制叙事节奏，提升读者的紧张感。

紧张感对人的作用很大。在它的压力之下，感受和反应都会增强。你的行动更迅速，反应更敏捷，时间仿佛延长了，你所说的和所做的都变得不稳定、不连贯、极尽夸张。

这些是你可以在作品中捕捉到的元素。读者在阅读时，通过你特定的写作方法、你所使用的语言获得兴奋感。

什么样的语言？简短的、直接的、准确的、强烈的。什么样的写作方法？简洁的、动感的、短句子、短段落；只对准危险和重要的时刻，别的都不管。危机中的时间会像橡皮筋一样被拉长。

如何学会这样写作？在其他人的故事中寻找那些让你激动的时刻。然后抄写它们，逐字逐行地。在抄写的过程中研究它们，试着替换其中的单词，改写其中的句子，直到你发现他使用的窍门。

然后把他的方法深埋在你的潜意识中，准备好继续前进，去写你自己更强有力的高潮。

* * *

这些就是关于高潮的技巧。

现在，在紧接着每一个高潮、每一场灾难的时间里，你需要这种削弱紧张感。这里有五个有用的技巧：

(1) 通过叙事节奏削弱紧张感。

怎样做？通过把上述第（5）点所说的顺序颠倒过来。或许可以把句子写得长一点，段落也是。在选择词语时，考虑语言的和谐，更多地考虑流畅，而不是断续和冲击力。

别人的作品仍然是你最好的指南。我之所以没有给你推荐任何范本，是因为你有自己的品位。那是私人的、主观的东西，对我合适的很可能完全不适合你。

不过有一个警告：请不要走极端。因为我说用短句子和短段落来制造紧张感，并不意味着可以忘记长短均衡的需要。将削弱紧张感与使用冗长复杂的句子结构相混淆更是大错特错。再说一遍，如果你想成为作家，一定要有常识！

(2) 决定是关键。

正如上面指出的，要求人物采取行动的情景是制造紧张感和高潮的一种有用工具。相反，要缓解紧张感，就要更多地聚焦于寻找的过程，而非即时的斗争。

比如，当我失去女友、工作或地位，我必须退后一步，重整旗鼓，整合我的内部资源，搞清楚现在要做什么，往哪里去。我是要去寻找另一个女友、工作或地位，还是要割腕，或者参军？

换句话说，我必须作出决定。

我如何作出决定取决于我自己的个性和背景、我的情感模式。我也许会在街头漫步，也许会买醉，也许会向一位神父倾吐心声。

怎样都行。所有的情况都涉及时间的流逝：反应的时间、思考的时间、解决问题的时间。最后，我会选择一个新的奋斗目标、一个新的行动方案。但是在命运女神给我致命一击，到我重整旗鼓重新投入战斗之间的过渡时期，几秒钟、几分钟、几小时、几天，甚至可能是几星期或几个月过去了。

在你的作品中，你用这种时间的流逝来削弱紧张感……给读者放松和休息的机会。在这个问题上，这可能是最有用的方法，因为你可以根据需要随意伸缩。

（3）减少紧迫感和时间压力。

怎样做？让灾难把人物推到一种他只能等到明天或者下星期才能采取行动的境地。或许他需要联系的人刚好出城了，或者小木屋被大雪围困，或者直到委员会作出决议之前议会什么也不能做。

（4）加入不包含紧张感的元素。

故事是对某人如何应对危险的记录。但是无论情况多么危急，在危急关头之间生活还是要继续。你需要吃饭、睡觉、购物、换轮胎、与人寒暄、去看电影。

这些日常事务尽管看起来琐碎，但是忽略它们会让你的故事笼罩在一种不真实的气氛中。在高潮之间的段落加入它们，你就更像是在处理真实的人物和事件。

在这个过程中，你也给了读者喘息的机会。

同样，枝节问题在我们所有人的生活中都存在。你喜欢一个男孩，所以花费时间帮助他找工作。一个自命不凡的人惹恼了你，你停下手头的事情去挫一挫他的锐气。你答应跟朋友去达拉斯度周末，尽管你一点也不想去，但是觉得必须信守承诺。

与之类似，读者对故事中人物的了解仅限于你呈现在纸面上的东西，不过他们的反应很重要。他需要把他们当成真正的人而不是木偶，他要去理解他们。这需要探究他们的人生态度。这个人被称为“诚实的司闸员”，是因为他从来没有从任何一节货车车厢偷过东西吗？这个女人公开宣称的平等信念，实际上是不是指基督徒比犹太教徒更平等，或者相反？一个人物是不是同情酒鬼，却不同情未婚妈妈？

你介绍人物这些侧面的时间也帮助你放慢了故事的节奏，正如你所需要的那样。

背景可以像油画画布一样一片空白，或者你也可以加入细节，让它生动起来。加入细节的最佳地方是灾难之后的间歇期，即在高潮之间的停顿中，这里强调更多的是决定，而不是用来制造高潮的斗争、紧迫感和危险。

（5）改变视角。

当你改变视角时，紧张感会减弱。为什么？因为读者需要立刻面对一个全新的、截然不同的情景，他必须扮演起另外一个角色。

这个人物透过自己的眼睛看待故事中的事件。他的背景、态度和问题与读者之前扮演的角色完全不同。男主人公、女主人公、反派、旁观者——每个人都有自己独立的观点。

每一次你改变视角时，都必须让读者弄清楚新的观点和独特的看法。这需要时间和空间。读者朋友不能翻过一页就自动成为一个新的人物。他需要调整，以便适应他的新角色。

结果：紧张感减弱了。这是一个停顿和稍事休息的机会。

* * *

你从波谷开始攀上波峰……然后再一次坠落，重新开始。就这样创造出故事的平衡感和节奏感。

e. 要剪掉线头

故事的中间部分是营造的时间，也是精简的时间。

如果故事的长度是任意的，许多事件都可以发展为故事问题的附属物。

比如，核心人物要洗清自己的谋杀嫌疑，家人和朋友的反应都可以成为增加他压力的因素，不用说还有同事、敌人和泛泛之交。还有那些特别的朋友，特别的家庭成员，特别的同事、敌人和泛泛之交。

比如他女朋友的父亲。因为不满意主人公的这段历史，他发誓决不允许女儿嫁给这个男人。

比如一个投机的同事趁机抢走了主人公的工作。

比如一个蛮横的警察恼羞成怒，发誓无论案件结果如何都要把主人公赶出这个城市。

如果你要给故事制造一个恰当的高潮，现在所有这些角度都是必需的。但是如果它们越过高潮直达解决的时刻，就很难以合理的方式组织成文字。结果，故事的结尾就会支离破碎、虎头蛇尾，无法令人满意。

要避免这种局面，聪明的作家会在高潮之前减少事件的数量，在中间开始向结尾过渡时结束次要的支线。

比如，主人公可能发现女友的父亲年轻时也是个坏小子，老人深感内疚，这就是他如此强烈地要求主人公是个正人君子的原因。

当主人公向她的父亲摆明这些事实时，老人意识到自己错了，从而转变了对主人公的态度。这条支线结束了，它在高潮**之前**已经解决。

类似地，主人公可能认为他不再需要那份工作，或者得到了一份更好的工作，或者他的老板幡然悔悟并给予了他补偿。那个警察可能为了泄私愤企图构陷主人公，结果事情败露了，他自己不得不离开这个城市。这个问题也在高潮之前解决了。

在每一个例子中，消除枝节问题都简化和缩短了解决部分的篇幅。更重要的是，它为高潮清空了舞台，读者可以把全部注意力毫无保留地集中在“他能否获胜”这个问题上。

f. 不要重复

你知道留声机的唱针卡住了会发出什么样的声音吗？同一小段音乐会没完没了地重复。

作品的中间段落经常就像这样，故事停滞不前，重复着同一个主题。当你写一个故事时，你需要呈现的是字母表一样的效果：A—B—C—D—E—F—G—H—I—J—K—L，等等。而不应该是 A—B—C—D—D—D—E—F，一个 D、一个 F 或者一个 X 就够了。你需要介绍必要的信息，然后继续前进。让人物原地不动，一再重复同样的日常惯例，肯定会让读者感到无聊。重复的威胁通过反派之口说出来，本质上还是一样的。

治愈重复的解药是什么？不断加入变化、出人意料的东西、新的元素和转折。一个拥有结构健全的场景和后续、寻找和斗争的故事不会停滞不前。

有了这些，其他问题都会迎刃而解。

* * *

跟开头部分一样，让我们用备忘录的形式来结束这个部分：中间段落是由一系列的场景和后续连接而成的。

如果每一部分的结构都很牢固，如果你把所有的组成部分都整合在一起，如果你让每一个单独的片段都别出心裁，你的故事会自然而然地发展并吸引读者，并且为接下来的部分作好准备：由决定所标示的高潮时刻。在好的小说中，这是结尾的开始。

* * *

如何给一个故事收尾？

(1) 建立一种情景，焦点人物只能在两种明确、具体、非此即彼的行动方案中选择。

(2) 迫使人物从两种方案中作出选择。

(3) 让他将选择转化为无法挽回的高潮行动。

(4) 以理想化的正义的名义嘉奖或惩罚人物。

(5) 解决遗留的问题。

(6) 用一句点睛之笔来收尾。

为什么要遵循这种模式？它通过紧张感的释放能够给读者提供故事的满足感。

如何触发这种释放？这里有两个基本问题：

1. 人物应该得到什么样的结局？
2. 他得到了什么样的结局？

这两个因素分别与故事结尾的两个分支有关：高潮和解决。

高潮给出关于焦点人物**应该得到**什么样的结局最后的、决定性的证据。

解决给出他**得到**了什么样的结局。

这样，紧张感建立在你在故事开头建立起来的愿望与危险的冲突的基础之上。读者跟随焦点人物经历故事中的一切，渴望看到这个人物实现他的目标，但是对手如此强大，他又害怕人物无法实现目标。

现在，加入决定性的因素：焦点人物应该得到什么样的结局？

如何制造高潮

人与动物的区别在于，人能够理解原则并将之区别于个人利益。

要知道，这里说的不是任何具体原则。原则可能有对有错，而且随着时间、地点和环境的变化而变化。但是以伦理而不仅仅是私利的标准来评判行为，我们建立了一种绝对标准，用来检验人物，并指导我们自己去过有意义的生活。只有以原则的名义，我们才能证明自由意志高于决定论、因果模式高于盲目的命运、精神高于客观现实。因为原则，而且只是因为原则，整个环境控制[①]的概念才有了意义。

原则也提供了高潮的基础。通过坚持原则或者放弃原则，焦点人物最终会毫无疑问地证明自己应该得到什么样的结局。

高潮本身只是将这种坚持或放弃戏剧化了。在这个过程中，以隐喻的形式清楚地说明结果和原因之间的关系，让所有人都能理解。如果人物甘愿放弃个人利益，凭良心采取行动，他会实现目标，否则他会失败。就是这么简单。

所有这一切都是对读者人生哲学的重新确认，隐含的假定是为了更高的目标，自我牺牲是值得嘉奖的。他的恐惧和紧张感得到释放，他放松地进入成就感和满足感带来的愉悦状态。

由此可以得出结论，如果一段叙述中的行为与原则无关，那它充其量只是一笔流水账，永远构不成故事。没有原则，行为就无法被评价，因此不再适合作为小说的主题。

“作家对人类及其与命运之间无休止的冲突充满兴趣，”编剧达德利·尼科尔斯说，“他有强烈的愿望从生活的混沌中寻找秩序，就像做椅子的木匠想从木头中找到某种有用的、美的安排一样。”富兰克林·费林教授补充说：“读者寻找的是合理的安排，无论他的教育程度如何，也无论他能否清楚地表达这种愿望。”

因此，小说基本上是一种为生活赋予意义的工具。正如我们看到的，它通过在焦点人物的行为和命运、事迹和回报之间建立起因果关系来做到这一点，所以“一个没有模式的故事”这种说法本身就是矛盾的。

这种“生活片段”式方法的麻烦在于，它很多时候是没有形式的，所以缺乏解决的力量。作为一篇社会学论文、一个关注某个问题的案例

---

① 在管理学中，环境控制是指由董事会和高管团队倡导一种风气，使成员自觉管理其活动并履行他们的控制责任。——译者注

研究，它可能是完美的，但它不是一个故事。如果在一部表现智障人士生活的电影的结尾，有心智缺陷的焦点人物穿过街道，走向跟过去毫无二致的未来，那么电影什么都没有解决。结果，观众会感到挫败，紧张感无从释放。剧作家霍华德·林赛曾说："如果戏剧仅仅以观众投入了感情的人物遭遇挫折收场，观众不会满意，因为挫折是我们生活中最不愉快的经验之一。"

现在，回到高潮，以及收尾部分开头列出的最初三个步骤。

（1）建立一种情景，焦点人物只能在两种明确、具体、非此即彼的行动方案中选择

在好的小说中，作出决定的高潮时刻标志着结尾的开始。所以，如何设置这样的时刻？

记住，一个故事是对某人如何应对危险的记录。它开始于愿望与对手的碰撞，以及焦点人物决定为了他想要的东西而斗争。

这向你提出一个问题：乔能实现他的目标吗？他能战胜反对的力量吗，能还是不能？

结果：冲突，悬念，紧张感。

在中间段落，故事发展、积累和强化这些元素，冲突更尖锐，悬念更大，紧张感更强。不过紧张感有极限。或迟或早，在故事的结尾它必须释放出来。

决定的时刻提供了释放紧张感的触发机制。到目前为止，焦点人物的勇气、智慧和力量支持着他。但是你和我都知道有些时候光有勇气还不够，光有智慧和力量也不够。

当这样的时刻到来，留给我们的只有一种依靠：感觉。

这时，我们根据感情和冲动采取行动，而不是思考。在一种内在的、几乎是本能的层面上，我们自发地作出反应，而不去管规则、逻辑或危险。我们冲到孩子和飞驰的汽车之间，我们挺身而出支持朋友，我们在保持沉默对自己更有利的情况下大声说出真相。

或者我们的情感模式可能是崩溃和恐慌，或者是对同情、温柔和热情硬起心肠，或者是为了金钱而泯灭良心。

感觉反映了某些比力量、智慧或勇气更深刻、更复杂的东西。它来

自心脏而不是大脑。它说明了你究竟是什么样的人，你秘密的、赤裸裸的自我。

高潮要检验的就是这个秘密的自我。

为什么？因为你可以欺骗世界，有时候甚至欺骗你自己，但是你不能欺骗自己的感觉。每一次它们都不顾理由和借口，坦白关于你的真相。

这就是为什么高潮如此重要的原因。只有当我们看到一个人身处危机，在压力之下凭感觉行动时，我们才能得到所需要的最终的决定性证据，来决定他是否应该实现目标。

读者喜欢这样做。如果被评判的是他自己，他会希望在这样的基础上进行。他知道外表可能骗人，他认识到自己在力量、智慧和地位方面的不足。现实一次又一次地迫使他认识到他的缺陷和弱点。

但是他的感觉、他的冲动，这些是不同的！他的愿望是好的。他看到自己在内心里是一个有原则和荣誉感的人，这是他内心的真实。他的感觉能够在一场终极测试中证明这一点。所以你得用同样的标准去测试焦点人物。为此，你剥去他所有的伪装，让他展示自己究竟是什么样的人。

怎样做？给他一个实现目标的简单的出路。

比如，伊卡博德为了追求美丽的格里塞尔达已经拼命努力了 16 页，是时候结束这件事情了。所以你制造了一个高潮场景，伊卡博德发现他的情敌罗德里克是开车撞伤格里塞尔达的弟弟后逃逸的司机。罗德里克干脆地答应了把女孩让给我们的主人公，条件是伊卡博德对他的罪行守口如瓶。

这是个公平交易，不是吗？格里塞尔达不知道的事情不会伤害她，富有的罗德里克甚至同意终生资助她那个因为这次事故瘸了的弟弟。而且她的弟弟从一开始就只是个游手好闲的酒鬼，伊卡博德连看都不愿看到他。

另一种选择是，如果伊卡博德拒绝交易，罗德里克会把这桩罪行嫁祸于他，外加指控他敲诈勒索。的确，格里塞尔达不一定会相信，但是她会在心里产生怀疑，她和伊卡博德之间再也不会像从前那样了。

所以，伊卡博德现在有一个简单的出路实现他的目标：他需要做的就是保持沉默。

他也有一个灾难性的选择：说真话，然后失去格里塞尔达。事实上，罗德里克有财有势，他很可能会被当成肇事逃逸的司机定罪。

两个明确、具体、非此即彼的行动方案，构成了伊卡博德面前的分岔路口，这是一个最终决定他是否应该赢得嘉奖的考验场景。

如果他接受罗德里克的提议，他会得到格里塞尔达，实现他所有的梦想。

如果他拒绝，前途就是黑暗的，在所有方面都是如此。

没有多少选择的余地，不是吗？智慧、逻辑和个人利益都站在接受罗德里克的方案一边。

另外一边——好吧，有什么呢？刚正不阿的、清教徒式的偏见，反对帮助罪犯逃避惩罚的阴谋？愚蠢的踌躇，不愿意用欺骗的手段迎娶一个女孩？良心的不安，耽溺于**正确**、**诚实**、**爱**和**正义**之类的字眼。

全都是抽象的，一文不值。除非原则对于你而言比胜利更有价值。

就这样设计高潮场景：一方面是实现目标的捷径，另一方面是灾难性的选择，焦点人物站在岔路口。

高潮中最常见的弱点是什么？

(a) 焦点人物没有走投无路。

换句话说，理性的读者（理性的读者所占的比例高得惊人）会立刻指出一个高潮情景中的漏洞：“为什么苏西不**告诉**约翰她父亲破产了？”“布伦特的婶婶让他发誓留在老房子里时，他不应该意识到她已经很老很老了吗？”“林克为什么不报警？”

结果：糟糕的高潮。

补救方法：一个对故事深思熟虑的作家会在高潮**之前**堵住所有的漏洞，并将焦点人物逼入绝境。

(b) 原则方面的障碍没有封锁住简单的出路。

我母亲一生痛恨威士忌，比痛恨蛇更甚。现在她躺在床上奄奄一息，我身无分文，没法给她治病。更糟糕的是，我的未婚妻把订婚戒指还给了我。一个连自己生命垂危的母亲都照顾不了的男人不配娶妻子，她说。

城里的私酒贩子来了。他答应借给我钱，条件是他在我母亲的农场里建造一座秘密酿酒厂。我应该接受这笔钱吗？这是一个简单的出路。但是这也关系到原则和道德的问题。同意建造酿酒厂，我就背叛了母亲信仰的一切。

这样的素材能够构成一个稳固的高潮场景。不过假设借给我钱的是一个老朋友，而不是私酒贩子，又会怎么样？

问这个问题本身就意味着高潮的消失。

为什么？因为高潮的功能是测试人物，没有利害攸关的原则问题就没有测试。朋友的钱没有附加条件，接受它不会令我良心不安。

结果：没有冲突。没有高潮。

我们说清楚了吗？当我们谈论“简单的出路”时，只是从**物质**的角度来说它很简单。在**道德**层面上，它必须把焦点人物钉在十字架上。尽管“现实考虑”百分之百地支持它，但它在感情方面的代价必须高得让人物承担不起。

(c) 简单出路的替代选项不够灾难性。

让焦点人物在高潮中焦虑的方法是让他的替代选项是十足的灾难。

比如在（b）的例子中，主人公不仅要失去母亲，还要失去女友。

部分原因是对于主人公来说，高潮只围绕着挽救或者牺牲别人的利益就太简单了。在那种情况下，我们所有人都能找到合理的理由。如果母亲年事已高，生命垂危，我可以拒绝私酒贩子的金钱，表现高尚的道德——坚持原则可能没有那么难。

相反，当绞索套在我的脖子上时，情况就不同了。当我不仅要失去生命垂危的母亲，还要失去挚爱的女友的时候，或许我考虑问题会更加现实，接受简单出路的诱惑更强了。

除此之外，如果坚持原则，主人公就必须把自己完全、绝对地交给命运，紧张感也会更强。比如，一个“正确的”决定牺牲了一切，却什么都没得到。一切常识、一切逻辑、一切个人利益，都与他作对。

(d) 焦点人物的目标对他来说不够重要和/或不够有吸引力。

一个人追求一个目标——某件他渴望获得或者保留的事物，对目标的追求让他面临着潜在的灾难。再前进一步，他就会从悬崖边跌落。

他会怎样做？后退，迅速地后退。

除非他追求的东西主观上对他特别重要，否则他就会后退。作为动机，偶然的、琐碎的、暂时的东西是不够的。

一个好的目标由什么构成？由人物眼中决定他未来幸福的关键因素构成。

假设一个孩子怀疑母亲对他的爱。只有当他做的小篮子是幼儿园手工课上最好的时候，她才会把他抱在怀里。失去母亲的怀抱太可怕了，他连想都不敢想。这决定着孩子的整个世界和未来的色彩基调。

一个老人坐在桌旁写回忆录，他从不指望这些潦草的记录给他带来名誉或金钱。但是如果他能够说明自己做了什么以及为什么要那样做，或许他的儿子有一天会读到，通过文字理解他，不再嘲笑他。即使在你去世多年以后，某个你爱的人能够理解你的梦想，也是幸福的。

所以，一个好的目标是由什么构成的？焦点人物认为会影响他的未来和他获得幸福的机会的任何东西。

一个好的目标不是由什么构成的？他认为不会从本质上影响他未来的生活和感觉的任何东西。

(e) 情景的积累不充分。

高潮是故事中最重大的时刻，是波峰中的波峰，随随便便地处理会让你前功尽弃。

关于高潮情景介绍完了，现在让我们看看第二步：

(2) 迫使人物从两种方案中作出选择

在任何时候、任何情况下，对于我们中的任何人，在个人利益和原则之间作出选择都是困难的，特别是当灾难像达摩克利斯之剑一样悬在我们头顶时。因此，在高潮中你的一部分任务就是准确地表现这种抉择有多么艰难。

怎样做？延长主人公的痛苦。

有时候，这意味着捶胸顿足、揪头发。另外一些时候，是令人窒息的紧张，是在平静的背景衬托下，重要细节的灵光一现。

在任何情况下，焦点人物都必须受苦受累，无论我们是否从他的角度来观察场景都是如此。

然后，他最后作出决定。

决定本身与两个问题有关：

(a) 如何迫使人物作出决定？

(b) 什么使他作出正确的决定？

关于（a），答案当然是紧迫性：女孩就要离开了，反派举起了枪，朋友出声呼救。因此，人物必须立刻作出决定。

不过关于（b），问题本身就是误导性的。因为没有窍门可以让人物走你想让他走的路，所以你只能在键盘上敲字。

更具决定性的问题是暗示的、没有言明的：如何让读者**相信**主人公会选择感情而不是逻辑？

这么说吧，答案很简单：利用噱头。

要知道，噱头并不是让人物如你所愿地采取行动的唯一方法，但它无疑是最实际、最有用的方法之一。无论如何都要掌握它。

实际上，噱头利用的是条件反射的原理，很像俄国生理—心理学家巴普洛夫的实验，他训练狗一听到铃声就流口水。事实上，我们可以将噱头定义为某种充当情绪铃声的物质实体或感官现象。

制造噱头的第一步是，选择这样一种实体或现象——能够唤起主人公强烈的情绪反应。同时说明，这种情绪反应与人物坚持原则的行为有关。在故事一开始时就这样做，最好多做几次。

然后在高潮的关键时刻，当焦点人物在接受简单出路的边缘徘徊时，再一次引入这个噱头。人物迅速作出反应，就像以前一样——根据突然迸发的情绪，忠实于原则。

在这个高潮的顶峰，他作出自己认为“正确的”决定，读者自然会相信他这样做是合乎逻辑的。

为什么？因为读者已经出于条件反射，期待每一次噱头的出现，都会带来以情绪为基础的反应。

比如，你在故事开始时让读者看到，主人公脖子上戴着一条挂有圣克里斯托弗年代奖章的银项链。经过一些事件之后，我们知道这是主人公的母亲给他的，他戴着它，不仅因为这是她给他的最后的礼物，而且因为这让他感觉跟她更接近……提醒他努力达到她的要求，做一个正直的人。

接下来在故事的进程中又发生了其他类似的事件。每一次主人公都作出同样的反应，他心跳加速，良知觉醒，饱含着对母亲和她的美德的深深感情。

现在高潮到来了。主人公站在他个人的岔路口，在对与错、善与恶、原则与个人利益之间纠结。他会选择哪个方向？他会走哪条路？

反派殴打他，主人公的衬衫撕破了，项链断了，奖章掉在地板上。

奖章。母亲对于主人公全部意义的象征。

他盯着它看了一会，这是作出决定的时刻，一块小小的银质装饰品引发的情绪浪潮达到了顶峰。

看出噱头是如何运作的了吗？你几乎可以在所有故事中使用它，用得笨拙还是巧妙，取决于你的品位和技能。它的形式可以是一只结婚戒指、一段音乐、一颗旧子弹、一个破娃娃、一阵让某人想起一个几乎被遗忘了的女孩的香水味。

噱头是一个如此微小的细节，却又如此重大。因为它拥有让高潮爆发为作出决定的力量。

现在主人公心意已决，我们已经准备好迎接高潮模式的第三步。

(3) 让人物将选择转化为无法挽回的高潮行动

关于高潮，有一句话说得非常贴切："不要只是站在那儿，做点什么！"

在高潮中，做点什么意味着将决定转化为无法挽回的高潮行动。这样做仅次于决定本身，这是高潮最重要的方面。

为什么？因为直到你基于它采取行动之前，决定都没有意义。通往地狱的道路是由良好的愿望铺成的，我们所有人都能迅速提出善意的解决方案。我们承诺要宽容，要戒烟，要把脏衣服扔进洗衣篮，要每周修剪草坪。

但是一天或者一个月之后，我们又开始对妻子大喊大叫，抽烟抽得像个烟囱，把脏内裤和臭袜子扔在卧室里，对杂草丛生的院子视而不见。

高潮也是如此，决定本身不能完成任务，你寻找的是故事的解决之道——为释放读者的紧张感铺平道路。

这要求高潮造成情景的变化，而且这种变化必须是由焦点人物、而不是运气或无法控制的命运造成的。

为此，高潮的顶峰是一个支点。它将情景反转，并支撑着故事的剩余部分，即解决。这种反转需要原动力，高潮行动提供了这种原动力。

这里，让我们定下这样一条公理：高潮永远是行动。

是焦点人物采取的行动。在他行动之前，什么也没有发生，只有善意的想法是不够的。

高潮之前的部分都在为这个时刻作积累。高潮行动本身就是一个波峰，就像用放大镜聚焦太阳光，引燃烧毁一切的熊熊烈火。因为当人物采取行动的时候，他改变了整个故事情景的平衡。

这样做的另一个好处是，行动省去了一切解释。就其本身而言，人物的决定从来不能用语言表达。主人公可能根本没有意识到自己的心理过程，他只是做了良心和感觉告诉他必须做的事，行动本身比语言更有说服力。

高潮行动有什么特殊性？它是无可挽回的。

恺撒渡过卢比孔河，烧掉了身后的桥梁。一旦抽出利刃或扣动扳机，谋杀犯永远不可能让受害者死而复生。

高潮行动应该像这样：它是一种终极承诺。当主人公签署了文件、按下了开关或者向反派吐出口水，他就永远不可能回头了。

有意识或无意识地，焦点人物知道这一点。一旦行动，他就放弃了以后改变主意的权力。

这种行动使紧张感爆棚。之前，人物还有选择。他可以放弃原则，选择简单的出路去实现目标。他不需要把希望和梦想当成祭品。不过现在，一切选择的机会都被放弃了，只留下了艰难的道路、牺牲和受苦的道路，以及显然不可避免的灾难。

一旦行动，人物就对命运和反派发起了挑战，准备接受最糟糕的结果。通过这样做，他提炼出故事问题的本质：他选择的道路会把他钉在十字架上吗？

读者等待答案时紧张感达到了顶峰。

为什么？因为读者最关心的就是这个问题。无论能否用语言表达，他知道在高潮行动中，他看到人物超越了个人利益。这对大多数人来说都是英雄主义的。

* * *

最后，焦点人物终于证明了他配得上胜利。现在呢？焦点人物究竟得到了什么？

如何解决故事问题

故事的解决是回报。它根据危机中通过高潮行动体现的焦点人物的决定，来奖励或惩罚他。

在这个过程中，紧张感得到释放，焦点人物和/或读者获得成就感：

我们在开始讨论如何给故事收尾时提出了六个要点，其中的第四、第五和第六点正是用来释放紧张感和创造成就感的：

(4) 以理想化的正义的名义嘉奖或惩罚人物的行动。

(5) 解决遗留问题。

(6) 用一句点睛之笔来收尾。

现在我们来逐条详细讨论。

(4) 以理想化的正义的名义嘉奖或惩罚人物的行动

如果决定正确，焦点人物想要得到什么决定了他最终得到什么。

故事就是从他想要得到或保留某件事物的愿望开始的。至少在他眼中，他未来的幸福取决于他的愿望能否实现。

因此，他与任何威胁到这一目标的力量作斗争。危险和紧张感的增强只会让他付出更多的努力。愿望和危险之间的冲突最后聚焦于高潮，焦点人物必须在原则和个人利益之间作出选择。

如果在那个时刻人物不顾一切危险坚持原则，这说明他应该赢得胜利。你通过让他实现目标，得到或保留想要的东西来奖励他。

换句话说，原因直接导致结果，行为带来回报。从你知道主人公的目标开始，你就知道了故事要如何结束。

但是知道目的地和找出到达目的地的路线是两回事。在路上会遇到许多现实问题。作为作家，你必须解决它们。

如何让焦点人物从决定向回报前进？有三个步骤：

(a) 让焦点人物在高潮之后经历一段痛苦和黑暗的时期。
(b) 用出人意料的发展逆转形势。
(c) 给予他回报。

这三步中的每一步都很重要，忽视任何一步都会带来麻烦。而且每一步都不像乍看起来那么简单。要有效地运用它们，你必须既机械又灵活地加以理解。

以 (a) 为例：

(a) 让焦点人物在高潮之后经历一段痛苦和黑暗的时期。

我们说过，读者阅读是因为担心。在紧接着高潮的时刻，这种担心达到登峰造极的顶点。

为什么？因为焦点人物认为自己会失败却仍然采取行动，坚持原则似乎注定要毁了他。对他来说，这时候所有的希望都消失了。

读者与焦点人物共同经历这一时刻，分享这种感觉。这把他的恐惧推到了最高点。

因此，你不能对这个时刻敷衍了事，要让读者颤抖——从而得到充分的享受！事情看起来越无望，这个时刻就拉得越长。结果是读者的紧张感越高涨，逆转最终来临时的释放感和解脱感就越强烈。

(b) 用出人意料的发展逆转形势。

这是一个西部故事，或者是一部科幻小说、惊悚小说、冒险小说。现在在高潮场景中，次要人物在痛苦和沉默中旁观，反派给主人公一个不愉快的选择：背叛他为之斗争的信念，就可以饶他不死；如果他拒绝就会送命。糟透了。

主人公选择了死，他要跟反派同归于尽。他不一定能做到，机会太渺茫了，但是至少他决定去战斗。

他举步向前，反派的手指扣紧了扳机。

这个时刻似乎永恒，死亡的冰冷气息将场景冻结了。

这时主人公行动了，反派一龇牙，露出残忍的笑容，一个声音叫道："不!"

这是谁的声音，为什么出声，在这里并不重要，重要的是发生了某件事情，一件意料之外的事情、打破情景平衡的事情。

所以这时，有人叫道："不!"

就在反派分神的一刹那，主人公猛冲过去，反派的枪被打偏了，主人公赢得了胜利。

在这种最粗糙、最血腥的形式中，包含着故事解决的秘密：意料之外的发展逆转了焦点人物的形势。

你知道，胜利并不是无须努力就从天而降的，主人公仍然需要浴血战斗，但是他在高潮中的自我牺牲为逆转开辟了道路。

"生活的艺术，"霍姆斯法官[①]说，"在于根据不充分的证据作出正确的决定。"

关于焦点人物在故事高潮中的情况，你还能想到更好的描述吗？只看到图画的远景，他就必须作出选择——自我牺牲的决定，并采取相应的行动。

因此作为作家，你必须揭示图画的剩余部分：人物不知道的那些事情、变量和未知因素，比如反派的内部活动、其他人物的反应如何、某人的枪里有没有子弹，或者注射器里装的是水还是毒药。

这绝不是对现实的歪曲，生活中充满了震惊、曲折和逆转。我们每一个人尽管有时感到恐惧，但仍然勇往直前，然后发现原来的恐惧是毫无根据的。每天都有一些人的反应让我们惊讶。我们上百次面对灾难，发现最黑暗的乌云也镶着金边。

一个好的逆转需要三件东西：

/1/ 必须是读者**期望的**。

如果读者不想——拼命地想——看到焦点人物得救，即使最出色的转折也不会打动他。你**必须**让读者关心发生在主人公身上的事情。

---

① Justice Holmes，小奥利弗·温德尔·霍姆斯，美国著名法学家，曾任美国最高法院大法官。——译者注

/2/ 必须是**出人意料的**。

如果读者事先猜到会发生什么事，你就失去了至少一半的冲击力。显而易见的事实不管用。

/3/ 必须是**合乎逻辑的**。

可信度要求恰当的准备：计划和培育。没有合理的原因，结果永远是灾难性的。

有了这三个元素，逆转对任何层次的故事都有效。不要因为我们这里使用了一个惊险小说的例子就被误导。无论你想写什么类型的小说，一旦作出牺牲，高潮的形势就改变了：父亲重新评估了儿子的能力，女孩认识到求婚者的可贵，怪物在英雄无畏的勇气面前退缩了，经理对下属的责任感有了新的认识，妻子明白了丈夫是真的爱她。

读者期待的出人意料的、又合乎逻辑的发展，就是这些。

然后，这种发展是读者紧张感释放的开始。它开始回答故事的问题：焦点人物能够战胜威胁到他的目标的危险吗，能还是不能？

特别是，逆转说明主人公在危机中选择坚持原则并不会真的毁了他，由此恐惧感明显减弱了。

结果：紧张感相应减弱……读者得到放松和满足。

如何为逆转奠定基础？这里有五个要点：

/1/ 了解高潮情景中的每一个细节。

我是说准确地了解它们！如果对场景设定还不是完全清楚，你甚至可以画一幅地图或者列一份计划。泛泛而谈是你最大的敌人。从纯粹机械的角度说，主人公可能需要一扇不存在的窗户、一根电线或者一本天体物理学教材。

/2/ 了解人物。

列出他们每一个人的名字，然后问自己：每个人此刻都在做什么，每个人对焦点人物的决定会作何反应。

/3/ 记住大胆常常是最有效的方法。

今晚的报纸上有一则故事，一位房主看到一个小偷正在从他的皮卡车上偷轮胎，所以他拿上猎枪出去阻止小偷。小偷飞快地抽出一把小口径手枪，命令房主回到房子里去，然后带着轮胎和猎枪逃跑了。

/4/ 记住人们会对大公无私的行为报以善意。

如果一个我讨厌的人表现出了道德的勇气，我会认为他比我想的更杰出。于是，我可能出于这种想法采取行动去帮助他。

而且出于原则和勇气采取行动，有时候会把人物从恐惧的束缚中解脱出来。一旦他迈出了第一步，惰性和麻痹就被打败了，他已经没有什么好失去的了。所以就像一个狂暴的战士、一个杀气腾腾的摩洛人，他超越了过去想象中的个人的极限。

/5/ 最重要的是，记住作家的角色让你在故事的疆界中扮演了上帝。

在需要的时候，改变环境——包括从天气、场所到反派的态度在内的任何东西——通常可以解决你的问题。

(c) 给予他回报。

如何给一个人物回报？

让他实现自己的目标，无论在事实上还是精神上。

* * *

新手作家很少对回报的性质给予足够的关注。

因此，他们经常用嘲讽的语气谈论小说的“伪善”和对“完美”结局的永恒需要。

实际上，**完美**的结局远远没有令人满意的结局来得重要。给读者成就感，你不一定要以胜利——海军登陆，或者反派咆哮着“又输了!”——收场。

因此忘掉那些骗人的东西，歪曲现实不能让你达到目的，读者寻求的是“就应该这样”的感觉。

如何制造这种感觉？第一个是释放紧张感。

紧张感的第一个来源是危险，前面已经详细讨论过。危险和灾难的威胁在高潮中达到顶峰。

要释放这个来源的紧张感，你需要消除危险。通过消除危险，驱散人物——和读者——对于某个特定事件的发生或不会发生的恐惧，紧张感消退了。

第二个来源是愿望。

记得吗，愿望是所有危险起源的暗潮，它存在于危险之前。如果焦点人物不关心所发生的事情，你怎么能让他陷入麻烦？不言而喻，必须先有生存的愿望，然后才有对死亡的恐惧。你怎么会担心一个对你来说毫无意义的女人？当你已经立下安于贫穷的誓言，金钱对你还有什么意义？

无论是否意识到了，我们所有人时时刻刻都有愿望。在内心深处的某个地方，我们怀有强烈的渴望。

焦点人物从这种愿望中提取出目标。这个目标在主观上对他如此重要，以至于在故事初期他就发誓不顾一切反对，为实现它而斗争。

具体说来，他想要得到或保留某件特定的事物。当你很想要某件东西时，这种愿望就在你心中制造紧张感，一种刻骨铭心的持续的紧张感。在焦点人物得到他想要的东西之前，这种因愿望而生的紧张感在他心中沸腾，同样在读者心中沸腾。

要释放这种紧张感，就要给予人物他想要的东西，允许他实现自己的目标。正是在这一点上，许多作家误入歧途。

为什么？因为他们假定焦点人物得到的东西必须与他追求的目标一模一样。如果他想要100万美元，他必须得到100万美元。女主人公想要一条红裙子？给她一条红裙子！依此类推，雕像眼睛的红宝石、银行家的房子、对敌人的血腥复仇、躺在虎皮毯子上的克里奥佩特拉。

这不是回报或者理想化的正义，这毫无意义。

原因在于既定目标和真实目标之间经常存在巨大的差距。尽管它们可能是相同的，但通常二者之间的差距就像感性价值和内在价值的差别一样大。一位老人珍藏的一块手帕、一张锡版照片或一绺头发可能被他的继承人当成垃圾扔掉。

同样，物质目标首先是一个象征。作为象征，它代表了一种情感需要。回报必须满足的就是这种需要。

这种需要就像饥饿感，它是一种内在的饥渴感。它让主人公成为一个受驱动的人。

不过通常人物甚至没有意识到这种需要的存在，他只是感到不安和不满足。于是有意识或无意识地，他选择了一个奋斗目标，相信只要实现它，他就能获得幸福。他通常是错的，他真正需要的是满足内在的饥渴。这种满足感比获得荣誉、女人和金钱重要得多。

实际上，他的需要——在下意识层面，对他来说 100 万美元所代表的东西——可能是对自我价值的内在认知，而且有了它，他就有信心让他傲慢自大的老板见鬼去了。

给他这种信心，即使他破产了他也会很快乐的。

同样，想要红裙子的女孩实际上可能根本不在乎那条裙子，她追求的是爱。但是在内心深处，她觉得自己太平庸、太没有吸引力，永远无法赢得她喜欢的男人的青睐。所以，裙子只是为了达到感情目的的一种手段。一旦她找到真爱，她会满心喜悦地放弃那件衣服。

接下来，雕像眼睛的宝石可能是某个追求权力感的人念念不忘的目标，因为只有一个无畏的勇士才有胆量去偷它。银行家的房子很可能是一个身份的象征，他实际上需要用它来证明自己和城里的其他人一样优秀，尽管他的父亲是个酒鬼，而他母亲靠给别人洗衣服维持生计。血腥复仇的动力可能是要向一个女孩证明自己，因为她曾经轻蔑地说你是个胆小鬼。向虎皮毯子上的克里奥佩特拉求爱的幻想暴露了你的孤独和深埋的对爱的渴望。这很可能不是一种性的渴望，而是对女性的温柔和亲切的向往。

这就是既定目标与真实目标的区别。现在，如何运用这种差异帮助你解决故事里的问题、给予人物以回报？

/1/ 决定焦点人物既定目标背后的情感需要。

这里的问题在于人物的发展动态，我们将在下一章展开讨论。

/2/ 设计一种方法满足这种情感需要。

如何满足情感需要？改变人物的前途，让他获得成就感。

成就感是一种感觉、一种心理状态，相比之下客观状态只能屈居第二。

就是说，你让他意识到并实现既定目标背后的真实目标，帮助他理解对于他来说，工作或冒险比女人和金钱更重要，或者成功不仅仅是郊区的房子和布鲁克斯兄弟牌的西装。直面你没有成为歌星的天赋的事实会让你解脱。对于有些婚姻，分手比修修补补更好。当一个孩子最终找到离家的力量时，泪水中饱含着幸福。

即便死亡有时候也是一种胜利。如果你不相信，找个时间读一读塔尔博特·芒迪的《军团的灵魂》。

如何改变一个人物的前途？让他看到他既定目标的消极一面和真实目标的积极一面。

假设目标是复仇，在整个故事中，人物都在等待着用刀子刺向反派的时刻。现在，这个时刻到来了，邪恶、傲慢的反派要仰赖主人公的仁慈。

杀死一个邪恶、傲慢的人是一种胜利，它给你拥有力量和道德的感觉。但是假设这个骄傲的人物现在崩溃了，他在尘土里蜷缩成一团，拼命求饶，这对你的既定目标有什么影响？

以前，你看到的反派是力量和危险的化身，他对于你是一种挑战。

现在，他的面具脱落了，他的形象粉碎了，暴露出恐惧和软弱的一面。

反派的变化带来了挑战的终结。你已经是强者了，他是弱者。现在杀死他只会让你自贬身价，他受到羞辱已经足够了。

这是你的既定目标的消极一面。

同时你意识到，之前驱使你的恐惧和自我怀疑消失了，你开始明白你真正的对手是自我形象中的这些缺陷，而不是对于本身。

因此从这时候起，你可以平静、勇敢地面对世界了，你不再需要质疑自己的身份。

这是真实目标的积极一面。

积极的和消极的两方面加起来，你释放了紧张感，实现了愿望。这就是成就感和解决。

或者假设你最大的梦想是跟一个富家女结婚——不是任何富家女都行，而是特定的一个。为此，你用尽了一切手段往上爬，但是高潮总是作弄人。最后女孩已经准备好接受你，你要实现既定的目标了。

不过现在，你发现她认为结婚就是把你当成家庭的宠物——这当然是既定目标的消极方面。

这也不完全是她的错，她的背景和成长经历决定了她的想法，在她的世界里很多事情都是理所当然的。

看到这些，你开始重新考虑自己的动机，最后意识到你并不爱这个女孩，事实上，你追求的是身份地位，误以为这是实现独立的最便捷的途径。

独立性：这才是你真正想要的，你的真实目标。

离开这个女孩，比跟她在一起更容易实现目标。除此之外，她也应该找到一个更好的丈夫，而不是一个并不真心爱她的寄生虫。

这是真实目标的积极方面，不是吗？

当你作出解释时，女孩正视了现实。她不能改变，你也不能。你们之间的差别太大了，无法解决。

分手的场景是亲切感人的，你满足地离开，尽管没有得到女孩。

如何解决一个故事？你了解你的焦点人物，然后你让他真诚地认识和对待自己。

作为作家，这是你对自己和对读者的至高责任。

读者可能永远不会意识到他的满足感的来源——当然也应该如此。讲故事的技巧是作家的专利，就像整形手术：最成功的隆鼻或者瘦脸手术是看不出来的。

* * *

负面人物……在故事高潮中软弱的、邪恶的、不能或不会作出正确决定的人物怎么办？如何解决他的故事？

惩罚他。就是说，从物质上和/或精神上不能让他实现目标。

你这样做是因为这个人物把个人利益置于原则之上。他在高潮中证明了这一点，当时他选择了简单的出路而不是坚持斗争。

他这样做，就证明了自己不配得到奖励。如果你不顾他的错误仍然奖励他，就为读者制造了冲突。

怎么回事？读者也有情感需要。正如我们已经指出的，他内心最深处的愿望是相信世界是有秩序的、生活是有意义的。在阅读中，读者寻找对这种信念的肯定。他想要感觉到原因导致了结果，行为影响了回报。

在故事中否定这一点，就是告诉他他的整个人生哲学都是错误的，他在日常生活中作出那么多自我牺牲，就是个傻瓜。

结果：挫败感。紧张感没有减弱，而是增强了。读者失去了宝贵的故事满足感。

这就是为什么幼稚的犬儒主义是小说主题的一个盲区的原因。高智商罪犯逍遥法外，坚持原则的人是傻瓜或者被环境摧毁，女人成功地欺骗她的丈夫，不择手段的人赢得胜利——这些都标志着你的作品是业余水平的。在生活中，这些是特例，而不是普遍情况。在小说中，他们几乎一定会招致果断的否定。

事实上，即使所谓"作茧自缚"的故事（核心人物在高潮得到应有的惩罚）也只拥有最狭窄的市场。如果你的主人公是个只因为不小心露了一点马脚就被抓住的杀人犯，那么你的故事要比一个拥有正面核心人物的故事难卖好几倍。

部分原因在于，这个模式本身已经变得过于陈腐和平庸了。

不过更重要的是，大多数时候，大多数读者更愿意阅读应该取得胜利的人物的故事，这是一个不争的事实。

这些就是关于回报的技巧和运作原理。

一旦给出回报，故事问题就得到了解答，悬念解除了，大多数读者的紧张感得到释放。

但是你仍然需要让故事简要地延续下去，直到有一个完整的结局。

你需要记住——

（5）解决遗留问题

记住一个事实：当故事问题得到解答，你的故事本身实际上就结束了。因此不要拖住读者不放，拖得太久可能会让你失去他。从这时起你的任务就是告别，用尽可能少的文字和篇幅告别。

与此同时，你又不能前进得太快，否则会失去情绪冲击力。

通常，关于结局有几页——即使在长篇小说中也不要超过一章——就够了。太长的解释没有必要，如果你之前已经按照我们所说的结束了支线的话。

所以，要努力制造一个**短小精悍**的结局。

另一方面，也要注意不要留下结局不明的人物和支线。

如何避免这样？重新阅读你的作品，下工夫逐条检查情节的发展，问自己是否还有没回答的问题。

通常，找一个不了解故事情节的人来阅读，他会发现那些你没注意到的漏洞和线索。

不过要小心，你需要的是诚实的评价，而不是奉承或者半桶水的批评意见。

最后——

(6) 用一句点睛之笔来收尾

怎样写出一句点睛之笔？努力追求陶醉的感觉。

陶醉可以被定义为一种幸福快乐的感觉，它随着读者最后一丝紧张感的消失而产生。

要制造陶醉的感觉，就要寻找恰当的最后一段、最后一行文字来为故事收尾，体现人物或读者的成就感。由于故事是对某人如何应对危险的记录，这最后一段和最后一行应该让读者清楚地看到，对于人物来说，这种危险——及其制造的紧张感和麻烦——结束了，彻底结束了。

另一方面，“……从此以后他们幸福地生活在一起”是不够的。生活要继续，读者知道这一点，因此你需要给出关于人物未来的某些指示，他们可能会有其他的麻烦。事实上，各种各样的痛苦就悬在空中，但是它们还没有登上舞台，所以人物还可以愉快地享受此时此刻胜利带来的放松和解脱。

实际创作点睛之笔可能是一件既伤脑筋又费时费力的事情。最常用的办法是草草记下头脑中冒出来的每一个想法，无论它们多么不着边际，然后选择其中看起来最着边际的。

除此之外，这里有三个可能有帮助的技巧：

> (a) 尽早明确某个特别的事件、特定的细节，因为它对主人公来说代表着成就感。

在整个故事中，主人公都在追求一个女孩，却没有成功。那就用这句话来收尾："这一次，**她**吻了**他**。"

可以想见，读者会相信主人公真的实现了他的目标。

（b）一句幽默或者无厘头的话可以实现预期的效果——如果它确定无疑地证明麻烦和紧张都结束了。

示例 A："她流着眼泪说：'史蒂夫……哦，史蒂夫，你**回家了**！'"

"铁屑（马的名字）还在外面吃草呢。"

实际上，没有人关心那匹马，只不过通过将注意力转向它，我们肯定危险已经消失了。

（c）忽略现在，放眼未来，意味着一切都很好、都结束了。

"塞斯插嘴道：'我会尽快处理这件事，艾德。不过现在，海伦和我要去红石镇。我们有点事情要办。'"

* * *

就这样写故事的结尾。关键是要记住，读者记得最清楚的是他最后读到的东西。因此，一个强有力的结尾可以挽救一个单薄的故事。相反，如果结尾让人失望，读者很可能感觉整个故事都是失败的。

* * *

开头加上中间，再加上结尾，就等于故事。在这一章，我们把它们拆开、分解，当成独立的个体来分析。

它们不是各自独立的，除非像在这里一样为了分析的目的而拆开，因为故事的成分离开整体是没有生命的，就像手、头或者胃离开身体就不能存活一样。在写作中让原子的概念主导你的思维，就像试图用汉堡包中的牛肉拼出一头活生生的牛一样徒劳。

"我的第三幕有什么问题？"一个剧作家问戏剧家乔治·考夫曼说。

"你的第一幕。"考夫曼回答。

每个新手作家都应该牢记这一点，一个成功的故事永远是一个整体。把它当成许多片段的大杂烩，它就会四分五裂。

本章为了分析故事的固定模式而经常停顿，你在实际写作中不能这样做。片段分解的目的是告诉你故事如何向前推进，这是你用来营造效果和控制读者感觉的工具。

每一个故事都是独一无二和特别的，窍门和技巧必须适用于具体的问题。没有放之四海而皆准的蓝图，用来画图的再生纸都要更有价值一些。

这就是我如此强调功能和灵活性的原因——上层建筑背后的原因。因为新手需要的是理解，而不是照搬照抄。如果你让规则超越了智慧和想象力，规则就成了压在你脖子上的大石头。

特别是当你准备塑造故事中的人物时——这也是我们下一章的主题。

第 7 章　故事中的人物

故事是在纸上获得生命的人物。

人物就是故事里的人。

要塑造故事人物，你要抓住最先出现的人物轮廓，然后不断充实，让他们获得生命。

塑造人物的过程并不比作家写作的其他阶段更简单，也不会更困难，但是仅仅提到它就让许多想成为作家的人充满各种各样的恐慌。

为什么？因为我们毕生都跟其他人一起度过，却很少去注意他们。已故的阿瑟·柯南道尔爵士曾借歇洛克·福尔摩斯之口说："你看到了，但你没有观察。"

换个说法：人类这种动物对我们来说真的是一个谜。我们不知道他的样子，我们不知道他会怎样做或者为什么那样做，我们不理解他让我们感到无聊或兴奋的原因是什么。

未知总是让人恐惧。我们不得不面对它，这让我们恐慌。

这种恐慌是没有道理可讲的。学习塑造人物，跟学习写作的其他所有方面是一样的：依据功能、过程和设计，循序渐进地完成任务。

你需要掌握哪些特别的要点？就在以下五个问题的答案中：

1. 人物如何产生？
2. 如何赋予人物生命？
3. 如何赋予人物方向？

4. 如何让人物吸引读者?
5. 如何让人物适合他扮演的角色?

概论到此为止，现在让我们具体问题具体分析。

人物如何产生

一个人物在多大程度上像一个真实的人——活生生的、会呼吸的人？往大了说，大概是百分之一的千分之一。

原因在于，真实的人是无限复杂的。而故事中的人只是对真实的人的模拟，所以他是无限简单的。空间和功能限制了他。

因此，即使最长的小说也只能捕捉一个人的冰山一角，写下一个真实的人它的篇幅至少需要一座图书馆来容纳。一个人的大脑皮层有超过100亿个神经元细胞，就连帝国大厦也容不下一台有那么多元件的计算机。科学家说，一个战无不胜的国际象棋机器人会“比宇宙大那么一点点”。

在小说中也没有必要呈现一个人的所有方面。故事是对某人如何应对危险的记录。一个简单的故事则只围绕着**一个**危险，一个相对复杂的故事则围绕着一系列相互关联的危险。无论哪种情况都不可能包括人性的所有方面。

所以当你介绍一个人物时，只需要介绍到能够完成他在故事中的使命即可。给人留下近似生活的印象，比试图复制生活本身要好。

为此，要将关于人性的事实高度简单化，否则你的任务就会过于复杂，即使不是完全不可能，也会变得非常不切实际。

这又把我们带回了最初的问题：人物如何产生？

我们来设计一个故事。有时候故事你从人物开始，但有时候不是。因为尽管许多民间故事有固定的模式，但故事可以从任何地方开始——作家脑海中最倏忽易逝的片段。

有时候，这个片段可以是人物或者人物的某个方面，也可以是一种情绪、情景、设定、目标、事故、冲突、困难、一句话，以及想象力或感官的灵光一现。

一旦有了这个片段，你就开始创作故事。推理小说家弗雷德里克·

布朗称之为“增补”。通过逐渐增加内容，你的想法自由生长，像磁铁一样将其他思想的片段吸引过来，最后发展成一个故事。

人物也是这样逐渐成形的。通常在初期阶段，他们是面目模糊的，只根据角色来命名——“主人公”、“反派”、“女孩”，等等。

然后，你开始赋予他们个性，每次一点点。人物的形象开始在你心中成形——最初很模糊，后来很鲜明。女孩有一头红发，主人公有发呆和大口吃东西的习惯，反派每次玩刀子时两眼都兴奋地放光。

你从哪儿得到这些细节？通过观察，通过思考和洞察力，通过想象。

以**观察**为例。在你的一生中，大脑里自动保存了各种各样的形象，其中包括人的形象。你看到他们的样子、他们如何行动和如何思考，然后当你开始写作，需要描写人物时，你发现自己会从这些构成要素中挑选、修改和重新组合。

这里存在着造成作家困境的一个主要因素。因为观察并不总是一个自动的过程，如果你的感觉足够敏锐，你很快会发现自己对细节的观察经常是不准确的。

因此你要花更多的精力来观察人，找到对你有启发的类型和个人，并有意识地研究他们，来丰富你的原始素材储备。

特别是你不再想当然，你不接受模糊的形象，而要求知道详情。你把行为分解为原因和结果、动机刺激和人物反应。你要寻找特殊的细节——制造或泄露感觉的琐事。

但是只有观察还不够，我们必须用**思考**和**洞察**力来补充。

为什么？因为在日常生活中，我们倾向于接受而不是分析，倾向于想当然而不是理解。结果，当我们试图塑造故事人物时，我们发现自己缺少对心理机制和动机的把握。

要弥补这方面的不足，需要有意识的学习。有时候我们到图书馆去学习，但生活本身是最好的老师。甚至心理医生也承认，小说家在行为领域比他们懂得更多。

当然，在任何事件中，你都需要尽力去理解。没有作家能够完全掌握人物和人性这个主题，但是通过努力，你可以获得足够的洞察力来满足读者。

加入**想象**。

一个人比他人眼中所看到的更丰富，比心理机制更复杂。特别是我们每一个人都是一个整体，超越了部分之和。

要理解一个人，你需要掌握这个整体的本质……他的**完整形态**，他的结构总和。

对故事中的人物也是一样。只有部分是不够的，你必须根据整体的模式把它们整合起来，否则它们就无法融合成一个活生生的人。这种**完整形态**和整体的概念化就是想象力的任务，它赋予人物生命。

说这样做很简单是撒谎，塑造人物是一项复杂的工程，它要求你动用所有的技巧和灵感。

而且每个人物都是一个不同的问题，是独一无二的个体。有些要求更多的笔墨，有些要求很少。有些无需有意识的努力就获得了鲜活的生命，有些却使你殚精竭虑、辗转反侧。还有一些不知道为什么，无论你付出多少心血，就是无法成为鲜明、可信的人物，你似乎就是找不到他们的频率。

这意味着什么？你也是人，也有个体的极限。这是好事。作家把自己当成上帝的代理人，就走上了妄想狂的道路。

* * *

又该提问题了：

a. 故事中应该有多少个人物？

不要超过绝对必需的人数。每个人物都需要额外的文字、额外的篇幅、额外的努力。人物太多，你会失去读者，或者让他们感到混乱。

b. 如何决定一个人物是不是必需的？

最好的法则是如果一个人物不能以某种方式推进冲突，即推进故事，那么他就不是必需的。如果一个人物既不支持也不反对主人公，那就删掉他。每个人物都应该有所贡献：帮助或损害、推进或阻碍主人公采取行动或者获得信息。

c. 这样留下的人物会不会比你能够掌控的人数多？

当然会。这里的窍门在于合并。问自己侍者、前台和客房服务员能不能合并，一个人能否做两三个人的事。

d. 好的人物真的是这样设计出来的吗？

是的。故事不是事实或者历史，它是作家想象力的产物。所以，关于它的**每一件事情**都是设计的。唯一的问题是你的设计是否足够有技巧，不会被读者发现？还是非常笨拙，就像表演牵线木偶戏时被观众看到了演员的手一样？

e. 描写真实的人不是更好吗？

不是，有三条理由：

（1）真实的人会从故事中认出自己。

他会生气，把你告上法庭，那对你来说无疑是场灾难。

（2）真实的人很少能准确地适应故事的需要。

只要你写的是小说而非事实，你就需要让人物适合他们的功能。塑造一个人物，你可以根据情景修改他。从生活中选择一个人物，现实常常会成为阻碍。

（3）真实的人很难描写。

通常，你与一个真实的人的接触和对他的认识会妨碍你描写他。你试图记住他实际上是怎样做一件事的，而不是让他做他应该做的。

这些反应可能是下意识层面的，你知道的只是自己忽然间写不下去了。因此最好的方法是不要试图照搬一个你认识的人物，除了在最广义的层面上。事实上，即使需要有意识的努力，你也应该**避免**照搬细节。

f. 如何塑造角色的发展？

压力是成就或者毁灭一个人的因素。所以让人物投入冲突，让压力剥去他所有的伪装，暴露出他的本来面目。

这样做时，不要犹豫，要听从你的直觉。这时候，灵感和热情能够创造的结果会让你自己感到惊讶！

g. 人物成长是怎么回事？

人物成长是一件让评论家爱恨交织的事情，但是大多数故事的时间跨度都很短，比如惊险小说一般不超过 48 小时，或者 24 小时。你自己或你的朋友在这么短的时间里能成长多少？

此外，在时间跨度为很多年的长篇小说中，人物确实在成长。或者更准确地说，他们从经验中学习。

这意味着，如果你的故事表明他们从具体事件中学到了教训，就没有问题。

h. 不是有一些作家说，人物获得了生命便会违背作家的意愿，自己控制故事的走向吗？

他们是这样说的。

不过说白了，这些作家的意思其实是，他对自己塑造的人物的人性如此着迷，以至于他决定描写这种人性，而不是原来构思的故事。

这可能是好事，也可能是灾难。对某件事情着迷会让它变得简单，在小说创作中，结果是更生动的作品。另一方面，对人物着迷很少能替代扎实的故事结构。过分夸大人性会让其他东西失衡。

因此，普遍规律是停留在自己功能框架之内的人物是最好的。

i. 这种限制不会让许多人物肤浅和表面化吗？

实际上，尽管文学界会坚决否认，但许多人物就是没有深度，也不需要有深度。

这样的人物从“约翰”或者“玛丽”开始，然后就到此为止了。这里的诀窍在于，在你塑造每一个人物时估量他们，问自己他应该得到多少关注。如果他只是个跑龙套的，那就用最简单的方式描写他。在生活中，你不会注意你所乘坐的出租车的司机，但是会非常关心你的妻子。在大多数情况下，同样的原则也适用于小说。

j. 如果你完全被一个次要人物迷住了怎么办？

这跟在第 h 点中讨论过的问题同样危险。当这种情况发生时，你必须决定是调整故事结构以适合人物，还是削弱人物，让他适合自己本来的功能。选择在所难免。

要明白，这并不是说你不应该让小人物出彩和吸引人，只是你需要把他控制在角色的框架之内。

k. 对于不那么重要的人物应该花费多少笔墨？

让他们获得的注意力，跟他们在冲突中需要和应有的重要性完全一致。

l. 给人物建立档案——详细的生平等等，这是个好主意吗？

这里也有一个度的问题。做得过头就是危险的，因为这太耗费时间了。如果你听从某些书本的建议，连女主人公是不是喜欢菠萝冰都描写，最后你很可能写出一份关于人物的背景研究，而再也没有时间也没有精力去写故事了。

m. 应该给人物归类，给他们贴上“简单”、“复杂”、“单调”、“丰满”、“鲜明”等标签吗？

这些标签是评论家的工具，而不是作家的。它们是武断的、分析的、事后的。事前就使用它们会麻痹创造性的思考。

n. 你怎么能肯定自己正确地理解了故事人物的心理？

关于马为什么跑，不同的人有不同的观点。行为学家有一套假设，弗洛伊德的信徒有另一套。对某个特定行为的动机，侦探、社会工作者和牧师会得出不同的结论。

你关于一个人为什么选择某条道路的观点很可能得到其他人的认同。塑造人物跟其他方面一样，你需要凭借信念和勇气行动。如果你的观点吸引了读者，他就会继续阅读。

如何赋予人物生命

“一个‘活生生’的人物不一定要‘忠实于生活’，”诗人兼戏剧家 T. S. 艾略特说，“他是我们能够看到、听到的人，无论是否符合我们所知的人类天性。人物的创造者需要敏锐的感性，去了解动机；戏剧家不需要理解人，但是他必须特别善于认识人。”

让一个人物及其行为在读者看来生动可信，还有什么可说的呢？

你要让他看起来像一个活生生的人，行动起来像一个活生生的人，就是说，你给他一种生活的**表象**。为此，你要学会介绍人物的诀窍和技巧。

要有效地介绍人物，关键在于对比。全世界有几十亿人口，但每一个个体都是不同的，没有两个人有相同的指纹。

故事人物也必须像这样与众不同，从开始到结束一直如此。否则，读者怎么分得清谁是谁呢？他怎么决定应该喜欢哪个人物？

喜欢某个人物对读者至关重要，不喜欢也是，还有同情、轻蔑、尊敬、柔情和性兴奋都是。

为什么？因为没有这些各种各样的情绪反应，读者就不关心人物身上发生了什么事。如果他不关心，当人物遭遇危险时他就不会产生内在的紧张感。

记住，读者是为了获得这种紧张感才阅读的。因此，你必须给他生动的、对比鲜明的故事人物，能够在他心中激起火花并且让他能够代入的人物。

要让人物与众不同，你要对每个人物做到以下五点：

a. 确定支配性印象。
b. 让形象适合角色。
c. 修改形象。
d. 让人物与群体相称。
e. 分配恰当的标签。

每一项都包括哪些内容？让我们逐一说明。

a. 确定支配性印象

想象在生活中，你第一次遇到一个人时的情况。无论你是否愿意，他总会以某种方式给你留下一种支配性的印象。

就是说，你发现自己给他贴上了标签：一个**尊贵的**人、一个**残忍的**人、一个**性感的**女人、一个**轻浮的**女孩、一个**粗鲁的**男孩，等等。

完全相同的过程也发生在小说中。所以要影响读者对一个故事人物的反应，你需要决定你想让这个特定的读者获得什么样的印象。

b. 让形象适合角色

假设你在导演一出戏剧，你要选择扮演男主角的演员。

问题立刻出现了：你应该选择类型**相符**的还是**相反**的演员？

这意味着，在生活中和小说中，我们每个人对特定类型的人物的外形都有先入为主的概念，这是一种定式。比如，我们大多数人认为男主角应该是一个高大、黝黑、英俊、有魅力的人，等等。

作为导演，如果我选择了一个**符合**这种定式的演员——一个高大、黝黑、英俊、有魅力的人，我就是按类型选角：让演员符合观众的预想。

相反，如果我选择了一个与观众的预想**相反**的演员——一个丑陋的男主角或者一个迟钝、笨拙的女主角，我就是反类型选角。

依此类推。我可以选择一个像惠斯勒插画里的母亲，安详、沉静地坐在摇椅里。或者我也可以选择一个目光锐利、嗜酒如命、尖酸刻薄的老巫婆。一个小女孩可能纯真甜美，也可能像个调皮的小恶魔或者衣衫褴褛的假小子。

当然，关于这些问题有一部分是关于个人口味，但是也有一些应该考虑的客观事实。

任何定式都有人们熟悉的一面，它让阅读变得容易，读者在读到他们时不需要思考，不需要调整。尽管你冒了一点让读者感到无聊的风险，但是《埃比的爱尔兰玫瑰》[①] 和上千部西部片中强壮、寡言的主人公都站在你这一边。

相反，当你否定定式，你就失去了熟悉感，但是加入了现实主义和兴趣。读者知道不是所有的警察都是爱尔兰人，不是所有的强盗都强壮粗野，不是所有的女孩都美丽。他们为哈克贝利·费恩[②]或菲利普·凯里[③]带来的新鲜感而兴奋。

现在，回到故事：当你写作时，你就处在上面所说的导演的位置上。你需要决定，为人物选择的支配性印象应该符合这类角色在读者心

---

① 安妮·尼科尔斯（Anne Nichols）创作的著名喜剧，多次被搬上舞台，并被改编成电影和广播剧。——译者注

② 马克·吐温的儿童文学作品《哈克贝利·费恩历险记》的主人公。——译者注

③ 毛姆所著《人生的枷锁》的主人公。——译者注

目中的定式，还是相反。如果你决定否定定式，就必须准备通过合理的设计让读者接受这种矛盾。

是的，这是可以做到的——看看雷克斯·斯托特是怎么让肥胖的尼罗·沃尔夫成为侦探小说的主人公的，或者埃尔默·甘特里标志性的伪善。但是这样逆潮流而动要求你睁大双眼，谨慎行事，并且立刻认识到问题。

c. 修改形象

你的人物站在这里，从头到脚用支配性印象武装起来。现在，问自己一个问题：这是一个真实的形象吗？

考虑一个尊贵的人。他是真的尊贵，还是表面的尊贵只是他用来掩饰愚蠢的面具？残忍的人是彻底地残忍、只对特定的人残忍，还是用残忍的表象来掩饰他非常多愁善感、对人言听计从的事实？性感的女人事实上渴望跟每个人上床，还是对性如此恐惧，以至于必须靠淫荡和滥交的假象来掩藏她的恐慌？轻浮的女孩在她那轻浮的表象之下是否隐藏了冰冷的算计？粗鲁是否只是男孩害羞的伪装？

事实上，我们所有人都是前后矛盾和反复无常的，正因为如此人类才有趣。把这种矛盾写下来，你的人物也会变得有趣。

相应地，非黑即白、非好即坏、完全光荣、贪婪或者卑躬屈膝的人物在某个片段中完全没问题，但是他缺乏维持注意力所需要的深度。如果不相信，试着一口气读完一整年的《至尊神探》①。

更实际的人物既有力量也有弱点，他们修改了支配性印象。一位学者因为理了一个糟糕的发型而苦恼，暴露了人的虚荣心。酒鬼因为他的小儿子在旁边而少喝了一杯酒。钢琴演奏家为了帮助姐姐照看刚出生的婴儿而取消了一次演出。

真实的人是这样的，他们不只想要某一件东西，他们不只有一种感情。在表面的一致性之下，冲突和矛盾时时在他们心中涌动。

---

① 美国漫画家切斯特·古尔德（Chester Gould）创作的长篇连载漫画，描绘虚构人物迪克·崔西——一个智勇双全、枪法奇快神准的天才警探——与形形色色的歹徒斗智斗勇的传奇故事。——译者注

故事人物应该表现出同样的内心冲突。

不过有一个警告：支配性印象应该是支配性的，重要修改的次数有限。过于复杂的形象会让读者感觉模糊不清。

d. 让人物与群体相称

通常，故事中有多个人物。每个人物都应该有**不同的**支配性印象。如果三个人物全都表现出尊贵，他们会彼此削弱。你想要的是多样性，而不是千篇一律。

e. 分配恰当的标签

标签是一种分类标志。你给故事人物贴上标签，以便读者把他们区分开来。印象就由人物携带的标签而产生，无论它是不是支配性的。

黑头发是一个标签，它将黑发女孩跟另外一个金发女孩区分开来。

口吃是一个标签，它把一个人物同其他没有语言障碍的人物区分开来。

拖着脚走路是一个标签，它让人们不会把你跟你走起路来大步流星的朋友弄混。

悲观是一个标签，悲观主义者跟爱开玩笑的人不同。

标签也会把内心状态转化为外在行动。《毒药与老妇》[①] 中的兄弟每一次喊“停”，打断了他对圣胡安山的幻想时，我们才意识到他沉溺在自己想象的世界中。

有哪些类型的标签？大部分可以归为四类：

(1) 外表。

(2) 言谈。

(3) 怪癖。

(4) 态度。

外表显而易见。有些人个子高，有些人个子矮；有些人英俊，有些

① 百老汇舞台名剧，由名导演弗兰克·卡普拉（Frank Capra）于 1941 年拍成电影。——译者注

人丑陋；有些人的眼睛是蓝色的，有些人是棕色的，有些人是黑色的。女人可能穿着考究或者衣衫褴褛，年老或者年轻，姿态优美或者难看。

言谈也是因人而异的。大学教授与卡车司机的谈吐不同。妓女和牧师妻子的语言有天壤之别。得州口音跟纽约口音截然不同。我们每个人都有口头语，从“好吧，现在……”到“说到这件事……”我们有人说话支支吾吾，有人说话精确、迂腐、喜欢用俚语或者一针见血。我们使用的语言反映了我们的背景、经历、职业、社会地位、心理和许多其他东西。

怪癖？有的人喜欢皱眉。有的女人身体常常抖动。你见过不停搓手的人、摸耳垂的人、戴眼罩的人、在身体上穿孔的人、涂鸦的人、修指甲的人、抽烟斗的人、说话时指手画脚的人、在座位上扭来扭去的人，这些都很普遍。

态度的标签——有时候称为**特性**——指的是习惯性的道歉、害怕、易怒、活泼、虚荣或者害羞。谄媚是一种态度，发号施令是另一种。这里，你可以看到男人女人为某件事情着迷，无论是高尔夫球还是婴儿，生意、庭院、集邮还是钓鱼。每一种沉迷都以独特的方式代表了某种思维习惯或人生观。

关于标签需要记住的关键是，它们的根本目的是区分……在读者眼中将一个人物与另一个人物区别开来。

因此重要的是，不要有意无意地让读者感到困惑，不要使用重复的标签。在一个故事中，有一个胖男人、一个性感的金发女郎、一个不信神的工程师就够了。

名字也是如此。在同一个场景中出现约克、约翰和约什会让读者混淆，汉森、汤姆森和约翰森也是。最好在使用时检查一下每个名字的首音和尾音，就不会犯下这样的无心之失了。

标签的第二个功能是标明人物特征。为此，要让标签和人物的个性相符。如果一个人胆子很小，要让他在握手、羞怯和谈话的时候表现出来。一个女人瞥了一眼陌生人，然后坐下来，把裙子拉到膝盖以上，比一大段作者的评论都更能说明她是个什么样的人。

再来看名字。“约翰·斯壮”这样的名字已经过时了，不过你仍然可以在为约翰选择姓氏的时候用暗喻体现他的阳刚之气。现在女孩名字的风格也变化了，“莎”、“丝”和“娜”等都代表了不同年代出生的人。

现在，在应用时记住三个要点：

(a) 要使用足够的标签。

有时候，一个人物有一两个标签就足够了。“门开了，一个留着平头的大块头男人探进头来。‘嗨，这里有人开蓝色的别克吗？’”对于一个跑龙套的角色来说，这就足够了。

但是如果人物是个主要角色，没完没了地提到他的卷头发、鼓眼睛或者脏指甲，迟早会让读者不胜其烦。

解决办法？使用更多的标签。通常，你会发现最好在一个人物身上使用所有这四类标签，甚至每个类别使用好几个。比如，我们的人物身体结实，长着黑头发和薄薄的胡茬；说话支支吾吾，语无伦次；不时舔舔嘴唇，挠挠胸膛，轮换着双脚；被问到一个直接的问题时会变得好斗，回答问题时喜欢兜圈子。

(b) 要在行动中体现标签。

“他有一双蓝眼睛”可能是最糟糕的写法。“他的蓝眼睛闪烁着冷酷的光芒”？好多了！

通常，最好的办法是找到某种适合标签的舞台动作。比如，对于一个骄傲的女人：“她站了一会儿，紫罗兰色的眼睛如此坚毅，一抹最不易察觉的红晕从她光滑的脸颊上稍纵即逝。“然后她灵巧地啪的一声合上钱包，一言不发地转过身，甩了一下金发，高昂着头离开了房间。”

一个暴躁的人物？“‘出去！’他怒吼道，脸颊涨成了紫色。”一个傲慢的人物？“库尔特扶了扶单片眼镜，像研究某种昆虫似的打量着弗朗西斯。”一个倒霉的人物？“这个怪人脚步蹒跚地向椅子走去。但是当他走到椅子跟前，却忽然脚下拌蒜，一时间酒杯飞向一边，烟灰缸飞向另一边，他和椅子一起重重摔倒在地板上，瘦长的手脚、不合身的衣服和乱糟糟的头发乱作一团。”

好吧，现在你明白了。

(c) 要经常强调标签。

不要以为读者能在阅读的过程中始终记得人物。每一次人物出现时，要让注意力集中于他的标签。如果一个女孩有一头黑色卷发，经常让她用手指梳理它、抚摸它、把它捋到脑后、抱怨没法烫发，或者诸如此类。

* * *

这就是关于人物介绍的五个步骤。

当然，在实际应用这份指南时，你不一定要遵循这里提出的顺序。正如我已经指出的，人物通常是一点点逐渐成形的，不要用任何固定的程式限制你自己。

但是基本原则就是这些，如果你把它们当成一份自查清单，在写作的过程中使用、研究和汲取经验，它们会帮助你塑造真实可信的故事人物，让他们获得生命。

如何赋予人物方向

好的——意思是有效的——人物尽管是由作家设计出来的，但他应该看起来好像在按照自己的意志行动。他不是他的创造者的傀儡。

为此，你要给这个人物提供一种合理的范式，让他有理由像你希望的那样行动。

最简单的方法是，让人物追求的目标对他来说象征着个人内心需求的满足。这要求你给人物提供两种元素：

a. 欠缺。

b. 补偿。

这是什么意思？

我们每个人都希望在自己的世界中，能够充分控制情景和命运。任何威胁到人物控制感的东西对他来说都是一种欠缺，即一种不足。如果我的妻子爱唠叨，或者我讲笑话总是冷场，或者别人得到了我渴望的晋升，我最终会开始怀疑自己。

当一个人认识到这种欠缺时，甚至即使他不能准确地指出困扰他的是什么，他都变得紧张不安、不快乐、不满足、不平静。

要释放这种紧张感，他需要采取某种行动，比如用埋头工作来逃避唠叨的妻子，用严肃的书籍代替笑话，在八卦、消沉或业余爱好中寻找安慰，减轻失败的痛苦，准备好重新出发。从情绪上讲，受到挫折时用一种行为代替另一种，是为了获得一种个人的胜利。他通过补偿行为弥补他所欠缺和不足的东西。

心理学家会说，他是在**补偿**他的欠缺。

人物需要控制命运，需要感觉到他能够应付发展变化的情景，这给了他力量、动机和动力：一句话，这给了他**方向**。

他的目标反映了这种方向。他相信如果能够实现目标，他的欠缺感会消失，不会再现。

换句话说，对于人物来说，目标是成就感的象征。对于你，人物的创造者，这是欠缺加上补偿的最终产品，即他的内心需求的客观、精确的本质。

通用模式就说这么多。这构成了一种有局限但非常合宜的人性理论。心理医生经常遇到一些顽固地否认自己符合诊断手册病例的病人，你却可以让人物几乎把你的理论当成绝对真理，依照其行动。

另外，你仍然可以随心所欲地背离常规。当你获得了自信、洞察力和经验时，你会毫不犹豫地这样做。

在过渡时期，这种方法给你提供了一种基本结构——在你摸到门道之前可以采用的一种框架假设。现在，让我们来深入分析每一个因素。

* * *

显然，任何**不足感**都是个人的问题。在一个人心中制造欠缺感的刺激或情景对另一个人可能毫无触动。

同样，有多少人就有多少种补偿的方法。这是因为一个人——或一个人物——首先是一种观点。他的态度是他这个人动态的一面。它们决定了他选择的方向和道路，构成了他个人的、主观的、独特的调整模式。面对暴力的威胁，一个人逃跑，另一个人试图通过谈判解决，第三个人伸手去拿离他最近的球棍，这就是背后的原因。

观点是人物如何看待以下这些并作出反应的：

(1) 他自己。

(2) 他在故事中的困境。

(3) 他的世界和日常生活。

要建立一个人物的观点，你必须首先制造一个能够从逻辑上唤起它的背景。

许多背景永远都不会写在纸上。许多写下来的东西只是给你自己看的，读者不需要知道。但是如果它不存在——如果你自己也没有想清楚，总有一天人物会不按你的设想去行动。或者即使他按照你的设想做了，他的反应也会显得前后矛盾，与个性不符，破坏了你努力为他塑造起来的形象。

所以，要给你的人物一段历史。

因为像你我一样，人物从经历中学习，他的思想、感觉和行为模式是从他过去的欠缺和补偿中提炼出来的。每一次对问题发起成功或不成功的挑战，都影响和塑造了他处理新的危机的方式。每一次失败、每一次挫折、每一次努力、每一次伤害、每一个错误的开始、每一次退缩，都是一样。

要创作任务的背景，可以从考察他的独特性开始。

特别是考虑他作为一个个体的以下方面：

(a) 身体。

(b) 环境。

(c) 经验。

(d) 观点。

来看**身体**。女人的身体与男人不同。事实是在我们的社会中，这种差别会让她感到挫败、不足、低人一等，这剥夺了本应属于她的机会。至少在她的心目中，因为她的性别，存在一种欠缺，剥夺了她对自己命运的控制。

一个小个子男人会强烈、痛苦地意识到，自己欠缺与大块头的对手相匹敌的力量。一个丑女孩跟一个漂亮女孩的反应不同。一个笨拙的男孩羡慕他哥哥有更好的协调性。秃顶、大鼻子、指关节粗大、斜视、脑筋迟钝、膝盖僵直、心脏脆弱、溃疡——所有这些都令人痛苦不堪，它们都可以构成影响人的态度和模式的欠缺。

这些东西不需要用客观标准定性为障碍。重要的不是客观事实，而是个人看待它的方式。其他人不会注意到耷眼角、腹部下垂或者轻微的耳聋。但是如果你对此耿耿于怀，它会影响你整个待人接物的方式。一个女孩脸上不起眼的雀斑在朋友们看来可能挺迷人，在她自己心里却是严重的缺陷。

环境？在贫民窟长大的孩子跟在富人区长大的孩子不一样，慵懒的大学城的居民跟纽约市民也不一样。东西部的人各有特色，缅因州和密西西比州也是。在两个街区以外做着明星梦的小演员看来，好莱坞的威尔希尔大道就像大峡谷一样宽阔。地鼠大草原在不遵奉圣公会的新教徒中滋生反叛和怨恨。家在芝加哥拉什街的女孩忽然被拉到基奥卡克，会感到不舒服、不自在。从佩恩波斯特酒店来的男孩很难适应格林威治村。路易斯安那的印第安人或西弗吉尼亚的山地人很难融入军旅生活。

经验将工人、农场主、牧师和小贩区别开来。没有它，人物就像处女在新婚之夜、新消防员第一次亲临火场一样，吓得呆若木鸡。一个在家庭聚会上如鱼得水的人可能在廉价酒吧手足无措，一名女招待第一次作为客人走进华尔道夫饭店也一样。

观念也是如此。在老朋友中间，我可能泰然自若。但是每当高傲自大、玩世不恭的儿子从大学回来，我就会感到低人一等。相应地，儿子在一名在列宁研究所接受过教育的共产党员面前，暴露出自己在政治上还像个婴儿一样幼稚时，他也会怒不可遏。失去宗教信仰的男孩感到强烈的不安，意识到他虔诚的家人都用异样的眼光看待他。女人对自己的品位一向充满自信，直到一天一位客人嘲笑她家餐桌的摆设。

不用说，在生活中这些分析实体是相互重叠的。我们每一个人都是复杂的混合体。没有人能够肯定地说他还是最开始的那个自己，因为他可能一出生就有结舌的毛病，做了个小手术修复；或者在一个公社式的农场长大；或者九岁时在一次翻船事故中差点被淹死；或者从密歇根去了哈佛法学院；或者在克莱斯勒公司担任高管之前曾经在海军服役；或者娶了一个来自莱克福里斯特的女孩，跟她生了两个孩子；或者在一个传统的共和党选区选择支持民主党。但是所有这些加在一起，就使一个人有了独一无二的个性。每个因素都丰富了他的感情、他的思想和他的行为。通过这些因素了解他，会使他撇开表面的相似性，从其他人当中凸显出来。

简单地说，他是你可以在故事中描写的人物。

这就是为什么当你塑造人物时，花工夫考察人物独一无二的特性是值得的。通过这种特性，你能够探索到人物内心深处秘密的恐惧、欠缺和不足感，从而决定他们的方向，让他们每个人更像是依据个人意志在采取行动。

除此之外，花时间考虑人物的以下方面也会有帮助：

(a) 爱。
(b) 工作。
(c) 社交。

这个问题很简单：人不是存在于真空中的。一个跟其他人没有关系的人物就像剪下来的一块硬纸板一样无趣。

来看**爱**。一个男人对女人有什么感觉？为什么？他结婚了吗？如果没有，为什么？如果结了，他爱他的妻子吗？现在还像新婚时那样爱她吗？更爱她了？如果不是，为什么？

同样，一个孩子对他的父母有什么感觉？他的兄弟姐妹？他的玩伴？他的邻居？他的老师？这些经历和反应如何影响了他的态度？

在我们的社会中，**工作**为学习提供了平等的机会。忘记这一点就会写出荒谬的人物，比如总是有钱泡酒馆却从来没人见过他赶牛的牛仔。

而且老板和雇员是从不同的角度看待世界的。银行家、杂货店老板、农民和办公室经理在不同的参照系中活动。工会会员和非工会会员解决问题的方式截然相反。律师和工程师的看法有天壤之别。

社交？你的人物跟什么人在一起，为什么？他亲密的朋友是跟他同档次的人吗——在社会地位、教育和收入方面？如果不是，为什么？他放松时喜欢独自一人还是有人陪伴？他的伙伴是固定的还是不固定的，是有家室的还是浪荡子，是垮掉的一代还是成功人士？

这些信息本身没有价值，不能给你开启追寻人物发展动态的魔法钥匙。

它能够提供的是额外的、或多或少系统化的方法，来探索可能存在不足和欠缺的领域。

* * *

现在，**补偿**是怎么回事？

前面说过，补偿是人物用其他东西来替代他没有的东西，即为了弥补欠缺而付出代价，是他用来缓解不足感带来的痛苦的行为。

补偿可以分解为两个基本的反应模式：

(1) 斗争。

(2) 逃跑。

比如，如果我对失去某件东西的感觉非常强烈，我会通过努力争取某个对我来说象征着成功的目标物来平衡这种感觉。

或者被我自己的挫折感和软弱压倒，我可能退出战斗，通过拒绝奋斗来保护自我不受到进一步的伤害，寻找这样那样的理由，否定奋斗的普遍价值，或者把注意力放在枝节问题上，或者搞出让自己不能采取行动的生理或心理疾病。

斗士是一个人们熟悉的形象。我们每天都能看到他，体重只有 97 磅的病秧子成为又一个查尔斯·阿特拉斯——这个小个子男人为了弥补体格的不足，雄心勃勃地聚敛了大量的财富；一个平凡的女人拥有了埃莉诺·罗斯福[①]那样的魅力；一个口吃的人达到了德摩斯梯尼[②]的水平。

临阵脱逃的人也在我们身边。一个女人借酒浇愁，来忘记自己逝去的美貌；一个男孩在成功的父母的压力之下退学或失业；一个女孩扮酷拒绝所有的感情纠葛，实际上是因为内心深处害怕生活的艰辛和磨难；一个男人用大学橄榄球队的荣誉来掩饰现在的失败；患有忧郁症的女人害怕痛苦和责任，借口自己的心脏太弱不能生孩子；流氓因为深埋在心底的自卑感而选择不法的行为；女学生为了弥补爱情生活的不如意而暴饮暴食。

你的人物也永远在寻找释放挫折感的方法。像其他人一样，他发现

---

① Eleanor Roosevelt，美国第 32 任总统富兰克林·德拉诺·罗斯福的妻子。第二次世界大战后出任美国首任驻联合国大使，并主导起草了联合国的《世界人权宣言》。——译者注

② Demosthenes（前 384—前 322 年），古雅典雄辩家、民主派政治家。——译者注

自己要么斗争要么逃跑。他会如何选择应该在你为他安排的过去历史中交代清楚。

如果他是个斗士，他会突然关注某件具体的事、某个行为，相信这样做会带给他所追求的成就感。如果他的习惯是逃跑，他会回避问题——逃避责任，追逐女人，放弃志向，用甜柠檬①或酸葡萄心理来麻痹自己。

或者像我们许多人一样，他会把二者结合起来：有时候斗争，有时候逃跑，视情况和他自己的心态而定。

* * *

欠缺加上补偿等于行为的合理化，等于一个依照个人意志行动的人物。要在这样的基础上塑造你的人物。经历和实验是最好的老师。

具体说来，需要记住以下几方面的要点：

(1) 注意自我形象。

有意识或无意识地，我们每个人都戴着有色眼镜看待自己——无论我们自认为是吸引人的、诚实的、活泼的、丑陋的，还是别的什么。

然后我们采取行动，就**好像**这些主观形象是准确的、客观的一样，试图扮演起我们为自己设定的角色。

当你写作时，你需要考虑人物的这种自我观念。如果艾德认为自己首先是个绅士，而他的绅士观排斥喧哗吵闹的行为，那么让他在形象所限制的范围内活动。

当然，这种形象本身通常是有缺陷的。一个女人可能以为自己还是二十年前那个“可爱”的女孩。一个孩子不甘心做个普通的淘气鬼，要努力不辜负大人对他“小恶魔”的评价。

无论如何，这个形象都是重要的。女人最初的自我观念给了她太多的心理安慰，以至于现在她无法挣脱自己建立的条件反射的枷锁。随随

① 《伊索寓言》中有一则故事：有只狐狸原想找些可口的食物，但遍觅不着，只找到一只酸柠檬，它安慰自己说：“这柠檬是甜的，正是我想吃的。”寓意人们在追求预期目标而失败时，为了冲淡自己内心的不安，就百般提高现已实现的目标的价值，只能得到酸柠檬时，就说柠檬是甜的来自我安慰，从而达到心理平衡。——译者注

便便给一个孩子贴上标签可能对他造成恶劣的心理影响，给他的人生蒙上阴影。

结果，无论人物的心理形象是正确的还是错误的，你都无法忽视它。

(2) 让每个人物保持前后一致。

威廉·詹姆斯曾说，习惯往往会成为习惯性的。人物的反应模式在习惯的层面上运行。善变的女孩总是善变，迟钝的人总是迟钝。过度、不充分或者不合理的反应通常可以归结为个人的生活方式。

在保持人物的一致性和可信度的问题上，认识到这个事实是你最有用的工具。

(3) 让行为来讲故事。

在生活中，你更多是通过一个人做了什么而不是说了什么来评判他。自我安慰的能力可能使他的自我形象纯粹是个假象——看看自以为是的“大情圣”，在办公室女孩眼中怎样变成一个心理龌龊、满嘴脏话、毛手毛脚的老色鬼。

因此，要对心理分析和下意识的印象有所保留。沉默是金，关于故事人物的分析，让读者自己去得出结论。在你这方面，大多数时候你最好的办法是通过个性化的行动表现你的人物，你要做的就到此为止。

(4) 从结果推论出原因。

请不要根据人数来构思人物，尽可能随机应变，特别是当你第一次开始创作故事时。

然后，迟些时候问自己**为什么**尤金撕碎了五十美元的钞票，或者凯蒂求布雷克带她回去。根据可能的欠缺和补偿作出假设，你会文思泉涌。

(5) 整合人物的内在和外在。

标签和印象反映了心理波动。如果说玛丽一丝不苟或者安迪闷闷不乐，这说的是他们内心的活动。

要让外在行为符合心理波动，或者相反。奈德对衣着吹毛求疵可能反映了对内在价值的怀疑。琳达秘密的负罪感和敌意可能浮上表面，表现为一种过度承担罪责的倾向。

要明白，你不需要谈论或者解释这些，但是如果你对每个人物所做的每件事情背后的动机都有深入的了解，你会写得更好。

（6）争取对比。

在人物的内部和外部，读者都喜欢多样性，所以任何两个故事人物都不应该有完全相同的内在动机。如果亚历克斯因为没有受过教育而自卑，那么让霍华德对母亲在他只有十岁时就离开感到难以释怀。劳拉通过乱搞男女关系建立她的自我吗？那么如果薇薇安为自己的工作能力感到骄傲，就是一种有效的对比。

（7）不要过度建设。

即使在长篇小说中，也只有五六个人是你或你的读者需要深入了解的。至于其他人，通过贴标签赋予他们类型化的特征和表面上的新鲜感就够了。

就是说，当你过度建设时，会浪费时间和精力。要当心把每一个龙套都写成主角的诱惑。很多时候，这只不过是为了逃避讲故事而下意识寻找的借口。

（8）学习你的技艺。

作家对人的了解永远不会足够。

许多这方面的知识可以通过思考和细致的观察得来。不过，一点阅读可以帮助你找准方向。有两本书可以增进你的理解，斯图尔特·帕尔默的《理解其他人》和玛丽·贝农·雷的《自卑的重要性》。

另外，如果你能在图书馆找到，还应该看看阿瑟·P·诺伊斯的《现代临床心理学》。由于这是一本医学教科书，部头很大，我建议你只阅读第四章："心理机制及其功能"。这章简要描述了人们为了适应问题情景进行调整的不同方式，你从中学到的东西一定有价值。

如何让人物吸引读者

当一个人物让读者兴奋和着迷时，读者会愿意阅读他的故事……与他一起经历故事中的情节。或者用编辑的话说，读者会把自己代入杰克或者苏西。

如果你的人物不能这样吸引读者，那你的故事就不会畅销。因此花时间学习如何加入这种让人兴奋和着迷的元素是值得的，以防万一他们不能自然而然地发展出个性。

如何说服读者把自己代入人物？用羡慕的锁链束缚他。就是说，让人物做读者想做却不能做的事。把他描写成读者**想要成为的**那类人，一个**令人羡慕的**人。

而且无论你是否听到过相反的说法，读者都会代入每一个真正成功的人物，而不只是一个故事。

为什么？因为羡慕没有止境。你可以羡慕一个人的财富、另一个人的自信、第三个人的女人缘。以某种方式，在某种程度上，有意识或无意识地，无论你是否承认，你羡慕许多其他作家的成就。你在某个时刻特别羡慕某个特定的作家，并不意味着过些时候不会对另一个作家有同样强烈的感受。

什么是羡慕？《韦氏大学词典》说："羡慕是因为其他人取得了某些自己希望取得的进展而感到不满。"

令人兴奋、着迷的成功的故事人物拥有读者想要的什么东西？勇气。

做什么的勇气？试图控制现实的勇气。

什么是现实？现实是限制，是自然或人为的法则，比如物质的、法律的、心理的。

现实的对立面是什么？想象，幻想，人们想做却不能做或不敢做的一切。

特别是？不可能的，得不到的，被禁止的，灾难性的。

当然，这并不是说人物必须**获得**这些东西。问题在于勇气，而不是胜利。重要的是冲突：人与世界及其压倒性的优势的斗争，它们都在反对他。令人兴奋的人物是不顾一切常识和逻辑，对命运发起挑战并企图支配现实的人。

我知道这跟图书编辑所说的代入不太一样。这个词的使用太不严谨了，以至于变成了一种无意义的容器，人们把一切不知道如何正确归类的东西都往里扔。

实际上，代入是一个心理学术语，有多种定义："一种通过其他人或其他群体的成就，或者在某些情况下通过无生命物体的价值来削弱紧张感的方法。""一个人把自己想象成另外一个人来采取行动的过程。""一个人努力模仿另外一个人的行为模式的心理机制。"

当编辑使用这个词时，他真正的意思是，这里我们来作个小结，某个特定的人物足够让他兴奋和/或着迷，以至于他满腔热情地跟随他经历了整个故事情节。

因为编辑没能认识到问题的本质，他用一系列个人的代入感来组成真正的代入感。编辑的代入感可以归结为三个主要的类别：

a. 他决定代入能够被**认可的**人物。

什么样的人物是能够被认可的？**熟悉的**，比如嚼烟草的人、喜欢吃黄瓜的人、所有业余时间都用来钓鱼的人、对穿着打扮煞费苦心的人。

这些都是好的。正如前面讨论介绍人物的技巧时指出的，这给故事人物增加了现实感。但是这些与代入感关系不大。

b. 他说你会代入**讨人喜欢的**人物。

什么样的人物讨人喜欢？

相似的，或者说得更简单点，讨人喜欢的人物是跟我们有共鸣的人物。如果你是个浸礼会执事，你很难**喜欢**一个直言不讳的无神论者。如果你是个坚定的共和党人，你可能不会喜欢一个共产党员。

尽管这些对代入感有些影响，但仍然不是问题的核心。

c. 他决定代入**有趣的**人物。

什么样的人物是有趣的？**矛盾的**。跟在生活中一样，在小说中我们也倾向于想当然。如果你事先知道老好人乔会在遇到麻烦时大发脾气，或者听到好消息时再要一杯啤酒，你很可能觉得他是个不错的家伙，但是很少会关注他。你的兴趣和注意力留给了那些人格中存在矛盾、行事没有一贯性、经常让你猜不透的人物。

约翰·D·麦克唐纳笔下的雇佣兵特拉维斯·麦吉是一个很好的例子。他善良而敏感，但是当一个女孩极度沮丧时，他会扇她耳光而不是安慰她。为什么？因为他看出她在烦恼中陷得太深，安慰对她没有帮助，她需要的是一个崩溃和哭泣的借口，展现温柔的时刻在后面。

这个行为符合麦吉的性格吗？是的。但它出乎读者的意料，乍看起来似乎是矛盾的。结果，它增加了读者的兴趣。

尽管非常接近目标了，兴趣仍然不能保证让你代入人物。

* * *

实际上，许多编辑都没有看到代入感真正依赖的因素，即所谓“如愿以偿”的概念。

什么是如愿以偿？从你自己的角度来看，如愿的愿望就是欲望，是渴望获得某样东西。以偿就是满足，即满足某人在某个特定领域的全部愿望。二者相结合，就是如愿以偿：对渴望的满足。

这与小说和代入感有什么关系？让我们一步一步来说明，从现实本身开始。

现实总是击败我们，我们不能或不敢逾越由人为、自然或实际情况为我们设定的各种各样的法则。

前面说过，挫折不会令人愉快，因此我们从感情上渴望一个更可爱的世界。我们渴望控制命运，不过往往，在日常生活中，我们大多数人连去尝试一下都不敢。

相反，小说人物没有这样的限制。他可以承认被禁止的冲动，在灾难面前孤注一掷，向不可能发起挑战，努力争取得不到的东西。

通过在故事中追随这样一个人物，读者分享这些经验。他压抑的愿望通过人物公之于众，情感需求获得满足。在不危及自身的条件下，他扩展了自己的视野，做了在生活中不敢尝试的事。

因此在某种程度上，他由于生活的挫折而积累的紧张感得到了释放。

这是你觉得一个人物令人兴奋和着迷的真正原因：他在故事中的活动满足了你自己在感情上某个方面的饥渴。或者就像我们在开始时所说的，代入感是因为你下意识地羡慕人物挑战世界和命运的勇气。

要塑造让读者着迷的人物，你必须给他机会展现这种勇气。为此，让他试图争取做到以下这样的事：

(1) 不可能的。

(2) 得不到的。

(3) 被禁止的。

(4) 灾难性的。

不可能的事是梦想，那些纯粹的幻想，人类对自然规律的反抗。当你想象自己穿墙而过，或者不借助飞行器在空中翱翔，或者死人从坟墓中爬出来时，你就在不可能的路上。

得不到的离我们更近。这里有想跟老板女儿结婚的职员，然后是必须在第二天早晨爱人被处决之前找到真凶的侦探；必须在银行开门之前把 10 万美元负债变成 1 000 万美元资产的年轻企业家；住在老房子里却要假装生活富裕，以取悦女儿富有的未婚夫的中年主妇。无论哪种情况，某人都必须去争取某件看起来超越他能力范围的东西。

被禁止的事？不让我吃苹果，即使是一个生虫子的青苹果，在我心里它的味道也会无比甜美；因为任何心理学家都会告诉你，没有一个好女孩会梦想那些每一个好女孩都会梦想的事。所以在小说中，人们很高兴读到牧师杀人、银行家偷窃。通奸对许多郊区的家庭主妇都是一种诱惑，而实际上她们听说隔壁的女孩吻了送奶工都会大惊小怪。这在很大程度上说明了《洛丽塔》作为小说和《花花公子》作为杂志为何成功。

灾难性的事件是一种挑战，20 世纪 20 年代人类的飞行梦和空中行走就是它的缩影。我们因为核战争的威胁而激动，因为灾难而兴奋。瘾君子、超速的司机、反叛者、与死亡作斗争的外科医生——都因玩命而让我们着迷。

不可能的、得不到的、被禁止的、灾难性的，这些是合成勇气的基本素材，以塑造让人兴奋和着迷的故事人物。

相反，如果你从软弱、消极的人当中选择主要人物，你就严重削弱了成功的机会。没有比围绕乏味无聊的人物展开故事更可怕的事了，这些人物被琐事淹没，没有力量或想象力——勇气——去还击。正如霍华德·布朗曾说的："读者想要英雄，而不是受害者。"

即使是一个次要人物，当他超越常规，以某种方式藐视命运时，他也会很有吸引力。比如，一个女孩生活不检点，或者一个男人为了新的房地产项目过度举债、一个人试图骗取老对手的政治支持、一个女人梦想着帮助她的残疾孩子重获健全的身体。

因为女孩在做被禁止的事，读者会热切地渴望读到她的故事。第一个男人冒着灾难的风险——你又有了一个让人着迷的人物；第二个男人想得到得不到的东西，从而抓住了读者。母亲不可能实现的梦想中饱含着沉痛。

这些人物可能只是小角色，但是因为他们甘冒风险，因为他们面临机遇，读者发现当他们挑战命运时自己跟他们站在一起，而无论多么偶然或者短暂。

当然，现实完全有可能击败这些人物。女孩最后死在一条小巷或者廉价旅馆的房间里。第一个男人赌得太大了，赌输之后从办公室的窗户跳了出去；第二个男人在屈辱中被人遗忘；残疾孩子的母亲变成了哭泣的、心碎的幽灵。

但是这些都没问题。在某个时刻，他们每个人都完成了自己的使命，抓住了读者，因为他们敢于同命运作斗争。

这只是通俗情节剧的手段吗？不，不是的。麦克白是这样，纳尔逊·阿尔格伦的《金臂人》也是这样，《乱世忠魂》中的罗伯特·E·李·普鲁伊特和沃尔特·特维斯的《江湖浪子》都是如此。

敢于这样做的人物没有不忠实于生活，你每天都能看到这样的人。他和其他人之间的区别在于以某种方式、在某种程度上，无论他是圣人还是罪犯、窃贼还是法官，都坚持走自己的路，努力去掌握命运。

这是值得你描写的人物。

＊　＊　＊

关于如何让人物令读者着迷，还有哪些方法？以下有三种方法：

(1) 准确定位特定读者群的情感需求。

当编辑告诉你青少年读者无法代入你塑造的 18 岁的女主人公时，他的意思是这个特定的读者群在女主人公身上没有发现什么值得羡慕的地方。她的处境跟他们相去甚远，无论她是否有勇气，她都不是他们想要成为的人。

就是说，在任何故事中，都至少应该有一个人物以某种方式体现和满足了读者的类似需求，而且越具体越好。

要明白，这个人物不一定在表面上与读者相似。某种程度上的年龄、性别和背景的差异可以被克服，你甚至不需要让他成为故事的主角。

但重要的是他必须拥有和满足特定读者的情感诉求，泛泛而论是不够的。

为什么？因为情绪反应不是你作为作家能够强加给读者的。通常，饥渴首先存在于读者的内心深处。那种饥渴的焦点因读者个人和读者群体而异。对于一个青春期少男，如愿以偿、控制命运可能围绕着对性经验的好奇和渴望。对于他的父亲，这可能意味着逃离单调乏味的日常工作。失去地位、害怕死亡可能使他的祖母忧心忡忡。他的母亲渴望脱离贫困，并且成为一个优雅美丽的女人。

要取悦这一家人，你的故事必须提供挑战命运的人物，而且针对特定读者的特定需求，要在恰当的领域以恰当的方式这样做。

换句话说，要把读者的感情饥渴带到表面，你必须给他反映和投射了同样的饥渴的人物。

以米基·斯皮兰笔下的迈克·哈默为例，他滥用暴力，虐待妇女。如果阅读他的人没有下意识地感到被压抑的侵略性和恨意——多数围绕着他们生活中由女性所造成的挫折，那么这个人物就失败了。

同样，一个年轻女孩渴望浪漫的爱情，所以你给她一个有能力唤起这种爱情的人物。温和的、反叛的、孤独的、内向的、古怪的、小心谨慎的、精力旺盛的——各有特点。每个人都以这样或那样的方式，在小说中寻找自己希望成为的人。

因此，小说中没有放之四海而皆准的普遍真理。让每个人都着迷的故事或人物是个神话，根本就不存在。作家必须选择目标读者，瞄准他们——用步枪，而不是霰弹枪。阿瑟·柯南道尔爵士在他著名的冒险小说《失落的世界》的序言中用一首诗表达了这个观点：

> 我的计划非常简单
> 带来一个小时的愉悦
> 给一半是男人的男孩
> 或一半是男孩的男人

但是即使你找到了能够代表特定读者群需求的人物，通常还有其他问题必须考虑，比如负罪感。这来源于读者从人物违反禁忌的行为中获得的乐趣。要缓解这种不安，你需要加入对罪行的惩罚，或者给主人公提供一种个人的道德观，替他的离经叛道辩解。

在面对这一系列问题时，你如何决定应该怎样做？研究你的读者群，学会理解其成员，无论作为整体还是个体。只要有机会，跟他们面对面地交谈——不是作为作家，而是作为一个熟人。发掘他们的兴趣、他们的问题、他们喜欢的主题、他们的热情、他们的感觉。然后，设计符合这些读者的需求的人物。这一切听起来困难吗？是的。但是这也会很有趣，对于一个渴望掌握自己命运的作家来说确是如此。

（2）不要试图用美德代替勇气。

值得赞扬的品质作为次要人物的性格特征是没有问题的，但是让人着迷的是勇气，而不是美德。

你可以厌恶考尔德·威林厄姆的《永恒之火》中的哈里·狄亚德。但即使可怕，他仍旧令人着迷，因为他如此冷酷无情，藐视我们大多数人所珍视的一切。

相反，一个道德高尚的人物可能非常平板——不是因为他高尚，而是因为他没有挑战命运。

（3）相信你自己的判断。

我塑造的最成功的人物之一是一篇约稿中的主人公，这篇稿子是预先付费的。那位编辑以前至少从我这里购买过 25 万字的作品，但是他拒绝了这个故事，因为他说没有读者能够代入我的人物。后来，故事在另一本杂志上发表了，又由美国、英国和德国的出版公司发行了单行本。

这里的教训就是上面所说的：相信你自己的判断。

反过来，不要把编辑当成上帝。

编辑们总是说美国读者不能代入东方人物，然而赛珍珠写出了《大地》。他们也说人物的外表必须迷人，然而克拉伦斯·巴丁顿·凯兰塑造了斯卡特古德·贝恩斯。

他们坚持认为，任何程度上超道德或不道德的人物都会冒犯公众，看看你家街角的报摊就知道是不是这么回事了。

编辑有他们的偏见和成见，像你我一样，但是你不需要把他们的观点当成信条照单全收。如果一个人物让**你**着迷，那么尽可以放心大胆地假设，不管已知的市场规律如何，一定会有人被他打动。

毕竟总还有其他的编辑！

如何让人物适合他扮演的角色

某些特定人物在故事中的作用至关重要，经常决定着故事的成败。另一些尽管可能不那么重要，也会产生特别的问题。有些人物应该受到额外的关注，以便你了解如何让他们有效地扮演好他们的角色。

这些人物是：

a. 主人公。
b. 反派。
c. 女主人公。
d. 敏感的人物。
e. 有深度的人物。

下一个问题：如何处理以上的这每一种人物？

a. 主人公

这里，我们只考虑两个问题。

(1) 要有一个单独的主人公。

主人公必须是一个人吗？不能是一个群体？在理论和实践层面上，这个观点都站不住脚。

为什么？因为群体是由单个的人组成的，而危险是主观的。对我来说构成威胁的东西，你可能毫不介意。失去某个女孩、工作或珍爱的东西，对主人公 A 是毁灭性的打击，而主人公 B 可能耸耸肩就过去了。

因此即使上百万的人受到影响，比如发生战争、洪水、大萧条，你的故事仍然只有在聚焦于个人时才有意义。一个团的士兵投入战斗，也不能改变每个士兵都会以自己熟悉的方式作出反应的事实。他的私人关系、他的过去、他对未来的渴望，这些是重要的，你通过这些激起读者的情绪反应。他需要某个能为之喝彩的人。好莱坞的老办法，“哪边是我们的球队?”在大多数情况下仍然适用。

因此如果你愿意，给你的主人公找些朋友和伙伴，但是不要让他淹没在众人中。他必须是人们注意的焦点和兴趣中心。因为没有一个清晰、明显的主人公，故事就可能变成一个大杂烩——由趣闻轶事和人物素描拼凑起来，颇具实验性，但是过于分散，很难让大多数读者满意。

（2）不要让主人公中途消失。

关于主人公的一个重要问题是，要让他像个主人公。

主人公的主要性格特征是不屈不挠。他有一个想要追求的目标或者一种想要维持的生活方式。即使他因为某种原因改变了方向，他选择的道路仍然是他自己的，无论如何他都握住了枪杆不放。用罗伯特·G·英格索尔的话说：“当愿望战胜恐惧，当责任向命运下达战书，当荣誉拒不与死亡妥协——这就是英雄主义。”

如果一个主人公让你失望，那么主要是因为读者意识到，你的人物愿意或者应该放弃战斗、退出故事，尽管你作为作家仍然把他留在舞台上。

解决办法？给主人公更强烈的动机，包括外在的和内在的。就是说，让环境或对手给他制造陷阱，让他无法逃脱。然后，将象征着主人公全部生活和存在方式的东西置于危险的境地。因为如果内部问题足够严重，那么无论机会多么渺茫或者代价多么高昂，他都别无选择，只能奋起斗争。

示例 A：女主人公危在旦夕。如果主人公放弃，她必死无疑。这是**外在的**动机刺激。

另外，女主人公曾经多次表现出她的怀疑，认为主人公没有能力真正去爱任何人。他知道如果将她交给命运，他就证明了她是对的，并且永远无法原谅自己。这是**内在的**动机刺激。

二者相结合，你就塑造出一个生命不息战斗不止的人物。

与此同时，不要把顽强跟愚蠢相混淆。作为作家，你应该能够现实地考虑问题，设计**可信的**情景。主人公站在街道中央，等着六名穷凶极恶的枪手来射杀他，这种完全不可理喻的行为中没有任何美德可言。任何心智正常的人都会像只受惊的兔子一样逃跑，寻找掩护，这一点读者知道。所以一定要有单独的主人公，而且不要让他中途消失。没有任何规则禁止你用尽一切塑造人物的诀窍和技巧来让他栩栩如生。

b. 反派

从心理学上讲，故事的反派至关重要。他是一个奇妙的人物——读者把下意识的敌意和侵略性冲动都发泄到这个代罪羔羊身上。

读者需要这样一个代罪羔羊。通过他，读者释放了意识禁止他在现实生活中发泄的情感。

而且无论唱反调的社会学理论怎样说，反派的确存在。一个有既定兴趣的人无论感兴趣的是经济的、政治的、爱情的，或者是其他方面的，他都会不顾一切地维护这种兴趣。如果你不相信，试着告诉你的顶头上司你要取代他的位置。

要正确地塑造一个反派人物，你需要理解三件事情：

(1) 反派的角色。
(2) 反派的性格特征。
(3) 如何让反派发挥作用。

如果塑造得好，反派的力量就是你故事的力量。

为什么？因为反派是主人公所遭遇的危险的人格化的象征。如果这种危险即反派是脆弱的，那么你的故事注定也是脆弱的。

为什么应该将危险人格化？有两个原因：

(a) 人格化将危险集中为一个单独的来源，从而赋予故事整体性。

(b) 人格化的反派可以对主人公的行动作出反应，通过持续的进攻，使冲突更尖锐、更强烈。

其次，反派的主要**性格特征**是残酷无情。

这意味着什么？反派决定不顾其他人的需要一意孤行，而且对这个决定毫不动摇。

反派必须是一个没有魅力的人吗？远非如此，反派可以是非常有魅力的。只要有机会，他就很可能把你的故事变成他的。他的邪恶之处在于，当涉及某个特定事件时，他会绝对地残酷无情。慈爱的母亲决定反对女儿与一个她认为不般配的年轻人的婚事；弟弟强迫他上了年纪的姐姐卖掉公寓，搬来跟他一起住，以便更好地照顾她；妻子逼着丈夫追求事业，尽管他自己宁愿安于现状。这些人物都是反派，跟谋杀犯、叛徒、强奸犯和小偷一样。

推论是，反派不是在所有的事情上都残酷无情，他想要掌控的通常局限于某个领域或情景。原因在于反派跟其他人一样也是人。结果，他是他自己的背景、欠缺和补偿的产物。当他的自我观念——像上面提到的慈爱的母亲、热心的弟弟、深爱丈夫的妻子——遭到威胁时，他就采取行动去保护它，环境迫使他变得残酷无情。

他也不一定是个恶人。在他自己眼中，他的行为完全是有道理的，就像我们所有人都认为自己的行为是正当合理的一样。我们每个人都在某个方面是反派。

如何确保反派**有效地**发挥作用？

(a) 为他列出行动的个人计划——所谓“反派的阴谋”，这让他始终站在主人公的对立面。

(b) 把他当成一个人来分析，让他毫不妥协地苦战到底。

在这些明显的步骤背后，在很大程度上核心元素就是时间。通常，危险在故事开始之前就摆在反派面前了。他的目标、他的自我观念受到了威胁。他已经决定如何应对这种威胁。现在，他要残酷无情地执行他的决定。

这如何让他成为一个反派？他选择的行动方案威胁到主人公，而这是主人公的故事。

主人公在还击时不也是残酷无情的吗？随着故事压力的累积，他也会变得残酷无情。但是因为我们对这些压力感同身受，他在我们眼中仍然是英雄。另外，当故事最后达到高潮时，你通过坚持原则、大公无私和自我牺牲的决定，让主人公证明自己应该赢得胜利。这也使读者相信，之前主人公犯下的错误是不重要的并情有可原的。

没有反面人物就不可能创作一个令人满意的故事吗？当然不是。已经有许多这样的故事，关于主人公对抗自然、社会力量或者充满敌意的世界的。主人公的敌人可能是一座山峰、时间、不公、外太空的虚无、一台失灵的机器，或者生活本身。

所以？通常，这些故事比反派是人的故事要难写得多。事实上，正因为如此，作家经常通过人格化，把这种非人类的敌人当成人类。就是说，他把它想象成一个人，作为一个人来描写，赋予它人类的态度。

如何赋予一种非人类的物体或力量以人类的态度？

你要通过描写制造这样一种印象，这种物体或力量就像人类一样行动，拥有明示或暗示的人类的感情和动机。这是一个简单的窍门，让机器人和鬼魂、山峰和河流、神祇和动物、房屋和城市、鱼雷和虎式坦克——古往今来无数在小说中扮演角色的无生命的、低于人类或超越人类的实体获得生命。

但是无论你的反派是不是人类，指导原则都是一样的：冷酷无情和永不妥协的决心。

c. 女主人公

如何塑造一个生动的女主人公？

（1）她首先是一个人。

（2）让她遭遇冲突，给她目标和对手。

女主人公的基本特征是可取的。她在故事中的主要功能是作为对主人公不屈不挠的奖励的一部分。她不是必需的，有许多没有女性人物的故事，但是今天大部分小说都有女主人公。

关于女主人公，主要问题在于不让她沦为花瓶。解决办法：给她设立自己的目标和方向。让她跟主人公或反派一样是个动态的人物。

为此，让女主人公对想要生活在什么样的世界中比如在欠缺、补偿、反应和外部压力的重围之下，想要维持什么样的自我观念有自己的观点。只有当你允许她选择自己的道路，去为了得到或保持她的独立性而斗争，她才会获得生命。只有当你在冲突中塑造她，她才能在故事中扮演一个完整的角色。尽管这样会让她更难驾驭，但是她会通过吸引和抓住读者来回报你的努力。

d. 敏感的人物

无论如何，特别敏感或敏锐的人物不是在每个故事中都会出现。但是当他出现时，掌握一些方法能够帮助你更好地塑造他。

有三个窍门可以让你在塑造此类人物时感到自由：

(1) 让敏感的人物比故事中的其他人物表现出更多的觉悟。

这意味着，让他看到世界不是非黑即白的，中间还存在着深深浅浅的灰。他从一次微笑或皱眉中看出极其微妙的差别，并从中得出结论。稍稍背离常规就会引起他的注意。或许他表现出自我分析的倾向。如果一个女孩点烟时手指微微颤抖，他会发现并从她的反应中猜测出原因。他是个温和的人吗？他恭维街角水果摊的老妇人难看的新帽子，而不是嘲笑它。或者如果他被仇恨所驱使，他清楚地知道该把刀子刺向对手什么位置。

此外，他作出解释的方式揭示了他是个文盲、知识分子，还是个诗人。

(2) 将敏感和迟钝作对比。

这是许多描写军旅生活的长篇小说的惯用手段，把一个温和的灵魂扔进一个满是粗鲁、愚钝、硬心肠的莽夫的兵营。当其他人满嘴脏话地高谈阔论、毫无事实根据地妄下结论时，他试图弄清楚蜘蛛丝半径的细微差别。因为他和其他人的差别如此明显，所以他显得特别碍眼。

尽管这种方法很容易被不恰当地使用，造成荒唐可笑的效果，但它的基本原则是正确的。对比会让所有事物都更加突出。

(3) 设计允许有不同反应的情景。

高速动作和暴力冲突让你没有机会塑造人物的敏感性。这项工作应该在冲突爆发**之前**完成，否则你的人物很可能被认为愚蠢、无能或者懦弱，而不是敏锐或有洞察力。

因此设计一两个场景强调细微差别的重要性，让读者对本或贺拉斯凭直觉、感知或者分析作决定的习惯有最起码的了解和认同。给人物评价别人或行为的机会，让他有理由注意到细微的重要差别。然后，当大场面到来时，我们敏感的朋友的行为会被接受，要而不是表现得像个小丑。

换句话说，事先确定你希望人物制造的**效果**，并设计实现的方案。

e. 有深度的人物

什么因素能让人物丰满和有深度？

（1）与各种各样的情景的关系。

除非你在不同的背景下观察他，否则无法深入了解一个人物。

比如，在家里，他可能是个诚实的人；在纽约，是到处追女人的酒鬼；在办公室，是安静、值得尊敬的员工；在军队，是严守纪律的士兵；在母亲眼中，他是个孝顺的儿子；在孩子眼中，是个有时严厉有时温柔的奇怪混合体；在牌友眼中，是个喜欢虚张声势的人。

在小说中要让一个人物丰满，你首先需要的是篇幅。这就是为什么你很少在中短篇小说中看到有深度的人物。在较短的文字中，你没有足够的空间去表现和整合人物矛盾的形象，说明他复杂的观点。

但是深度是个有关程度的问题，我们的标题说明了一种帮助你接近它的方法：给人物尽可能广阔的情景，然后让他作出反应，读者会从中认识到人物个性的方方面面。

另外，这些必须**表现**出来，而不能仅仅靠说明。作者冗长的评论收效甚微。

（2）谨慎地处理后续。

对一个小人物的行动，读者很容易接受，即使动机和/或解释还留有大片的空白。

处理有深度的人物要求你做得更多，读者想要知道人物**为什么**有那样的行为和感觉。态度、理由、背景等元素都必须摆上台面加以说明。

为此，当你塑造一个有深度的人物时，详细描写后续不失为一个好办法，因为你在后续中能够揭示影响人物选择目标和方向的因素。

例如，为什么里奥应该容忍他酗酒的妻子？他把她当成了赎罪必须背负的十字架吗？身为社会或经济支柱，他不敢放弃？殉难和自我怜悯的借口？他自身失败的代罪羔羊？自己是个不背弃责任的男人的证明？

后续正是寻找这些问题的答案的完美猎场。

(3) 刺激和反应的片段。

要理解一个人，从他的行为中分解出根本性的元素。比如，吉尔对嘲笑作何反应？暴力？恐慌？轻蔑？受伤害？逻辑？或者，他根本不屑一顾？

更进一步：恐慌表现为颤抖的声音还是僵硬的表情？轻蔑表现为刻薄的语言、蔑视的眼光，还是转身而去？

无论答案是什么，这都使你的人物更有深度。

* * *

这一章结束了，我们对小说中主要元素的分析也结束了：语言、刺激—反应单元、场景、故事模式和人物。

但是在实际准备、计划和创作一个故事时，还有许多东西是你需要知道的，你会在下一章看到这些。

第 8 章　准备、计划和创作

故事就是自我获得的对失败恐惧感的胜利。

对于一个人如何准备、计划和创作故事的，最好的说法就是，每个人生来就有权自己选择下地狱的方式——别让任何人干涉你的选择。

写作中最重要的天赋是勇敢：你赌上你的自我，相信在自己的下意识中除了晚餐还有点别的什么。

在这个过程中，你必须战胜无知和惰性。成功写作的秘诀就像剧作家杰尔姆·劳伦斯说的："你从五年前就该早点起床了。"

所以现在，闹钟响了。你该怎样做？

1. 了解成为作家意味着什么。
2. 学会如何识别好的故事素材。
3. 学会如何准备写作一个故事。
4. 学会制订计划的最佳方案。
5. 了解如何出版作品。

创造性工作的每一个方面都有许多问题，不过一次一个步骤，没有什么难以掌握的。

准备好了吗？

成为作家

要成为一名作家，你首先必须有投入感情的能力。

就是说，你必须能够去感觉，强烈地感觉。虽然你的工作是用语言来进行的，但你使用的语言只是象征，而感情的沟通才是终点。

你无法与你自己都欠缺的东西沟通。没有感情，就没有故事。

在实际中，感觉意味着反应，它是以某种方式行动的愿望。给予正确的刺激，你的身体就会发生反应。意识觉醒，混合着不同程度的喜欢、不喜欢、惊讶。

另一方面，不要太快把自己从候补作家的名单中划掉。**每个人**都在一定程度上有感觉，而且你**想要**写作这件事是一个好兆头。愿望本身就是投入感情的能力证明。克制、冷漠、漠不关心，这些在很大程度上都是后天习得的反应和习惯模式。只要有足够的毅力，你就能战胜它们，至少是部分地战胜它们。

这把我们带回了开始的地方：写作源于感觉。

然后呢？要想成为一名成功的作家：

a. 你必须有热情

为什么热情这么重要？因为在有些情况下，写作是一件非常艰苦、孤独、令人沮丧的事情。除非一个计划从一开始就让你兴奋，否则你很可能在它完成之前就自杀了。事实上，你仍然可能那样做。但是有热情，你至少能够把进度推进一点点。

如何获得热情？热情是一种情绪反应、一种感觉，外部刺激能够激发它。这种刺激来自故事的主题——曼哈顿或者奥克马尔吉的恋情、医院里的谋杀、越南战争、比格本乡村的走私活动、生意场上的野心和嫉妒。

要激发热情，就要寻找让你兴奋的主题——沉浸在真实的原始素材中，直到你找到某件令你狂热的东西。灵感来源于沉溺。没有人能够长久地依靠下意识写作。情绪是一种可以由下意识产生的元素，本质上没有极限，但是它必须在事实的刺激之下才能产生——关于人、关于事件、关于场景、关于物品，等等。

b. 你必须真诚

诡辩是毒药。如果一个故事歪曲了你的情绪标准、你的信念，那么它的危害是任何编辑的审阅都无法弥补的。

为什么？因为故事本质上是一个比喻。不管你让它发生在火星上，还是透过怪物的视角来讲述它，它传达的信息都是最深层的真相。

这个真相就是你。在下意识层面上，它反映了你内心最深处的感觉。

如果你在故事中暗示，滥交是清白的乐趣，荣誉是虚假的谎言，或者责任和诚实已经过时了，而你真实的信念与此相反，这就把你跟为了钱假装高潮的妓女画上了等号。虚伪让你跻身精神病患者和骗子的行列。

结果：情绪冲突，良知与创造力交战。总有一天，你会发现自己什么也写不出来，也无法从事别的职业。

c. 你必须自律

没有人真的关心你能否成为一名作家，除了你自己。进一步说，没有人会为你没有写出来的故事买单。

这意味着，你必须成为自己的监工。如果你不能胜任这项工作，你总是可以找一间杂货店去打工，在那里有人告诉你什么时候应该做什么事。

要成为一名成功的作家，意味着即使你想睡懒觉也要早起。

这意味着，当你想去看电影或者游泳时你要继续工作。**真正地**工作，而不是望着窗外发呆。这是你的决定。

d. 你必须做你自己

萨默赛特·毛姆在《作家笔记》中说：“当我的一个朋友告诉我，他正在修改一个已经写完的故事，好让它更加精妙时，我感到很惊讶。我承认这不关我的事，但是我认为精妙是不能通过深思熟虑获得的。精妙是一种心灵的品质，如果你拥有它，就会情不自禁地展露出来。就像创造力，没有人能通过努力获得创造力。有创造力的艺术家只是在做他自己，他以在他看来非常普通和明显的方式来描述事物：因为在你看来这很新鲜，你就说他有创造力。他并不明白你的意思。例如，那些二流的画家是愚蠢的，他们只能在画布上描绘死气沉沉的东西，还想通过把无意义和不协调的物体放在陈腐的背景前来表现他们的创造力。”

有时候接受你自己是什么样的人是困难的，没有人喜欢承认不足或局限。但是在纸面上很难挂住一副面具，它总是不停地滑落，无论你怎么努力，真相总是冒出头来。

你最好从一开始就面对事实。本・赫克特不是弗吉尼娅・伍尔夫，伍尔夫也不是尤金・约内斯科。赫尔曼・沃克、厄尔・斯坦利・加德纳和 A. J. 克罗宁都找到了各自的位置。

他们做了他们自己，而不是假装或者模仿别人。

力量存在于我们每个人身上，局限也是。用你自己的方式作决定，你就给了世界一个机会，真实地评价你和你的天赋。

读者可能因此喜欢你的写作方式，因为尽管它有这样那样的缺点，但是与众不同。

好的和坏的素材

若干年前，一位顶尖大学的学者把翻译早期的法国寓言当成了爱好。但是爱好会不受控制，很快他开始希望公开发表他的作品。一个熟人提到，某本杂志偶尔会刊登法语译作。我们的学者从来没看过这本杂志，但是他马上给编辑寄去了自己最好的作品。

意外的事发生了。这本杂志是你能在这个国家的报摊上找到的最下流的刊物之一。编辑怀着反常的幽默感接受了这些寓言，每个月刊登一篇，夹杂在下流的裸体图片和淫诗中间，每一篇都列出有这位教授的名字和学术成就，消息在校园里传开，成了人们茶余饭后津津乐道的谈资。

这里的教训是素材本身无所谓好坏，你必须通过它在特定市场和特定读者中唤起的反应来评判它。

比如，这整本书都在试图教给你评价故事的标准。但是当你阅读现在的书籍和杂志时，你会很快发现没有小说符合这个模式。

原因很简单：一个好射手有两种方法赢得声誉。第一种是在合适的表面上画好靶子，然后射击，正中靶心。第二种是先对表面开枪，然后再以子弹射中的位置为中心画出靶子。

同样，将“故事”这个术语套用到任何包含虚构的人物和/或情景的吸引人的文字上面，已经成为文学世界的习惯，小品、插曲、轶闻、纪实，以及色情文学都包括在内。

结果，故事有好也有坏，有薄弱的也有强大的，有的受到这个读者的青睐，有的是那个读者的珍宝。所以无论你写什么，你都有可能找到某个人、某个地方——或许还有个著名的评论家——说它是个故事。

而且编辑还必须考虑文学之外的复杂因素：读者人数、可用篇幅、品牌形象、商业压力，等等。

比起估计一篇小说能否顺利成形，识别好的故事素材需要的多得多。因为尽管这种估计非常重要，但只有在联系到市场、对编辑的问题给予应有的考虑时才能真正发挥作用。

为此，问自己三个问题：

a. 这个素材过于分散和/或复杂吗？

这里的问题是长度。有些故事寥寥数语就可以讲完，有些则需要很多文字。

每个市场都有自己的标准。有的杂志不刊载 1 500 字以上的故事，而一个精装本出版商可能对 10 万字的长篇小说不会犹豫。

基于这种情形，将素材和市场联系起来是天经地义的事。需要考虑的因素包括：

（1）范围。

在一个短篇故事中很难表现整个战争，一个家庭的变迁、三代人的更迭肯定需要大量文字。

（2）力量。

女孩担心喜欢的男孩不会邀请她去舞会。围绕这个构想能写出一篇小小说吗？毫无疑问。

短篇小说？有可能。

中篇小说？差了点。

长篇小说？想都别想。

（3）复杂性。

罗娜·贾菲的《冷暖群芳》将五个纽约职业女性的罗曼史交织在一起，这样一个复杂的故事要求有足够的长度。

使用三种不同的视角是你的故事所必需的吗？每一次转换视角，你都要重新建立起情绪紧张感，这种重新建设需要占用篇幅。

你使用的人物越多，把他们塑造得越完整，故事就越长。场景也是如此。

（4）时间的流逝。

一个老人在八十岁的时候去世，讲完他一生的故事很可能需要一部长篇小说。他如何遇到后来成为他妻子的女孩、赢得她的芳心，只需要 3 000 字的篇幅。

通常故事的时间跨度越大，涉及的事件和场景越多，故事就越长。

b. 这个素材符合读者的人生观吗?

为什么这个人喜欢某个故事而那个人不喜欢，即使两个人都对故事的主题感兴趣？核心的原因是，不喜欢的人不认同作者的某些基本假设，比如他的人生观、他看世界的方式，而喜欢的人认同。

通常，无论读者还是作者都没有意识到这些假设的存在。这些事情是理所当然的，甚至不在有意识的思考范围之内。

因此，本书直接得出了令人惊讶的结论。例如，我一开始就假定你在很大程度上是为了取悦读者而写作。

有些人不这样认为。

关于这个问题，我忍不住要引用约翰·费希尔最近在《哈珀氏》上的说法：

> 在严肃的小说作家当中，很多人现在似乎（用一个经验丰富的出版商的话来说）“更关心自我表现，而不是娱乐大众”。（英国小说家）杰弗里·瓦格纳把他们称为诗性小说家。在他们和大多数

> “严肃的”文学评论家的影响下，讲故事成了一种羞耻。他们关心的是鉴赏力、内在的戏剧性心理，而不是外部世界的重大事件。他们通常是成功的匠人。他们的风格是精雕细琢……他们在两个甚至三个层面上写作……他们作品中的象征比一个中国乐队的人还多……他们的作品对人类灵魂深度的挖掘可能（用费利西娅·兰波特的话说）像博尔萨利诺帽那么深，但是通常阅读起来毫无乐趣。
>
> 如果这种职业治疗[①]的习作不太畅销，作者没有抱怨的余地。归根结底，他创作它们主要是为了表达他的自我和收获评论界—学术界的认可。既然他对大众读者根本就不感兴趣，那么大众为什么要对他感兴趣呢？

回到我们的观点：我还假设读者喜欢形式，我认为他们希望一个故事有开头、中间和结尾。大多数人是这样认为的，但不是所有人。

还有，我想当然地认为，读者相信人物至少拥有某种程度的自由意志，他们喜欢积极的人物胜过消极的人物，以及他们认为在你的行为和回报之间存在因果关系。

会有持不同意见的声音。

这个清单可以有许多页，但是我相信重点已经清楚了：有意识或无意识地，每个市场都代表了一种特定的人生观。某个市场所购买的故事肯定了一种人生观。

而且这个问题远远超越了文学技巧的层面。《麦考尔》推崇婚前守贞，《花花公子》推崇性解放，格罗夫出版社观点前卫，双日出版社的定位更加大众化。当你评估故事素材时，这些都是应该考虑的。

这是否意味着你应该为了迎合特定的市场而改变自己的信念？恐怕不是这样，更合理的是寻找跟你自己世界观一致的市场。

c. 这个素材适合市场需求吗？

我们来谈点常识好吗？

---

① 职业治疗是一种疗法，通过有目的的活动来治疗、协助及维持病者生理上、心理上的健康，或者减轻及舒缓病者在发展障碍或社会功能上的障碍对他们的影响，使他们能获得最大的生活独立性。——译者注

与人生观密切相关而又不尽相同的是，每本杂志都有它自己的个性。这种个性是由读者的兴趣、编辑的口味和广告部门的压力共同构成的。除了广告部门，同样的表述也适用于图书出版商。

如果你渴望在某个特定的市场上获得成功，就需要用良好的判断力来考虑这种个性的因素。《罗格》、《秘密》和《红皮书》会购买截然不同的故事。利特尔布朗出版社选择的长篇小说在金牌出版社可能没有一席之地，反之亦然。

如何让自己熟悉一个特定市场的品位和规则？阅读这个市场中的作品，而且要大量阅读。特别要注意几个问题：

（1）人物的年龄。

通常，人物的年龄反映了读者群的构成，更重要的是出版商希望争取的读者群。大多数杂志面向年轻人，广告商把他们当作大买家，因为他们的消费习惯尚未形成。

出版商把这个事实看成一个等式：年轻读者等于广告等于利润。

年轻人物吸引年轻读者，证明完毕。

相反，众所周知，老年人的故事很难畅销。尽管没到这么明显的程度，但是在图书市场上可以看到这一模式。为什么？因为年轻人比老年人更喜欢购买和阅读书籍。

当然也有许多例外。如果你的故事非常吸引人，你可以抛开所有的规则。

但是总的来说，无论你是否赞同这个观点，站在年轻人的角度思考的确有许多好处。

（2）人物的性别。

按理说任何人都应该看得出来，但我仍然发现许多准作家没有意识到这一点：男性视角的故事更容易在男性市场畅销，女性视角的故事更容易在女性市场畅销。

以纪实文学为例。诚然，《真实故事》、《现代罗曼史》和《秘密日记》也会购买以男性为核心人物的故事，但是它们发表的以女性为主角的故事篇数可能有五倍之多。

（3）场景。

你选择的市场偏爱异国的还是熟悉的场景？华丽的还是日常的？坚持阅读，会找到答案。不过有一个警告：现在历史故事的受众少了，特别是在杂志方面。

（4）类型。

我们总能看到西部故事、推理故事、科幻故事、医院故事和爱情故事。但是这些类型小说承担着特殊的风险：读者通常是特定类型的狂热偏好者。

这意味着他们在这个领域的阅读非常广泛，他们知道所有的俗套、陈腐的情节、熟悉的模式。结果，除非你对这个领域的了解跟他们一样多，否则你会浪费数不清的时间创作那些早就注定会被拒绝的故事，因为它们描写的是复仇之路、地盘之争、上锁的房间、以牙还牙、核战争、星际旅行，等等。

不要让老手的成功迷惑了你。长期从事这一职业让他拥有了其他可用的元素，而人们总是期待新手写出一些新鲜东西来。

从财务方面看，类型小说在杂志领域的利润相对较低，可能是因为大头被电视系列剧拿走了。

此外，精装本图书出版商越来越重视大部头的文学和伪文学长篇小说，因为它们的畅销书排行榜、书友会和电影改编权能够带来丰厚的利润。结果：有很大比例的类型小说现在都由平装本出版商来出版。

遗憾的是，当一个类型风生水起时，其他类型很可能跌落谷底。瞄准过于狭窄的领域，可能会让你面临漫长的严冬。

（5）处置。

随手翻阅一些少女文学，你觉得它们看起来都差不多。如果进一步查看，你会发现有的对性描写浅尝辄止，有的深入具体细节，还有的主要通过暗示来描写。

在有些出版社看来，犯罪等同于暴力，另一些出版社则以高智商犯罪故事为主。有的强调人物塑造，有的则强调情节的推进。

同样，毅思和伯克利对西部故事有不同的标准。兰登书屋购买的是一种类型的推理小说，杜登出版社购买的是另一种。《模拟》有包含大量技术细节的故事，而这在《惊奇》看来则枯燥乏味。

＊　＊　＊

这些听起来像是为偏见辩解，不是吗？不是。

对我来说，这是说作家应该积极主动地认识他希望进入的市场。他需要阅读它们，研究它们，学会识别它们的品位、力量和弱点。

不过当他坐下来开始创作一个故事时，他应该彻底忘记市场。故事本身应该占据他的全部身心。因为如果故事足够好，它就一定能够找到一席之地。

令人难以置信的高产小说家约翰·D·麦克唐纳曾经在一封给《作家文摘》的信中谈论过这个问题，因为有人说为某个出版商写的书很难被其他出版商接受。麦克唐纳写道："我发自内心地同意。我甚至要说，为某个出版商写的书连被那个出版商接受都很难。而为某人自己写的书——符合自己的标准，能够满足和取悦自己，因为一个作家能够找到的最挑剔的读者就是他自己，这样的书在任何地方都很容易找到买主。"

＊　＊　＊

所以，怎样处理素材？我们就是从那里开始的，记得吗？

麦克唐纳的话仍然是对的，要根据你个人的标准来判断。

个人是关键词，你不能使用别人的标尺。你必须将小说原则和市场规律相结合，从中总结出自己的标尺。

准备写作一个故事

准备工作可归结为两点：

a. 获得创意。
b. 寻找支撑创意的事实。

＊　＊　＊

什么是创意？创意是让作家感到兴奋的东西。同样的创意会让两个作家都感到兴奋吗？不一定。

为什么对于一个作家来说创意如此重要？因为只有体验到兴奋——一种以目标为导向的、累积的内在紧张感，作家才能焕发在素材中寻找有意义的关系所需要的热情和能量。

创造力可以被定义为对单一刺激的多重反应。

看着门把手时，大多数人看见的就是门把手。这是一对一的关系：一个门把手，一种反应。

但是有一天，你可能落入一个老奸巨猾的写作老师手里，他把这个门把手从门上拔下来，让你列出用它杀死一个人的十种方法。现在，门把手突然不只是个门把手了，你发现自己开始考虑它的特质和来龙去脉、它的外观和/或功能。

从这里开始，联想法则接手了。比如，门把手的轴像把匕首，把手像根棍子；它的材质可以导电。

通过对比，一个门把手不能是什么呢？好吧，通常它的功能不是触发机关，或者暗示一个密室的存在（“看！如果你把高尔夫球杆从这个孔插进去——”），或者作为毒药或麻醉剂的秘密容器。

邻接联想又有哪些内容——意思是像一座房子挨着另一座房子那样？具体到门把手，你很快会发现自己想到了锁和窗户、嵌板和拉线开关、把手和铰链。

在你还没有意识到之前，创意就已经源源不断地涌现了：门把手是圆形的，可能。金属的，可能。或者玻璃的，或者瓷的，或者六角形的，或者八角形的。为什么有人想要一个方形的门把手？或许门钮从轴上松脱了，所以打不开门。把门把手从门上拆下来，你就有了一个可以窥视室内的小洞口，子弹、飞镖或长剑可以从中穿过……然后再把门把手重新安上。在把手内部安放放射性物质怎么样？或者一枚毒针——涂上蛇毒或者蜘蛛毒？你可以用一根钢琴弦穿过轴上的孔。或许在代替弹簧锁的门闩上做手脚，同时让普通的门锁失灵，所以房间里的人以为门是锁着的，自己是安全的，而实际上任何人都可以不用钥匙从外面打开房门。给门把手通电怎么样？或者从轴孔灌煤气？随着房间温度的升高，冰做的“玻璃”门把手融化了。钻石可以藏在玻璃门把手里。金属门把手可以是用黄金或铂金做成的。门把手是不是某件东西的象征，让拥有它的人成为众矢之的？或者转动门把手就触动了隐藏的照相机？或者在门把手里装入病菌？瓷的门把手是绝缘的。反派的门把手。特殊的门把手会暴露某个好人或坏人藏身的地点。填满爆炸物的门把手。将门把手插到电源插座里，烧坏保险丝，让某个致命的机关停下来。在门把手上撒荧光粉，以便查出谁碰过它……

请注意，上述这些在形式上可能是一锅失控、无序、几乎没有连贯性的大杂烩。它们是随机的、混乱的，没有任何预先设定的计划或模式。

用术语来说，它们是集中自由联想的产物——围绕某一个特定主题和/或一组相关主题进行的自由联想。正是这种集中的自由联想赋予你创意。

在联想的过程中，你的主要工具是一本便签簿、一支铅笔和记录下一大堆完全不可能的想法的意愿，直到你发现其中一个唤醒了你内心深处的情感。因为如果说这个世界上有什么事情是确定的，那就是从众多糟糕的创意中只能偶然出现一个好的创意。审查自己的思想，事先就用更高的要求限制自己，请相信这样做你一定会一无所获，或者手足无措，或者二者兼而有之。

无论何时你需要一个创意，就列出一份清单，而不要仅仅列出故事的情景。无论你寻找的是一个事件、一个场景、一个人物、一点个性化的描述或者一个标题，都要列一份清单！即使你觉得你已经找到了一个合适的角度，仅仅为了试试看也要再多列出几个。

清单列完了，然后呢？把它放到一边，以后再回来看。在作家写作的这个阶段，主要的能力和缺陷并不重要。你需要悄悄地接近创意。为此，你必须学会改变观点、方法、常规，甚至你自己。

日常生活的刺激能够帮助你完成这种改变。忽然间，当你早晨站在浴室刮脸时，答案不知道从哪里突然冒出来，问题解决了。或者你在夜晚带着问题入睡，第二天早上就带着答案和创意醒来。

事实上，有些情况下，在床头放便签簿和铅笔有着无法估量的价值。你甚至可以学会把便签簿放在胸口，在黑暗中写字。当然，床的颤动可能吵醒你的妻子或丈夫，但是当缪斯对你露出甜蜜的微笑时，配偶的安眠还算得了什么呢？

闲散和安逸经常成为创意酝酿成形的潜伏期。比如酒吧、公园长椅和夜间巴士，无聊的音乐会和糟糕的电影有时也很有帮助，特别枯燥的布道也是。交替播放木琴音乐和西班牙语新闻的墨西哥广播电台也很好——如果你不懂西班牙语的话。

在正确的时间这样“虚掷”光阴，是你能够从事的最有成效的工作。

还应该指出，在相当程度上，成功的创意经常是意外之喜——这是一门意外发现珍奇事物的艺术。就是说，通常你发现的创意乍看起来跟你自以为想要寻找的东西没有明显的关系。窍门在于利用这种才能。

比如，你忽然遇到一个不同寻常的人物，后来才意识到引入这个人物正好可以把故事带到你苦苦追求的高潮，即使当时他看起来只是个让人分心或烦恼的家伙。

由此看来，在构思的早期阶段不要让自己的思想太僵化、太顽固是有好处的。别介意变换、歪曲、修改、翻转和捏合清单上的片段。卡曼奇酋长手拿阳伞、头戴一顶带花边的女帽会更有冲击力吗——作为他当天已经发动了突袭和屠杀的直接证明？你能通过让女人长出昆虫的复眼，把长得像虫子的外星人跟人类女反派合二为一吗？一个人企图偷走100万美元跟他试图归还100万美元，哪个更有趣？永远要寻找意料之外的转折和新鲜的方法！

不要只是坐在那里瞪着你的草稿。把它们打出来，在打字的过程中随时加入脑海中浮现的新想法。然后重新检查打印稿，用铅笔标出改变、新的创意和预言。

这是产生创意的唯一方法吗？当然不是。把创造力解释为对单一刺激的多重反应实际上定义了它的灵活性——对你周围发生的一切的灵活性，对未来可能发生的一切的灵活性。

为此，或许你最好的办法包括擦洗地板、长时间孤独漫步、放下窗帘洗泡泡浴和听斯卡拉蒂的唱片。或许你会从一次私人“二十个问题”游戏、本·琼森的《发明课》、一则夸大其辞的广告或者一幅杂志故事插图中得到灵感。

重要的是永远不要坐在那儿发呆，等着羽毛自己长出来。不要只是渴望创意，去寻找它们！找到一个出发点！制定一个行动计划！没有比创意更主观的东西了，没有现成的方法能像你自己的办法一样适合你——即使你的办法只是笨拙地摸索、来来回回地踱步、望着窗外发呆，以及对妻子大吼大叫。

＊　＊　＊

从哪里找到支撑创意的事实？你要投入研究。

研究可能走入两个极端：太多和太少。遗憾的是，相当多的准作家只想探究他们的心理而不是百科全书。他们假设在小说领域中，忠于事实并不重要，所以在写作中毫不关心现实性。在某种程度上，他们或许是对的。有些成功的西部小说作家不恰当地使用“沼泽”和“金雀花”之类的名词，还有些侦探小说作家不知道左轮手枪和自动手枪的区别。

另一方面，我至今仍然记得二十年前读过的一个倒胃口的冒险故事，因为作者让塞米诺尔战争中的士兵玩加勒比海扑克——这个游戏直到多年以后才开始流行。

但是如果说太少的研究会让一个故事荒谬可笑，太多的研究则从一开始就终结了写作这门职业。任何一个写作指导老师都认识一些有天赋的人，他们年复一年地推迟创作的日期，因为他们从来没有搜集到自己认为足够的信息。

诀窍在于找到平衡。应该怎样做？首先，你要给自己限制。

就是说，在可能的范围内，你只获取需要的信息，不要为了搜集数据而搜集。说到底，1540 年热那亚的土耳其货币汇率对你的故事真的很重要吗？

要牢牢把握一般原则。从这里出发，我们找到两种方法来开展所有类型的研究工作。一种是找到你需要的事实；另一种是将信息应用于你已经拥有的事实。比如，西部故事的读者喜欢真实色彩。

一些采用第一种体系的作家花费数不清的时间追踪特定的人物、场所和事件的细节。另一些采用第二种体系的作家向故事中加入他喜欢的书里的片段，就像往火腿里加入丁香。

显然，这两种模式不是孤立和相互排斥的。第一种体系的作家不会给每一件东西都贴上新标签，第二种体系的作家有时候也需要寻找特定的背景细节。

不可否认，当作品的数量更重要时，第二种体系节约时间。在有经验的作家手中，福斯特-哈里斯的《老西部一览》能够代替一座小型图书馆。

但是方法是个人选择的问题。在此基础之上，研究可以分为三个类别：

(1) 图书馆调研。
(2) 访谈。
(3) 实地调查。

这三个类别各自包含哪些内容？

(1) 你和出版物。

图书馆是奇迹之地，特别是当你知道如何正确地使用它时。

为此，我强烈推荐你至少浏览一下雅克·巴尔赞和亨利·F·格拉夫的著作《现代研究者》。它能够帮助你找到你需要的信息，并且在找到之后将它们组织起来，而且在衡量和评估信息方面，你还能学到许多你应该知道的东西。

不过作为小说家，你有自己独特的问题，我们在这里要解决这些问题。

首先要提出一个警告：要当心书架的欺骗性。它们让人着迷，在你意识这一点到之前，你可能发现自己已经读完了1 000多页的《得州拖车司机》，其实只要一张多恩商店的照片就能解决你的问题。

通常你需要的只是大致的情况。你可以通过目击者的描述、事件的现场报道、相关记录、图片、地图和说明书等找到。尽管有时候这样做很无聊，但它们可以给你提供那些二手渠道和普及读物永远不能获得的详细信息。

你从哪里找到这种信息？这里有五个可能的来源：

(a) 报纸。

1920年新奥尔良的牛排价格是多少？杜卢思常见的芬兰语名称是什么？内华达州埃尔科的居民通常会津津乐道的典型地方事务是什么？水牛城的湖面冬天什么时候结冰？巴尔的摩有市长吗？佐治亚州韦克罗斯顶级的女装店是哪家？

找对报纸，花点工夫就能得到这些信息，同时省去了你给朋友写信询问的麻烦。作为额外收获，你还通过新闻栏和广告栏捕捉到了当时当地的社会风气。

(b) 杂志。

这里的秘密在于不要用一般化的出版物限制你自己。《时代》可以提供给你新闻事件的简要报道，《星期六晚邮报》为你补充了名人轶事，《国家地理》和《假日》的图片比你所需要的更加丰富多彩。

也不要忘记商业和专业杂志。《硬件世界》让你看到当前产品、问题和程序在零售市场中的情况。《票房》为你提供剧院经理们谈论的话题。《农业期刊》展示了今天的乡村生活，而不是你童年记忆中的样子。《钢砂》带你进入猎鸟和斗鸡的世界。

(c) 政府文件。

由于政府机构触及我们所有人的生活，试着从其潮水般的出版物中找到有用的东西。政府文件覆盖的范围之广令人惊讶：育儿指南、航海指令、各类小企业的运营信息……甚至包括很不错的犯罪调查手册。

许多这类素材在你所在地方的图书馆都能找到，图书馆员会告诉你在哪里以及如何获取目录之外的资料。

(d) 指南。

你需要一个会砌砖、装订图书或者面部按摩的人物？别担心，有人已经写了这方面的书，它们提供了详细的指导，足以为你的故事增加真实感。

(e) 临时文件。

好的图书馆拥有的文献资料包括各种小册子、传单、剪报、宣传册、集锦，从图书书目到旅行指南，甚至还有地图集、照片集、电话簿和手稿。

* * *

这时，通常会出现另一个问题：你应该准备一个多大的私人图书馆？实际上对此没有一定的答案。你应该拥有某些你需要的资料，只是因为你经常使用它们，而在别处又不太容易找到。

另一方面，这也很容易做得过头。以我自己为例，事情已经到了让人不愉快的地步，只要我进门时手里拿着一本书，我妻子就会痛苦地叫道："我们的书还不够多吗！"事实上，写一个发生在苏门答腊的故事，不一定需要买上五六本关于东印度的书。毫不奇怪，在你下一次需要用到之前，它们会在书架上覆满了灰尘，静静地躺上二十年——到时候它们已经令人失望地过时了。

此外，空间很快就会成为问题。我做过的每一项大工程都带来了堆积如山的印刷品，内容从播肥机操作到心理健康，再到油田开采设备。当资料堆得太高时，除了把它们扔出去或者买一所更大的房子之外，你别无选择。

剪报又有另一种风险。除非你能找到，否则剪报是没有用的。要找到它，你就需要给它归档，给它归档就需要花时间，而你究竟想成为什么，作家还是档案管理员？

好了，每个人都得自己作出妥协！

（2）你和专家。

十五年前我接受了一份写纪实电影脚本的工作。

我很快发现，如果你坚持让制片人安排一位技术顾问辅助你的工作，每一部电影的编写进度都会快很多。

当调研结束，专家就该登场了。他修正你的错误，提醒你注意还没来得及登上参考书书架的最新发展。没有他，你就要摸索、挣扎，浪费大量的时间。

跟这样的专家共事很简单，你只需要心甘情愿地被当成傻瓜。

怎样才能愉快地做到这一点？任何事都不要想当然。准确地描述你想在电影中表现的东西，一步接着一步，让错误暴露出来。提出你能从脑海深处找到的每一个愚蠢的问题，无论专家的眼神多么轻蔑、回答多么刻薄。

如果你遵循这个原则，专家会相信你是个地道的白痴，而你获得了专家头脑中井井有条的知识。公平交易。

同样的技巧也可以应用在小说调研中。为此，要从已经出版的文献中挖掘一切可能的信息。先做这一步！任何合格的访谈的前提都应该是，采访者对主题有了充分的了解，至少能够提出几个不错的问题。然后填充背景，四处搜寻，直到你找到一个在你调研的领域有良好记录的人——历史学家、私家侦探、婚姻顾问、陆军上校、动物学家。然后与这个专家联系，告诉他你的问题，请求他的帮助。他很可能感到荣幸，愿意向你伸出援手。

记住，专家并不总是看起来像个专家。或许你的专家乍看起来像个邋里邋遢的嬉皮士，脸该刮了，头发也该剪了，在一间蟑螂出没的咖啡馆里弹吉他。但是如果你寻找的信息跟嬉皮士、咖啡馆或者现代吟游诗人有关，他无疑是个理想的信息来源。

另外，访谈对象不需要知道他在被采访。如果他认为你只是个有点神经质的老好人，喜欢追逐消防车、吃鲶鱼面条或者唠叨采矿的事，他更容易畅所欲言。

采访者的个人魅力不是障碍，偶尔请对方喝杯酒或咖啡也不是问题。你最好的指导经常来自这样的人：他们自己并没有你需要的事实，但是能够告诉你应该去找谁。商会、贸易协会、本地报社、公关公司、县代理商、汽车旅馆经理——全都值得调查。

如果运气好，你也可以通过邮件进行访谈，提供具体问题和摘要清单，并贴好邮票、写好回邮信封。不过我个人感觉这应该作为最后一招，因为大多数人不愿意提笔，而且他们的答案可能因为太过简短而没有用。

(3) 你和大千世界。

实地调查是以这样一个简单前提为基础的：任何事实都很难在象牙塔中被了解。

在许多情况下，找到你需要知道的答案的最好方法是直接获取第一手资料。比如，书籍和访谈告诉你许多关于油井的知识，但是如果你亲自去参观一次，就能增添更多的色彩和真实的细节。

类似地，当一个星期或者两三个星期的侍者有什么不好？如果能安排，为什么不跟一辆警车去巡逻几个晚上？做护理能学到不少东西。做打字员、折扣商店店员和上门推销员也是。

如果这些让你吃不消，那么应该没什么能阻止你去旁听庭审，在公共汽车站闲晃，跟各种熟人消磨时间，比如珠宝商、枪械技师、路旁餐馆的侍者、骑师等等，如果用这些方法能够达到你的目的。

养成掌握你打算在故事中使用的道具的习惯。这会激发创意，避免愚蠢的错误。你发现两把毛瑟枪的枪筒可以在几秒钟之内互换，乙烯唱片可以轻易被掰成两半，如今许多手表的表盘上都没有阿拉伯数字。

最后记住，每个故事都因为感官知觉变得生动——某个人物看到、听到、闻到、尝到或者触摸到的东西。要生动地描述这种现象，你需要尽可能地亲身体验它们。提供这种感官背景就是实地调查的作用。

周密的计划

无论如何，都要为你的故事制订计划。但是不要计划得太完整，否则故事可能在诞生之前就死掉了。

为什么？因为在为创造性活动描绘蓝图的所有尝试中都存在一个基本的谬误：制订计划时，你是一个人。但是当你坐下来开始写作时，你变成了另一个人。

如果你是唯方法论的人，喜欢订杂志、为将来可能会写的故事打草稿、用资料卡片记录情节创意，你对这一点的认识可能最为清晰。这些努力都是值得赞扬的。但是到如今，如果你已经为某个项目筹划了很长时间，你会发现这些笔记变成最终作品的可能性不大。

原因正如上面说的：在灵感第一次出现和你后来想从资料库里取用这个想法之间，你自己改变了。结果，昨天的创意无法在今天燃起火花，热情已经冷却。

把这种反应扩大十倍，你就会对过于详细地构思故事概要有点概念了。

因为如果你严格地制订计划，实际上就需要确定故事必须选择的道路。你沉浸在一种氛围和心理状态中，而当你坐在打字机前开始写作时，那种氛围和心理状态已经不复存在了。

这样一来，你就放弃了顺从当时的灵感和冲动的特权。结果：写作从乐趣变成了苦役。创意已死，像冷柜里剥皮开膛的兔子，唯一存留的脉搏是你用汗水和顽强的毅力为它注入的。

我不会说这是成功的计划。

让我们换个方式再试一次。这一次，我们让思维发散一点。哪些元素是你在故事概要中真正需要的？你应该有：

a. 焦点人物。

b. 与人物有关的情景。

c. 人物想要实现的目标。

d. 阻挠人物的对手。

e. 潜在的、灾难性的高潮，这取决于问题的解决。

换句话说，你需要一个第 6 章中描述的“出场阵容”。

这就是你需要的全部。出场阵容是一个工具，它的功能是指出从第一页直到结尾，驱动故事前进的基本的动态因素。相比较而言，次要人物、标签、场景、意外、小事这些都是琐碎和不重要的。如果需要，你可以在写作的过程中信手拈来。

下一个问题：如何获得构成一个出场阵容所需的元素？跟写作中的其他方面一样，每个人必须或迟或早地找到自己特有的窍门和体系。

不过现在，你的问题是找到一个出发点，所以试试从这里开始：

(1) 花一个小时自由联想。

这段时间是用来尽快找准关键，描述你想写的故事的。不是真正动笔写作，甚至也不是制订计划或者直线前进，只是随手记下所有跟创意相关的想法，从气氛到人物，从道德、情节到意外事件。

(2) 然后再花一个小时给上述素材作注解。

拿一支铅笔，检查你自由联想的笔记，详细说明最初的想法，划掉没有吸引力的项目。修改，整合，发展，定型，充实。

(3) 再然后重新打印这份带注解的自由联想。

一边打字，一边调整、修改、删除和补充。花几天工夫进行这项工作，你会得到数量惊人的不成形但颇有希望的素材。你会开始发现有力和无力的观点、糟糕的判断和激起你兴奋的火花。而且这些片段的组合有可能构成一个出场阵容。不过不要过分强求，让“发散思维”成为你的座右铭。

最后，你会开始对所有这些漫无目的的随想感到厌倦，将它们列成一份对你的故事有用的事件清单。

在你心目中，其中一些事件比另一些更重要。这些可以构成故事中的危机：重大时刻。把它们记下来，每个事件单占一页。记住，不要试图把它们真的写成小说，每个事件用两三段话描述就够了。

然后打乱这些场景的记录，把它们按照某种顺序排列起来。当出现空洞时，草拟另外的场景来填补。或者如果有的场景从一开始规划的时候就不合适，修改、补充或者删除它们。

将同样的技巧应用于人物。塑造每个人物时，给这个人物单独的一页纸，然后在这页纸上写下与他有关的联想和假设。

至此，你已经跃跃欲试了。你已经准备好出发，渴望开始创作一部真正的作品。好的，就应该这样。但是先别开始写作，还不到时候。

这时候你应该为自由联想和发散思维做个小结，我的意思是把它们整合成出场阵容。

你需要的是一个陈述句和一个疑问句，正如第 6 章明确指出的那样：

情景 人物 目标 对手 灾难	被没有道德观念的老板的妻子琳达追求， 史蒂夫·格兰尼斯 决定跳槽，保住他的家庭和事业。 但是当 琳达 发誓他要是离开，她会让他失业并且毁了他时，他能逃脱吗？
情景 人物 目标 对手 灾难	刚从大学毕业，作为一所白人高中里唯一的黑人教师，在汇报第一天的工作时， 洛雷塔·科罗曼 决心证明自己的能力。 但是当 出生在密西西比的教练布科·威尔丁 逼迫她的学生背弃她时，她能成功吗？
情景 人物 目标 对手 灾难	被他的拉丁情人位高权重的老爸从一个中美洲共和国驱逐出境， 汤姆·雷诺兹 搭便车溜回去，想要劝说女孩跟他私奔。 但是当 让他搭车的米格尔·欧提兹 实际上正在去刺杀总统的路上，他能保住性命，更不用说抱得美人归吗？

有了这些元素，你可以很容易地建立起故事的框架。

然后呢——？然后，你已经准备好开始写作。听从你的直觉，一边写一边自发地修改和调整，配合不时冒出来的创意。写到每一个场景时要制订计划，但是只到明确目标、冲突和灾难的程度。在场景之间，可以依靠惯性随心所欲，直到焦点人物最后找到一个愿意为之奋斗的合乎逻辑的新目标。当你遇到阻碍时——你会的，停下来走一走，或者求助于之前列过的清单："这时候乔需要表现得像一个自私的混蛋，一个典型的自私的混蛋会做哪些自私和混蛋的事？""斯黛拉怎么能既不揭发父亲是个骗子，又阻止伦恩投资父亲的蓝天金矿呢？"

如果停下来思考的时间足够长，你最终会构思出一个故事……**靠得住的**故事，因为你已经有了一个出场阵容的框架。不过故事也应该是自由和自发的，不要让僵化的大纲限制了你。

这是制订计划的理想方法吗？不尽然。理想的方法是一个人获得成功的方法，没有两个故事或者两个作家是相同的。但是至少，就像前面说过的，这种方法为你提供了一个出发点。

之后会怎样则取决于你自己。

创作组织

新手有一个美好的幻想：一旦学会写故事，他认为一切都会进展顺利。

职业作家知道事实恰好相反。写小说跟杂耍表演有点像，除了你必须为每一场新演出都要设计一个新演员。这门技艺你学得越多就越难，而不是越简单。能力让你意识到不足。你变得越来越挑剔，常常在不自觉间为了做得更好、达到更高的标准而努力。

因此新手和老手之间的差别更多在于耐力，而不是天赋和知识。老手以前已经从这条路上走过太多次，他以坚忍和沉默来接受旅途中的痛苦，因为他知道如果他坚持得足够久，最后道路会豁然开朗，他会得到他的故事。

坚持不懈要以你已经有效掌握了故事结构和小说技巧为前提。除此之外，你还必须找到处理这些常规问题的方法：

a. 程序。
b. 修订。
c. 润色。
d. 删减。
e. 排除故障。

每一条都值得具体探讨，让我们从程序开始。

a. 开始工作

有句话说得没错，通常作家恨写作，但是爱已经写完的东西。

为什么会这样？因为写作要求你付出努力，而惰性是一个强大的对手。积极主动，严格自律——这些是很困难的事。

“世界上主要有两种人，”欧洲共同市场的法国创始人让·莫内说，“一种是想成为某种人的人，一种是想做事情的人。第二种人几乎没有竞争者。”

你准备好做第二种人了吗？

这里有八个提示：

(1) 工作。

没有老板是一件危险的事。若干年来，你已经习惯了有人告诉你做什么，什么时候做。现在，突然间一切都变了，你进入了一个自己当老板的领域。

在工作中，你可以做一整天的白日梦，而不用受任何惩罚。作为作家，做白日梦意味着得不到收入。出勤或良好的意愿没有意义。“写完故事!”才是唯一重要的事。你必须驱使自己去工作——这意味着你要对自己毫不留情，好像小说是紧盯着你的老板一样。

(2) 保证规律的工作时间。

自由是令人兴奋的东西。它诱惑你推迟必须做的事情，有时候就是写作这一苦役。你为自己找借口，毕竟你总是可以明天再写，或者明天的明天，或者明天的明天的明天。但是你很快会发现，明天从来没有到来。

答案当然在于制定有规律的工作时间表，并**坚持遵守**。

困难在于朋友和家人经常是你最大的敌人，必须把写作当成一门职业看待的想法在他们看来是天方夜谭。他们不能想象你需要有不被打扰的时间。他们从来没想过时间实际上是你唯一出售的东西，或者有时候两分钟的谈话就可能破坏整理了半天的思路。

而且你自己可能没有充分意识到这些问题。一个阳光明媚的早晨，孩子们吵着要去野餐，你答应了。或者老乔治顺路来拜访，他正为什么事情烦恼……

结果，你从来没有养成对你有帮助的良好习惯。你总是有事情要办、有人要见、有礼貌要顾及，因此打乱了自己的时间表。

然后你不明白为什么你写不出更多的作品。

如果你是真正严肃地对待你的工作，就要在这些没有意义的事开始之前阻止它们。为此，要有特定的时间是你专门用来写作的。你要保护它不受侵犯，锁上门，直言不讳地拒绝一切打扰。

这样做意味着你必须表现得像个鞋店售货员吗？当然不是。如果你真的有足够好的理由中断工作，并且想要这样做，尽管去做。但是与此同时要睁大双眼，充分认识到你以后必须通过额外的努力或者损失报酬去为失去的时间作出补偿。

（3）设定限额。

作家的潜意识很狡猾。只要有机会，它就会想方设法逃避写作这个苦差事。因此如果花时间坐在打字机前是你努力的唯一准则，那么你很快就会习惯干坐着，什么也写不出来。

如何补救？你的标准应该是完成一项任务——通常是一定数量的作品。

这里，危险在于你可能把目标定得过高。那将是灾难性的。过于严格的限额在你开始之前就束缚了你的手脚。自己立下保证每天写3 000字，最后可能一个字也写不出来。

更好的方法是步子小一点，开始时500字就够了。将完成的作品的字数平均到每一天，即使经验丰富的职业作家也很少每天写出1 000字以上。

通常计划一个故事的时间跟实际写作的时间一样长。对于一个短篇故事来说，一个星期的准备时间并不算长。

不过这些都是因人而异的。有些作家写得很流畅，有些则很艰涩。有些很快，有些则很慢。

所以要找到你自己的节奏，从最低要求开始，慢慢加快。但是一定要写，因为作家的定义就是写作的人。

(4) 有一个写作的场所。

你桌子旁边的书架上有很多书，都是让人着迷的书，你爱读书。窗外，你可以看到白帆掠过湖面，或者日落大道的灯光次第点亮，或者奥索卡山脉令人叹为观止的皑皑白雪。

这是你理想中的作家工作室吗？也是灾难的序曲。

为什么？因为，相信我，你会读书……会望着窗外发呆。你的房子里最好没有这样一个房间。租用一间办公室，将你从家庭的压力和打扰中解放出来。对它的地点保密，这样朋友就不会不期而至地来访。

装备？桌子、椅子、打字机、白纸、复写纸、铅笔。或许还要有一张休闲椅，如果你记笔记或者编辑作品时喜欢坐得舒服点的话。还有灯，好的照明对作家很重要。

或许你还应该有一本字典和词典……只要你能管住自己，不会为了逃避写作去读它们。是的，作家甚至会把读字典当成娱乐，我亲眼见过。

最重要的是，当你进入工作室（或者工作区域，如果是在卧室的一角），你唯一的目标就是创作。习惯成自然，如果你每次坐在桌子前都是在写作，你会建立一种有效的条件反射。

(5) 消除分心的事物。

一些作家喜欢在夜间工作，而不是白天。为什么？

因为夜间让人分心的干扰更少。白天的噪音和喧嚣没有了，黑暗降临，像一个保护罩，结果就是：更多的作品。

不过时间表是个人偏好的问题。有些人早上的工作效率更高，而有些人下午的工作效率更高。找到自己的最佳时间的唯一方法就是实验。

无论你的选择如何，分心仍然是一个恼人的问题。它包括一切把你的注意力从工作上转移开的东西。比如，一张不舒服的椅子会让你分心。桌子太矮、灯光闪烁不定、房间太热或太冷、打字机的一个键有点卡，或者门外大厅里地板的吱嘎声。当你开始意识到这种干扰时，只要有可能就做点什么。

通常，解决办法无外乎是给你的旧打字机买条新色带，把桌子挪到面向墙而不是对着窗户，或者装一台小电扇掩盖外面的杂音。

另一方面，生活中有些东西是你无法控制的。遇到这样的问题时，记住祖母的常说的话："没办法的事只能忍耐。"然后训练自己忽视它。一家报社的办公室有时候就像个疯人院，但是记者们仍然拿出了他们的作品。有些书整本都是在地铁车厢里、轮船甲板上或者怀里抱着婴儿时写完的。如果你写作的欲望足够强，你总有办法完成这项工作。

(6) 不要勉强自己。

很久很久以前，有一个作家。因为他是一个能干的匠人，他很为自己无论指示多么简单、压力多么大，总是能够准确地满足编辑的要求而感到骄傲。

杂志喜欢这种态度。很快我们的作家就成了他们遇到危机时会想到的人，比如星期一早晨之前就需要一篇 2 000 字的作品。

因为这种紧急的工作经常需要两倍甚至三倍的速度，作家对自己所获得的成就非常满意。直到有一天他开始明白，如果考虑到每次完成一个故事他都如此疲惫不堪，在接下来的两三个星期里都无法工作，那么这种骄傲可能用错了地方，回报可能没有那么大。这里的教训在于，虽然你可以在短时间内超越自我，但是以后会付出代价。

同样，如果你日复一日地过于勉强自己，你会疲劳和厌倦。

特别是厌倦。厌倦是冲突的产物：你在做一件事，但是希望——即使是下意识地——自己在做另一件事。作家的情况是怎样的？

写作是一件苦差事，这对你的潜意识提出很高的要求。潜意识会响应，但是它要求努力要有回报。如果没有回报；如果你逼得太紧、拖得太久，如果你不眠不休地坚持工作，潜意识会罢工。继续勉强自己，你就会陷入真正的麻烦。我们都不希望这发生在你身上，不是吗？

（7）积极地生活。

生活是作家的原始素材。成功的作家沉浸其中。

为此，你阅读，旅行，购物，你在街角闲逛，你去看球赛，拜访朋友，参加派对。你为教堂、公民俱乐部或者童子军服务。换句话说，你接触人，各种各样的人，无论年龄、性别和社会地位，范围越广越好。

这是你工作中最重要的方面。忽视它，你就必须面对不愉快的困境，年龄比较大才决定开始写作的人往往如此。

通常，年龄比较大的人二十年前就不读小说了。结果：他关于语言风格的观点早就过时了。更糟糕的是，他的朋友、态度、暗示和习惯用语都来自同龄人。他的世界垂垂老矣，青春不再。

但是对于我们当中71%的人，第一次世界大战只是在历史书上读到的事情，64%的人记不起有过禁酒令，甚至有22%的人没听说过朝鲜战争。

这为年龄较大的人制造了一个问题：他如何接触年轻的读者？很多时候他不能，他与他们之间的鸿沟太大了，无法跨越。

事实上，作为作家，你要做的通常不是去**接触**别人，而是**保持**与他们的接触，每一天。

你的方法就是积极地生活。

（8）坚持锻炼。

写作是一门特别需要久坐的职业，而且它让人神经紧张。这两样加起来，你就可能遭遇各种麻烦，比如肥胖和疾病。

你应该怎样做？锻炼。

这不一定意味着俯卧撑或者打手球，但是的确意味着走到户外，比如在天刚蒙蒙亮的清晨沿着海滩散步，花一个下午晒太阳和游泳。如果你喜欢园艺，可以在周末向杂草发泄你的怒气，还可以骑自行车、钓鱼、打猎、打高尔夫球、骑马、划船。

这是值得花时间做的事，把它们列入你的时间表，这样做对你的工作有好处，而不会有害。你会吃得更好，睡得更好，更容易放松。跳进游泳池之前在你脑子里纠结的情节问题，当你再一次坐在打字机前便自动解决了。当你劈完木柴或者修剪完草坪，过于敏感和尖酸的情绪消失了。

事实上，你甚至可能找到一个新故事的创意！

b. 如何修订及何时修订

故事的第一稿通常是粗糙、笨拙的。要让它成形，你必须进行修改。

侦探小说作家玛格丽·阿林厄姆这样评论这个问题："我每件东西都要写四次：一次把我的意思记下来，一次补充我遗漏的东西，一次删除不必要的东西，一次让整篇文章看起来好像是我刚刚想出来的一样。"

修改故事有两个过程。第一个过程这里称之为**修订**，主要处理结构的变化。第二个后面会讲到，关于语言，称为**润色**。

成功的修订要求你分别或者同时做好三项工作：

（1）确保故事走直线。

就是说，确保它围绕着故事的核心问题展开。你可以通过一组小小的问答游戏来检查：

（a）故事问题确定了事件吗？

"作为一所白人高中里唯一的黑人教师，当奉行种族主义的教练逼迫她的学生背弃她时，洛雷塔·科罗曼能够证明她的能力吗？"这是一个好的故事问题，它让目标直接与对手发生冲突。

如果愿望（洛雷塔决心证明她的能力）或危险（对她的学生可能背弃她的恐惧）模糊不清，你的整个故事就会不堪一击。

（b）故事问题能够用"是"或"否"来回答吗？

如果洛雷塔想要"证明黑人跟白人一样好"，你的问题就不可能在一部小说中解决。

为什么？因为你把问题从对个人价值的考验上升到了人类学或社会学理论方面的争论。

同样，如果你的故事问题主要围绕着过程（"洛雷塔如何证明……"等等），你就把重点从感觉转向了智力，从情绪转向了困境。

最好还是坚持一种能够明确地回答"是"或"否"的模式。

(c) 故事问题早就明确了吗?

洛雷塔的目标、威尔丁教练的反对，以及洛雷塔下定决心作斗争，应该尽早登上舞台，而且最好在第一个场景就出现。否则开场就会显得拖沓。

(d) 你写的每一个事件都对故事问题有明确的影响吗?

东拉西扯对我们所有人都是一种危险。把一个洛雷塔和她男朋友之间的爱情场景，不加说明地跟一个她在学校演讲、思考或感受的场景连在一起，这就浪费了许多笔墨，而这些篇幅本来可以用来更好地说明故事问题的某个方面。

(e) 场景之间的发展联系紧密、合乎逻辑吗?

如果不是，这意味着前一个场景中灾难的破坏性还不够，不足以让洛雷塔找到一个新目标。

比如，洛雷塔的午餐盒被人偷走了，这可能很让人恼火，但是不会迫使她重新思考自己的处境。然而如果她在学校的自助餐厅坐下来时，布科·威尔丁带有挑衅意味地要求其他教师离开她的桌子，而其他教师听从了，她会感到恐惧，或许会考虑马上辞职。

(f) 问题在高潮中得到解决了吗?

你的故事不需要解决洛雷塔所有的问题。但是如果你最后让她怀疑自己的能力，不知道如何面对和管理她的班级，那么紧张感就没有得到释放，读者就有理由生气。

(g) 主人公的高潮行动是决定性的吗?

我们已经到达故事的高潮。洛雷塔班上的孩子正要离开，她陷入了深深的麻烦。

现在，校长出现了，发表了一番关于责任、宽容、兄弟情谊和美国精神的演讲，他呼吁孩子们留在洛雷塔身边。于是，孩子们又坐了下来。

好吗？不，不，不！为什么？

因为上帝以校长的形象出现，拯救了主人公。洛雷塔自己什么都没

那些有趣的形容词和副词！它们诱惑我们，我们享受复杂句的冠冕堂皇……绕来绕去。头韵法在召唤，还有转喻，以及上百种为刻意的风格主义服务的其他技巧。如果50个字能让读者神魂颠倒，为什么要用简洁的表述限制你自己？

对混乱的补救方法就是简洁：拿起铅笔删改你的作品。只说必须说的话，简明扼要。描绘简洁生动的画面，不要用不需要的字词修饰它，放弃华丽的辞藻。你的任务是讲故事！

（3）一致性。

丽塔在第三页上是黑头发，到第七页变成褐色头发了？这一刻天空一片阴霾……下一刻人物眯起眼睛看太阳？你在第十二页把枪放在书桌抽屉里，所以当高潮中巴贝特把它拿出来时读者不会感到惊讶？

这些都是一致性的问题，检查不出这些问题会破坏读者对故事的印象。

（4）顺序。

"他转过身，听到了敲门声。"实际上，听到敲门声当然应该出现在前面。

在正确的作品中，动机刺激总是在人物反应之前。如果不是这样，你的顺序就错乱了。

改正它，否则作品会得到"笨拙"、"愚蠢"的评价。

（5）流畅。

"站在坟墓（grave）旁，他严肃地（gravely）点了点头。"这里的重复非常突兀。

"跟她并肩站在墓地（cemetery），他严肃地（gravely）点了点头。"

现在我们无意中用了一个双关语，这比重复还要糟糕。

"跟她并肩站在墓地（polyandrium），他严肃地（soberly）点了点头。"

好吧，作家可以有一本足本字典，但是读者有吗？这些例子说明了破坏流畅性的结果。

作品应该读来流畅，不要让你使用的语言引起不必要的注意。为此，努力选择正确的单词、正确的发音、正确的意思、音韵、节奏和平衡的正确组合。如果太多长句子挤在一起，那把它们分开。太多短句子？检查并保证它们不会太支离破碎。

除非破碎正是你想要追求的效果。

如何训练自己识别那些破坏流畅性的不恰当的措辞？

跟你避免在玛蒂尔达婶婶的茶会上使用兵营里的俚语一样：培养对语言极其细微的差别的敏感。

（6）影响。

无论是笑话还是故事，时间和语序的选择都能带来巨大的差别。

比如，“一个女孩许诺给另一个女孩支持，条件是她要坦白关于发生了什么事的细节”，这个句子不错，因为冲击和意料之外的转折出现在结尾。

如果你说，“一个女孩要求另一个女孩坦白事情的细节，以此作为交换条件，许诺给另一个女孩支持”，还有没有那么好呢？

制造影响的技巧是一门需要精雕细琢的艺术。加入一个错误或多余的词语，或者将一个关键词放错地方或把它遗漏，本来是炸弹爆炸的声音听起来就会像一个街区以外的汽车回火声。

学习选择时机的最好方法或许就是练习讲笑话。不要简单地重复，要反复试验你的措辞。一开始你的朋友可能会叹气，但是每一次收获笑声，就意味着你为作品增加影响力的能力得到了提升。

（7）特质。

对于青少年，每一件东西都是“时髦的”，或者“公正的”，或者“强硬的”，或者“有型的”，或者“狡猾的”。

作家也是人，有时候会养成坏习惯。破折号可能是一个习惯，省略号也是……（或者用括号插入附加说明），还有感叹号！

你怎么样？“发烧的”是你喜欢的形容词吗？“频繁地”、“麻木地”或“强烈地”这些副词用得太多了吗？反派永远动作迟钝？每一页都有女主人公的胸口起伏？

这些问题值得考虑。

* * *

作家可以投入毕生精力去掌握润色作品的技巧和诀窍。

他应该这样做。他可以连续好几天推敲和斟酌一段话或一页文字。那是另一回事。为什么？

萨默赛特·毛姆对此作过总结。他在《作家笔记》中写道："有人对风格小题大做。有人总想写得更好一点。有人苦苦追求简单、清晰和贴切。有人把目标对准节奏和平衡。有人大声朗读一个句子，看它听起来美不美。有人连老命都拼上了。事实却是，世界上最伟大的四位小说家，巴尔扎克、狄更斯、托尔斯泰和陀思妥耶夫斯基，各自的语言都不相同。如果你能讲故事、塑造人物、设计事件，如果你有诚挚和热情，你怎么写作根本不重要，写得好坏也不重要。"

d. 删减是一门严厉的艺术

编辑的信上说："……所以我们怀着极大的兴趣期待再看到这个故事，如果你能把它压缩到 3 000 字以内的话。"

你现在怎么办？删减。

删减什么？事实。说得更明确一点，不要删减情绪。

相信我，这是问题的核心，这也是为什么许多修订版本被拒绝的原因。

当一个新手进行删减时，他每一次都倾向于删掉感觉。他保留他的树木、码头和建筑，火车站里的日常琐事，私酒贩子的细节，如何演奏钟琴的详细说明。他丢弃的是人物反应。

但是故事不是事实。相反，真正重要的元素是某个人对事实的感觉和反应。这些感觉驱动故事前进。消除它们，故事就停滞并终结了。

既然删减时需要保留这些基本的感觉，窍门就在于合并和重组事实。或许人物可以对一座山峰的场景整体，而不是分别对树木、岩石、溪流和紫色的阴影作出反应。船坞街的码头、浓雾、气味和阴暗的小巷，都不如主人公穿过坑坑洼洼的人行道时感觉到的一阵恐惧的战栗重要。你可以删掉对玻璃和不锈钢的各种描写，然后你说这座建筑物让怀旧的老人回想起 1890 年。同样，如果几个火车站的场景除了时间的流逝和空间的转移之外没有表现什么内容，你可以将它们合并。私酒贩子和钟琴演奏者也一样，除非他们扮演的角色对某人的感觉非常重要。

一般原则就是这些。下面是两条特殊原则：

(1) 有限的删减是修改字词和短语。

这里删掉一个形容词，那里删掉一个副词，删掉一个解释性的从句、一处闲笔，或者彻底删掉一个无关紧要的段落，几乎任何手稿都能瘦身两三百字。几乎没有痛苦，而且几乎肯定会使故事更鲜明，让你从中受益。

(2) 主要的删减是删除场景或人物。

对文字删改得太多，你的故事会瘦身，但是会损失细节和画面感。

此外，删除一个次要场景能帮你节约两三页，而不影响故事整体的色彩。同样，在对整个故事影响最小的情况下，可以删除关于某个人物的文字和段落。

不过，无论在哪种情况下，故事平衡都会被打破。修复它通常要求你非常小心地重新改写。

e. 创作的心理学

《凯恩舰哗变》的作者、著名作家赫尔曼·沃克说：“在文思泉涌的美好时刻，似乎世界上再也没有更好的度过人生的方式了。”

多么正确。创作给予作家至高的满足感，只不过沃克还说：“别介意糟糕的时刻，没有它们就没有人生。”

作为一种人生态度，这么说当然没问题。但是当一个作家在工作中陷入困境，他需要的是帮助，实际的帮助。特别是，如果他的麻烦是因为某种神秘的原因，再也写不出东西来了。

这种情况一点儿也不罕见。在写作生涯的某个阶段，每个职业作家都经历过，有时候持续几个星期，甚至几个月。消沉——经济上和情绪上的——随之而来，还有恐慌，甚至职业生涯的终结。

实际上，整个问题都来源于一个简单的事实：作家也是人。作为人，对失败的恐惧在某种程度上伴随着我们所有人的一生。任何让我们感到沮丧或挫败的事情都会让这种恐惧浮上水面。

这时，自我怀疑随之而来。有意识或无意识地，你将自己的恐惧投射到作品中，开始怀疑既然自己是个如此失败的人，这部作品到底有什么优点。

负面评价会触发这种情绪。同样，拒绝也是。被介绍给一个更成功的作家会让你怀疑，他有哪些不为人知的天赋是你没有的。一句嘲笑、一个讽刺的玩笑、一句不恰当的赞美被你的自我理解为轻蔑——每一种情况都可能破坏你的信心。

这种导火线甚至不一定跟你的工作有关。没有得到侍者贴心的服务就可能让你情绪低落。孩子问你“爸爸，我们为什么不能买一辆新车?”或者妻子对商店橱窗里一件昂贵的礼服发出一声叹息，都可能是作家陷入恶性循环的开始，更不用说离婚的毁灭性打击了。

因此，你不一定要面对实际的否定或拒绝，只要你自己把发生的事情解释为一种贬损就够了，即使在下意识层面上。

于是，因为你已经准备好自我批评、怀疑自己的天赋，你开始不自觉地质疑写作的价值。

例如，设想一个作家和他过分热心的经纪人的典型案例。多年来，这位作家靠写平装本科幻小说过上了体面的生活。经纪人意识到作家的天赋，受到巨额利润吸引，力劝他进军精装本市场。

“你现在做的不算什么，”经纪人说，“一部有文学价值的重量级作品，那才是你需要的。”

作家一笑而过。“我现在干得不错，”他说，“科幻小说很有趣，对我正合适。”

但是他的笑有点言不由衷。“你现在做的不算什么。”那个人这样说。

这句话勾起了令人不快的回忆：一位上了年纪的女诗人的评论；将《凯尼恩评论》奉为圣经的年轻英语教授的蔑视；朋友把他当成怪人和取笑的对象，只因为他的专长是写科幻小说。

现在，又加上了他的经纪人。

表面上，作家对他们不屑一顾，但是他的心开始纠结。最后，有一天，他坐在打字机前一个字也写不出来了。

为什么？因为作家忽然开始批评自己的工作，而他自己都没有意识到。

你不能同时既有创造性又有批评性，它们是相反的力量。这两种力量会把作家撕成两半。

这给了我们第一条规则：

(1) 将创造性冲动和批评性判断分开。

如何做到？首先，也是最重要的一步，是识别人类试图将二者相混淆的倾向。然后，敬而远之。

为此，要采取一种“现在创作……以后修改”的工作准则。保留你作为批评家的权利，直到场景或故事的第一稿完成。

不过在那之前，保持你的冲动，让自己投入热情，忘记规则。因为正如巴尔扎克说的：“如果艺术家不是没头没脑地埋在他的作品里，像罗马传说中的哥多斯冲入火山的裂口，像士兵不假思索地冲入堡垒；如果艺术家在火山口内不像地层崩陷而被埋的矿工一般拼命；如果他对着困难发呆出神，而不是一个一个地去克服……艺术家唯有眼睁睁地看着自己的天才夭折。”

(2) 直面你的恐惧。

作家是出了名的不好相处，他们咆哮、沉思、出言不逊、挑起争论，他们从狂喜的巅峰跳下绝望的深渊。

原因在于他们试图投射他们的恐惧，在其他人身上寻找他们自我怀疑的证明。剧作家和诗人克里斯托弗·弗赖伊说：“作家对批评的神经过敏，至少有一部分是出于保护热情、信心或骄傲不受伤害的努力，他需要这些来进行创作；或者是出于以自己的方式解决自己的问题的本能，他应该也必须这样做。”

所以，你有些神经过敏。应该怎么办？首先，认识到大部分轻蔑都是理解的问题，而不是存心的，不是每一句无心的评论都夹枪带棒。更多时候嘲笑来自你自己的内心，而不是说话的人。

其次，记住要有所成就，你首先必须冒风险；其他人的嫉妒，无论他们是在能力、勇气还是见解方面都不如你，是你为鹤立鸡群付出的代价的一部分。当地方文学界对你发起猛攻，通常是因为他们自己写不出来或者作品卖不出去。你处理的是思想和感觉，而不是鞋子，这个事实让你跟你的邻居不同，因此一点小事就会吓坏他们。

第三，记住我们都希望我们的伙伴是完美的，即使我们早就发现自己并不完美。职业作家和教授有时候会打击新手，这样做为了满足他们自我的膨胀，或者发泄挫折感，或者单纯出于对竞争者的恐惧。

面对这些事实能够消除你的恐惧吗？不，当然不能。但是假以时间和努力，它们能够帮助你更好地接受自我。

（3）建立自尊。

有人说过，你没有情绪，情绪拥有你。求助于意志力并不总是战胜它们最好的方法。

有时候，当你从后门溜进去的时候能得到最好的结果。

如果你感到沮丧，试着回忆那些过去曾经帮助你驱散这种沮丧的行为——简单的事，比如不得不戴上一副热情的面具上街跟人寒暄，或者跟老朋友喝咖啡讲笑话。

如果愿意，你可以称之为自我暗示。但事实是，如果你这样做了，如果你表现得像一个有能力、有信心的成功的人，通常你就会成为那样的人。

（4）不要要求太多。

挫折感会破坏作品的流畅度。

没有什么比过高的渴望更令人容易挫败的了。强迫自己今天就用你十年后可能学会的方式写作一点用处都没有。如果你有足够的天赋和幸运，如果你在接下来的十年里每天坚持写作和学习，你总会做到的。

另一方面，接受今天的自己，从现在的起点出发，你有可能超出自己最美好的预期。技能是你循序渐进地获得的，它不会像魔法一样从天而降。

（5）听从自己的忠告。

写作是一项孤独的工作。结果，你总有一种想跟朋友讨论你的最新作品的冲动。

不要这样做。为什么？有两个理由：

首先，谈论一个故事——实际上就是把它讲出来——相当于第一次创作。

结果：你写它的情感需求减弱了。你不得不在回忆中搜寻一个人是如何奋斗的，不得不重新捕捉初吻的战栗。无论你多么努力，那种火花都消失了。

其次，你免不了受到听故事人的反应的影响。他最轻微的皱眉或者曲解都会给整个创意蒙上阴影，使你几乎不可能再把它写出来。

如果听故事的人是个编辑，你把大纲或概要寄给了他，这种效果还要加倍。

最好还是写作，不要谈论。

（6）跟着感觉走。

感谢上帝，写作不是一个有逻辑的过程，而故步自封是庸人的心魔。因此不要让“应该”做什么限制了你，冲动是更好的导师。

特别是当你在创作中遇到瓶颈时。这些时候，如果作品中有什么东西“感觉”不对劲——抛弃它！

同样，如果“感觉”对，别犹豫，勇往直前，无论它明显地违反了多少规则。

为什么？因为近视很容易让作家盲目。被自己的任务团团包围，他看不到任何远景。

人的感觉在一个不同的层面上运行。它挑选出变数，它拒绝虚假，它看到更大的格局。虽然它可能是错的，但它的判断非常值得考虑。

（7）依靠自由联想。

作自由联想，你只需要让文字在纸上涌现：任何文字，而无论有没有重点或目标。

这个过程让你摆脱批评性的判断，让创造性冲动成为主宰。没有拘束会帮助你恢复平衡感。

很快，片段——创意、词语、段落和句子——开始激发你的想象力。遭受挫折的自我再次振作。

所以当你卡壳时，尝试自由联想：每天一小时，坚持一个星期，不写任何其他东西。到了第八天，你重新开始创作。

（8）从知识中收获信心。

你知道这些事情，比如刺激与反应的关系；你创建一个场景的模式；故事结构；人物互动；各种各样的技巧和方法。

这些东西不是一开始就存在的，在你之前一代又一代的作家就总结出来了。这意味着你可以依靠它们的。如果有必要，系统地按照它们写作，了解它们会帮助你突破创作的瓶颈。

因此当你写下一个动机刺激，无论多么粗糙，你都知道下一步应该找到恰当的人物反应。相应地，一个场景从人物的选择，以及试图实现某个特定目标的决定开始。冲突源自这种努力，最后发展为高潮。

当愿望与危险发生碰撞，故事就诞生了。高潮围绕着焦点人物面对原则和个人利益的选择时如何行动。

路线如此清晰明确，你怎么会误入歧途？

(9) 沉浸在你的主题中。

在前面的场景中，主人公需要想办法不被察觉地破坏反派的汽车，他应该怎么做？

你还没有解决这个问题，所以你坐在那里瞪着键盘，因为故事停滞而垂头丧气。

你应该做的是寻找事实。找一个机械师，问他在同样的情况下如何弄坏一辆 1962 年的福特车。

很多时候，我们很多人对调研畏缩不前。我们试图“想通”那些实际上需要调查的事。然后，我们借口自己遇到了“创作障碍”。

(10) 整合当前的兴趣。

我在前面提到过厌倦，即当你渴望做一件事时却不得不做另一件事，这会让你停滞不前。一个与之紧密联系的事实是，在写作中，你的兴趣经常发生变化。

下一步：你对正在写的故事极度厌倦，特别是如果它还很长的话。结果，你的进展变慢了。

是的，这是有办法补救的。可以这样做：

你会对故事厌倦的一个原因是，新的创意层出不穷，而你感觉必须拒绝它们。那么，不要拒绝它们。相反，接受它们，想办法把它们整合到你现在的作品中去。

比如，或许你发现自己对一个大嗓门、言语粗俗、喜欢斗嘴的老女人产生了兴趣，这个人是真实的或者想象的。

好吧，给她找一个位置，用她代替一个已经存在的单调乏味的女性角色。

你忽然间对关于钻石的知识着迷了吗？那么让一个角色也为之着迷。他对宝石的迷恋可以作为一个标签，增加额外的兴趣。

同样的原则也适用于其他主题，从跑车到古代盔甲。有技巧地使用它们，你会发现这是对抗厌倦的一流武器。

（11）不畏艰险。

“如果你找不到创意，无论如何先开始写一个故事，”侦探小说作家威廉·坎贝尔·高尔特说，“你总归可以把它扔掉，或许在你写到第四页时创意出现了，那么扔掉前三页就可以了。”

这是很好的建议。惰性让我们犹豫不决，不肯投入工作。像胆怯的游泳者一样，我们站在泳池边发抖，想跳下去，但又害怕水太冷。

补救办法对游泳者和作家都是一样的：深呼吸，抖擞精神，纵身一跃。而且，一旦最初的冲击过去，你会发现水比你想象的温暖！

（12）笔耕不辍。

我的朋友克利夫顿·亚当斯是一位顶尖的西部小说作家。他如何看待自己的成功？他的回答是：“写作是我唯一的谋生手段，我除了坚持之外别无选择。”

实际上，克里夫顿当然了解自己的情况。你总是可以退出的。但是对于有些人来说，决心、奉献和承诺——用老话来说，笔耕不辍——是根深蒂固的性格特征，无法轻易抛开。

这些特征是每一个作家都需要的。当你停滞不前的时候，你最好坚持下去。为此，强迫你自己写作，无论写得多么糟糕。写一段时间，然后在附近散散步，喝杯咖啡，然后回家继续写。

当大坝最终决堤，你会发现一个有趣的事实：你在痛苦中写出的作品并不像你想象的那么糟糕。

原因？天赋是你与生俱来的东西，它不会消失或枯竭。技巧是你通过工作、学习和积累经验培养起来的，不会像一阵烟一样消失无踪。

这就是为什么笔耕不辍必定会带给你收获的原因。

(13) 完成每一个故事。

多年前我与另一位作家合用办公室。一天，他遇到了麻烦。尽管比大多数自由撰稿人成功，但他还是忽然间觉得自己的作品不够好。

从那时起，他开始创作一个又一个故事，直到最后一个场景。

然后，绝望压垮了他。他认为自己的作品只是一些胡言乱语，把一些精彩的故事撕成了碎片。如果他给它们机会，有些故事无疑是能够卖掉的。

完成一个故事，无论好坏，以自己的方式无言地证明你胜过大多数只是把写作挂在嘴边的人。相反，不能完成一个故事，就注定了你的失败。

霍华德·布朗在给我的一封回信中总结了这个问题，当时我正陷入情绪低潮："你要向前看，按我说的给我写一个故事。写完它——但是在写的过程中不要去读它，在你把它寄给我之前不要去读它。我会读它，如果它不够好我会拒绝它。但是拒绝不是你的任务，你以为你是谁——编辑吗?"

(14) 建立一份私人检查表。

在下意识层面上，你知道的比自己以为的多。所以当你陷入停滞，很可能是故事本身出了问题。你察觉到了这个事实，即使在意识层面上找不出问题所在。

这时候，一份私人检查表会有帮助，这是一份关于你在文学方面弱项的概要。

为什么？因为我们都倾向于重复我们的错误。

比如，你经常让主人公变得消极，或者无法激发关键行动，或者让目标过于抽象。

每一次在你的故事中发现这样一个不足，就把它记在资料卡片上，每张卡片记一个不足。很快，你就有了一叠这样的卡片。在寻找错误时它们是你最有用的助手。当故事停滞不前时，向它们寻求帮助。

通常真正困扰你现在工作的原因会现出原形。

(15) 适当休息。

在工作室消磨太多时间会让作家变成井底之蛙。

这时，写作变得困难了。你应该怎样做？

答案是休息。有那么一两天或者两三天不去工作，出去跟人打交道，找乐子，去旅行，做一些你计划了很久也推迟了很久的事。

这种做法的好处在于，它改变了你对未来的观感。在现实的冲击下，你在某种程度上变成了另一个人。

于是当你回到工作中，你的问题可能就没那么严重了。

（16）丢开拐杖。

当一个人遇到麻烦时，他会寻找救命稻草，甚至求助于酒精。特别是酒精。为什么？

因为酒精降低了你的自控能力，你在波旁酒的迷醉中忘记了怀疑自我。

麻烦的是，酒精也能建立一种条件反射。在你意识到这点之前，你发现自己不喝一杯就无法写作，或者要喝两杯、三杯、四杯。

很快你的情况就跟我的一个朋友一样。每天当他坐下来写作时，就得把五分之一加仑的威士忌放在打字机旁。最后，他发展到故事和威士忌一起结束的地步。一瓶酒，一个故事。

然后某天晚上，一个故事用掉了两瓶酒。第二天早晨，他的妻子发现他死在工作室里。

寓意：如果你愿意，可以在社交中喝酒，但是不要在工作时喝酒。

除了酒精还有其他的“拐杖”，比如大麻和迷幻剂。所有的拐杖作用原理都一样，而每一个都是通往灾难的高速公路。

聪明的作家不需要它们就能自己从地狱中挣脱出来。

* * *

现在，小说工厂开工了。还有其他的问题：你如何卖掉完成的作品？

这对每一个作家都是个贴心的问题，下一章提供了一份简明的指南。

第 9 章　推销你的故事

故事是寻找买家的商品。

这是本书最短的一章。要卖掉故事，需要做三件事：

1. 研究市场。
2. 邮寄手稿。
3. 坚持不懈。

这就是全部。

* * *

经纪人怎么样？经纪人是作家的业务经理。

如果你有业务——能够创造可靠的、持续的利润——需要管理，经纪人对你来说就很有用。如果你没有，他为什么要浪费这个时间？

一位名叫保罗·R·雷诺兹的经纪人写过一本书，叫作《作家和市场》，讨论了这个问题。

去读读看。

第 10 章　你和小说

故事是作家创造并与人分享的更广阔的生活。

现在你知道了如何写作和卖掉一个故事：窍门、技巧、工具和经验法则。

诚然，你还有很多东西要学，商业小说创作中包含各种转折和微妙之处。作家可能花了二十年来提高他的技艺，但仍然发现每天都有新东西可学。但是这些锦上添花的东西更多的是个人感悟，最好是通过经验慢慢消化吸收。它们伴随着时间和努力而来。

现在更重要的是另一个问题：从这里出发，你要到哪儿去？

当然，这取决于你：你的品位、你的天赋、你的志向，归根结底，你想要写作和作品畅销的深层次的内在需要。

这就产生了一个关键问题：写作的需要的本质究竟是什么？为什么一个人不停地写下去，另一个人却不能？

简单地说，答案是这样：作家是一个寻求更广阔的世界的人。当他找到了，就把它传递给其他人。

相信我，这对你至关重要。一旦你真正理解了其中的含义，你最烦恼的问题就会迎刃而解。

我们来看一看？

* * *

老师真正的作用是让学生准备好面对未来，自己去奋斗。为此，无论他的计划是不是这样，他的思考都要跟学生们的思考一样多。

我选择的思考场所是俄克拉何马大学，我在那里教授一个创意写作课程。那里有供我观察的学生，他们获得的成功说明了他们的天赋：总共出版了 300 多本图书，卖出了上千篇杂志故事和文章。他们当中包括科幻小说作家小尼尔·巴雷特、杰克·M·比卡姆，他们现在已经出版了十几部小说；鲍勃·布里斯托，主要撰写男性文学；玛莎·科森，顶尖的纪实文学作家；阿尔·德伦，他的《荣誉曙光》入选每月读书会的书单，并被米高梅公司改编成了电影；劳伦斯·V·费希尔，他的《一天天死去》由兰登书屋出版，得到推理协会的推荐；弗雷德·格罗夫，美国西部作家奖得主；伊丽莎白·兰德·卡德丽，一系列纪实报告的作者；哈罗德·基思，他的《给威蒂的枪》获得了纽伯瑞金奖；伦纳德·桑德斯，他最新的小说《木头马蹄铁》由双日出版社出版；已故的玛丽·阿格尼丝·汤普森，她的一篇短篇小说被改编成了猫王主演的电影；玛丽·莱尔·威克斯，另一位顶尖的纪实文学作家，现在转战精装本小说领域；珍妮·威廉斯，许多青春文学获奖作品的作者。我曾经有幸跟他们共事过。

当我回首这些作家——福斯特-哈里斯、海伦·里根·史密斯（在大学分校）和已故的沃尔特·S·坎贝尔——和上百位跟他们一样的其他作家，跟我和我的同事们一起上课的经历时，我发现了什么？

很明显，初学者（在我们这样的专业课程中，“初学者”通常意味着年龄比一般大学生大得多的人）是那些渴望写作，但是有所欠缺并且知道这一点的人。他不能像自己希望的那样操纵文字和读者，所以他求助于课程或书籍来学习这门技艺。

他需要的技能是能够由老师教授的，所以我们来教给他。

不过，作家很快发现只有工具和窍门是不够的。为什么？

假设在一个繁忙的十字路口发生了一起交通事故，现场有很多目击者。如果警察足够幸运的话，他们有可能找到一个靠得住的目击者。其他人都只看到了事故的一部分，或者被搞糊涂了，或者干脆看到了没发生的事。

准作家也反映了一种个人的盲目。让五个人接受同样的培训，给他们同样的原始素材，能有一个人写出值得一读的故事就谢天谢地了。

无论你面对的是作家还是目击者，个人才是关键因素。

为什么？因为每个人“看到”的东西不一样。进一步说，在不同的情况下需要不同类型的观察。

警察需要的事故目击者是看到事实的人：世界本来的样子，实际上发生了什么事，没有歪曲和解释。这种观察是一种天赋，准确的观察需要经验、训练和特定类型的人。

另一方面，作家需要的刚好相反：看到比事实更多东西的能力——超越事实，作出假设，得出结论。

首先，他必须用事实激发感觉：赋予它们情绪和独一无二的生命。这也是一种天赋。

为什么一个准作家比他的同伴看到的更多？因为他会成为一名作家，其他人只是希望他们能够而已。

现在回到我们开始时所说的，因为真正的作家寻求一个更广阔的世界。怎么说？

因为真实的世界对作家来说永远不够广阔。在现实的重重包围之下，他感到不安，无论他的情况在其他人看来多么理想。对他来说，一个镀金的牢笼仍然是牢笼。

正如故事中的每一个人物从补偿某种欠缺的需求中汲取原动力一样，作家受到逃离这个过于狭小的现实世界的需求的驱使。他的灵魂想要超越生活的局限，不可能的事吸引着他，还有得不到、被禁止和灾难性的事。像读他的故事的人一样，他想通过一百个不同的人，去了解什么是爱、恨、激动、恐惧、笑、哭、飞翔、悲伤、杀戮和死亡。

对他来说只是知道还不够，他还必须扮演上帝，牵引命运之手，塑造和控制那些决定命运的力量。

这些是做不到的，作家意识到这一点。但这样只会让他的愿望更迫切，渴求更强烈，因为他想要扩展的愿望比其他人最疯狂的梦想还要深刻。而作家的确能够扩展，通过他自己的想象力这一媒介。

他就是这样做的。

然后，因为他在自己创造的更广阔的世界里发现的东西如此迷人，他渴望把它们传递给其他人，他通过文字的媒介这样做。我说清楚了吗？作家的内在需求是双重的。

一方面，他被在一个更广阔的世界生活的愿望驱使。另一方面，他感受到与人分享这个世界的冲动，他要向其他人展示它，让其他人欣赏它。

如果你想成为一名作家，则这两种驱动力在你体内共存，蠢蠢欲动。

我强调这一点，因为很少有人理解。通常准作家认为他想要的是名誉、金钱或者独立，他把阅读的品位或者文字的技巧等同于天赋。

这些观念并不完全是错误的，但是它们也不完全正确。它们回避了问题，不管是因为图方便、缺乏洞察力，还是不愿意接受不同的事实，这要视具体情况而定。

实际上，作家追求的是一种生活方式，这种方式自有其回报。准则是永远不要为艺术而艺术。通常，要为自己而艺术。你写作是因为你喜欢——需要，不得不——写作，没有其他理由。

一旦一个作家认识到这一点，一旦他理解了自己的心态，不确定和自我怀疑就消失了。你明白如果你的内在需求足够强烈，你就会开始写作。如果其他需求超越了它——如果冒险、安全感、爱情、认可或者家庭责任方面的动力更深刻，你可以毫无遗憾地掉转方向。不必用名誉、金钱或独立性来欺骗自己——那些是特殊技能和天赋的额外奖励，是附加福利。尽管它们令人向往，但是在本质层面上它们只是地位的象征，是在你选择的领域里社会认可你成功的标签。

更重要的是你自己的自我满足。建立更广阔的世界是你的选择，找到能欣赏它们的读者，即使一个二手车推销员都不羡慕你的收入，你也生活在满足中。如果读者否定你的世界，即使你开劳斯莱斯、住贝尔艾尔的别墅，你也是悲惨的。

* * *

什么是故事？故事是许许多多东西——

它是翻译成文学过程的经历。它是串联在纸上的文字。

它是一连串的刺激和反应。它是一连串的场景和后续。

它是向读者发起攻击的双筒猎枪。

它是从过去到未来，穿越永恒的现在的运动。它是在纸上获得生命的人物。

它是自我获得的对失败恐惧感的胜利。

它是寻找买家的商品。它是作家与读者分享的新生活。

故事是所有这些和更多，多得多……因为故事归根结底是你转化为纸上的文字。你：独特的、个别的。你，通过你的天赋到达比别人更广阔的世界，为选择阅读的人们的生命注入新的意义。

你：作家。

成为作家，对于任何人来说人生都是完满的！

附录　延伸阅读

作家阅读其他人关于写作的言论没有坏处，有时候还能从中收获新的创意！

这里列出的书籍是我觉得有帮助和/或激励人的。就其本身而言，它们代表了个人品位，仅此而已，但是你可能喜欢其中一些。

这里还包括了部分与想象力、访谈、心理学和调研有关的书籍，以及正文中作为重要参考的虚构类作品。

选择的版本是我自己书架上刚好有的。

Adams, Clifton. *The Dangerous Days of Kiowa Jones*. New York: Doubleday & Co., 1963.

Allen, Walter (ed.). *Writers on Writing*. New York: E. P. Dutton & Co. (Everyman Paperbacks), 1959.

Barzun, Jacques, and Graff, Henry F. *The Modern Researcher*. New York: Harcourt, Brace & World (Harbinger Books), 1962.

Bedford-Jones, H. *This Fiction Business*. New York: Covici-Friede, 1929.

—. *The Graduate Fictioneer*. Denver: Author & Journalist Publ. Co., 1932.

Brean, Herbert (ed.). *The Mystery* Writer's *Handbook*. New York: Harper & Bros., 1956.

Campbell, Walter S. *Writing: Advice and Devices*. New York: Doubleday & Co., 1959.

—. *Writing Magazine Fiction*. New York: Doubleday, Doran & Co., 1940.

Cowley, Malcolm. *The Literary Situation*. New York: Viking Press, 1958.

— (ed.). *Writers at Work: The Paris Review Interviews*. New York: Viking Press, 1958.

Egri, Lajos. *The Art of Dramatic Writing*. New York: Simon & Schuster, 1946.

—. Your *Key to Successful Writing*. New York: Henry Holt & Co., 1952.

Elwood, Maren. *Characters Make Your Story*. Boston: The Writer, Inc., 1949.

Fink, David. *Release from Nervous* Tension. New York: Simon & Schuster, 1953.

Fischer, John, and Silvers, Robert B. *Writing in America*. New Brunswick, N. J.: Rutgers University Press, 1960.

Frankau, Pamela. *Pen to Paper*. New York: Doubleday & Co., 1962.

Fuller, Edmund. *Man in Modern Fiction*. New York: Random House (Vintage Books), 1958.

Gallaway, Marian. *Constructing a Play*. New York: Prentice-Hall, 1950.

Harral, Stewart. *Keys to Successful Interviewing*. Norman: University of Oklahoma Press, 1954.

Harris, Foster. *The Basic Formulas of Fiction*. Norman: University of Oklahoma Press, 1944.

—. *The Basic Patterns of Plot*. Norman: University of Oklahoma Press, 1959.

—. *The Look of the Old West*, New York: Viking, 1955.

Hayakawa, S. I. *Language in Thought and Action*. New York: Har-court, Brace & Co., 1949.

Hull, Helen (ed.). *The Writer's Book*. New York: Barnes & Noble, 1956.

—, and Drury, Michael (eds.). *Writer's Roundtable*. New York: Harper & Bros., 1959.

Hutchinson, Eliot D. *How to Think Creatively*. New York: Abingdon-Cokesbury Press, 1949.

Jaffe, Rona. *The Best of Everything*. New York: Simon & Schuster, J958.

Kerr, Walter. *How Not to Write a Play*. New York: Simon & Schuster, 1955.

Macgowan, Kenneth. *A Primer of Playwriting*. New York: Doubleday & Co. (Dolphin Books), 1962.

McGraw, Eloise Jarvis. *Techniques of Fiction Writing*. Boston: The Writer, Inc., 1959.

McHugh, Vincent. *Primer of the Novel*. New York: Random House, 1950.

Maugham, W. Somerset. *The Art of Fiction*. New York: Doubleday &

Co., 1955.

—. *The Summing Up*. New York: Doubleday & Co., 1938.

—. A *Writer's Notebook*. New York: Doubleday & Co., 1949.

Mundy, Talbot. "The Soul of a Regiment." In *Adventure* magazine, November 1950.

Noyes, Arthur P. *Modern Clinical Psychiatry*. 4th ed., Chapter 4, "Mental Mechanisms and Their Functions." Philadelphia: W. B. Saunders Co., 1953.

Osborn, Alex. *Your Creative Power*. New York: Charles Scribner's Sons, 1948.

Palmer, Stuart. *Understanding Other People*. New York: Thomas Y. Crowell Co., 1955.

Peeples, Edwin A. A *Professional Storyteller's Handbook*. New York: Doubleday & Co., 1960.

Ray, Marie Beynon. *The Importance of Feeling Inferior*. New York: Ace Books, 1957.

Read, Herbert. *English Prose Style*. Boston: Beacon Press, 1955.

Reynolds, Paul R. *The Writer and His Markets*. New York: Doubleday & Co., 1959.

Smith, Helen Reagan. *Basic Story Techniques*. Norman: University of Oklahoma Press, 1964.

Trask, Georgianne, and Burkhart, Charles (eds.). *Storytellers and Their Art*. New York: Doubleday & Co. (Anchor Books), 1963.

Vale, Eugene. *The Technique of Screenplay Writing*. New York: Grosset & Dunlap, 1972.

Yoakem, Lola G. (ed.). *TV and Screen Writing*. Article, "The Opening Scenes," by Frank S. Nugent. Berkeley: University of California Press, 1958.

“创意写作书系”介绍

这是国内首次系统引进国外创意写作成果的丛书，它为读者提供了一把通往作家之路的钥匙，帮助读者克服写作障碍，学习写作技巧，规划写作生涯。从开始写，到写得更好，你都可以使用这套书。

“创意写作书系”丛书书目

非虚构类写作指导		
书名	作者	出版日期
自我与面具：回忆录写作的艺术	玛丽·卡尔	2017年10月
新闻写作的艺术	纳维德·萨利赫	2017年6月
回忆录写作（第二版）	朱迪思·巴林顿	2014年6月
写作法宝：非虚构写作指南	威廉·津瑟	2013年9月
写出心灵深处的故事——非虚构创作指南	李华	2014年1月
★故事技巧——叙事性非虚构文学写作指南	杰克·哈特	2012年7月
★开始写吧！——非虚构文学创作	雪莉·艾利斯	2011年1月
虚构类写作指导		
小说的艺术：给青年作者的写作指导	约翰·加德纳	2019年10月
超级结构：解锁故事能量的钥匙	詹姆斯·斯科特·贝尔	2019年6月
人物与视角：小说创作的要素	奥森·斯科特·卡德	2019年3月
从生活到小说（第三版）	罗宾·赫姆利	2018年1月
小说写作：叙事技巧指南（第九版）	珍妮特·伯罗薇等	2017年10月
★成为小说家	约翰·加德纳	2016年11月
小说创作谈	大卫·姚斯	2016年11月
如何创作炫人耳目的对话	詹姆斯·斯科特·贝尔	2016年11月
小说创作技能拓展	陈鸣	2016年4月
故事力学：掌握故事创作的内在动力	拉里·布鲁克斯	2016年3月
写小说的艺术	安德鲁·考恩	2015年10月
弗雷的小说写作坊：让劲爆小说飞起来	詹姆斯·N. 弗雷	2015年7月
弗雷的小说写作坊：劲爆小说秘境游走	詹姆斯·N. 弗雷	2015年7月
经典情节20种（第二版）	罗纳德·B. 托比亚斯	2015年4月
故事工程——掌握成功写作的六大核心技能	拉里·布鲁克斯	2014年6月
★冲突与悬念——小说创作的要素	詹姆斯·斯科特·贝尔	2014年6月
情节与人物——找到伟大小说的平衡点	杰夫·格尔克	2014年6月
★经典人物原型45种——创造独特角色的神话模型（第三版）	维多利亚·林恩·施密特	2014年6月
★30天写小说	克里斯·巴蒂	2013年5月

★情节！情节！——通过人物、悬念与冲突赋予故事生命力	诺亚・卢克曼	2012 年 7 月
★开始写吧！——虚构文学创作	雪莉・艾利斯	2011 年 1 月
★小说写作教程——虚构文学速成全攻略	杰里・克利弗	2011 年 1 月
综合类写作指导		
与逝者协商——布克奖得主玛格丽特・阿特伍德谈写作	玛格丽特・阿特伍德	2019 年 10 月
童书写作指南	玛丽・科尔	2018 年 7 月
心灵旷野：活出作家人生	纳塔莉・戈德堡	2018 年 1 月
来稿恕难录用：为什么你总是被退稿	杰西卡・佩奇・莫雷尔	2018 年 1 月
大学创意写作・应用写作篇	葛红兵 许道军 主编	2017 年 10 月
大学创意写作・文学写作篇	葛红兵 许道军 主编	2017 年 4 月
从创意到畅销书：修改与自我编辑	詹姆斯・斯科特・贝尔	2016 年 1 月
写作是什么：给爱写作的你	克莉・梅杰斯	2015 年 10 月
故事工坊	许道军	2015 年 5 月
写好前五十页	杰夫・格尔克	2015 年 1 月
作家创意手册	杰克・赫弗伦	2015 年 1 月
创意写作教学（实用方法 50 例）	伊莱恩・沃尔克	2014 年 3 月
你的写作教练（第二版）	于尔根・沃尔夫	2014 年 1 月
诗性的寻找——文学作品的创作与欣赏	刁克利	2013 年 10 月
创意写作大师课	于尔根・沃尔夫	2013 年 7 月
★一年通往作家路——提高写作技巧的 12 堂课	苏珊・M．蒂贝尔吉安	2013 年 5 月
写好前五页——出版人眼中的好作品	诺亚・卢克曼	2013 年 1 月
畅销书写作技巧	德怀特・V．斯温	2013 年 1 月
成为作家	多萝西娅・布兰德	2011 年 1 月
类型文学写作指导		
开始写吧！——推理小说创作	劳丽・拉姆森	2016 年 7 月
开始写吧！——科幻、奇幻、惊悚小说创作	劳丽・拉姆森	2016 年 1 月
弗雷的小说写作坊：悬疑小说创作指导	詹姆斯・N．弗雷	2015 年 10 月
网络文学创作原理	王祥	2015 年 4 月
好剧本如何讲故事	罗伯・托宾	2015 年 3 月
写我人生诗	塞琪・科恩	2014 年 10 月
开始写吧！——影视剧本创作	雪莉・艾利斯	2012 年 7 月
青少年写作指导		
北大附中创意写作课	李韧	2020 年 1 月
北大附中说理写作课	李亦辰	2019 年 12 月
奇妙的创意写作：让你的故事和诗飞起来	卡伦・本基	2019 年 3 月
会写作的大脑 1：梵高和面包车（修订版）	邦妮・纽鲍尔	2018 年 7 月
会写作的大脑 2：怪物大碰撞（修订版）	邦妮・纽鲍尔	2018 年 7 月
会写作的大脑 3：33 个我（修订版）	邦妮・纽鲍尔	2018 年 7 月
会写作的大脑 4：亲爱的日记（修订版）	邦妮・纽鲍尔	2018 年 7 月

创意写作书系·青少年系列

《会写作的大脑》（套装四册）

作者：【美】邦妮·纽鲍尔 出版时间：2018年6月

《会写作的大脑1·梵高和面包车（修订版）》

这是一本给青少年的创意写作练习册，包括100个趣味写作练习，它将帮助你尽快进入写作，并养成写作习惯。你只需要一支笔和每天十分钟，就可以加入这个写作训练营了。

《会写作的大脑2·怪物大碰撞（修订版）》

本书包含了100个充满创意、异想天开的写作练习，帮助你迅速进入状态，并且坚持写作。你在开始写作时遇到过困难吗？以后不会了！拿起这本书，释放你内心的作家自我吧！

《会写作的大脑3·33个我（修订版）》

在这本书中，你会用各种各样的工具、用各种各样的姿势、在各种各样的地方写作。它将帮助你向内探索，把自己的生活写成故事。

《会写作的大脑4·亲爱的日记（修订版）》

本书是那些需要点燃或者重启写作灵感的人的完美选择。无论何时、何地，只要你翻开这本书，开始动笔跟着练习去写，它都能激发你的创造力，给你的写作过程增加乐趣，并帮助你深入生活、形成自己的创作观。

面包师有办法
这样开头：
下一步

门镜
写一个故事。这样开头：
下一步

隐形墨水
1. 找一张空白纸片，覆盖在下面的图形上。
2. 拿一支圆珠笔。不要用中性笔、马克笔或签字笔。
3. 在上面的纸片上慢慢地、用力地、一笔一划地写下一项你要在这个月内完成的写作计划。
4. 把上面的纸片扔掉。
5. 把日历翻到30天后，做好标记，提醒自己翻回这一页。一个月后，按照“下一步”中的指示去做。
下一步

闹鬼的城堡
1.
2.
3.
4.
5.
6.
把它们都用在故事里。这样开头：
下一步

Techniques of the Selling Writer by Dwight V. Swain

Simplified Chinese edition published by arrangement with the University of Oklahoma Press

图书在版编目（CIP）数据

畅销书写作技巧/（美）斯温著；唐奇，上官敏慧译．—北京：中国人民大学出版社，2012.12

（创意写作书系）

ISBN 978-7-300-16685-8

Ⅰ．①畅… Ⅱ．①斯…②唐…③上… Ⅲ．①小说创作-创作方法 Ⅳ．①I054

中国版本图书馆 CIP 数据核字（2012）第 284581 号

创意写作书系

畅销书写作技巧

德怀特·V. 斯温（Dwight V. Swain）著

唐奇　上官敏慧　译

Changxiaoshu Xiezuo Jiqiao

出版发行	中国人民大学出版社		
社　　址	北京中关村大街 31 号	**邮政编码**	100080
电　　话	010－62511242（总编室）		010－62511770（质管部）
	010－82501766（邮购部）		010－62514148（门市部）
	010－62515195（发行公司）		010－62515275（盗版举报）
网　　址	http://www.crup.com.cn		
经　　销	新华书店		
印　　刷	天津中印联印务有限公司		
规　　格	160 mm×235 mm　16 开本	**版　　次**	2013 年 1 月第 1 版
印　　张	18.25 插页 1	**印　　次**	2020 年 12 月第 8 次印刷
字　　数	260 000	**定　　价**	49.00 元